ein Ullstein Buch

William
Saroyan

Menschliche
Komödie

Roman

ein Ullstein Buch

ein Ullstein Buch
Nr. 20219
im Verlag Ullstein GmbH,
Frankfurt/M – Berlin – Wien
Titel der amerikanischen
Originalausgabe:
The Human Comedy
© by William Saroyan
Übersetzt von Justinian Frisch

Vom selben Autor
in der Reihe der
Ullstein Bücher:

Freunde und andere
Leute (20201)

Ungekürzte Ausgabe

Umschlagentwurf:
Hansbernd Lindemann
Autorenfoto:
Ullstein Bilderdienst
Alle Rechte vorbehalten
Taschenbuchausgabe mit Genehmigung
des Europaverlags Wien – München – Zürich
Deutsche Rechte für diese Ausgabe 1979
by Europa Verlag GesmbH Wien
Printed in Germany 1982
Gesamtherstellung:
Hanseatische Druckanstalt GmbH, Hamburg
ISBN 3 548 20219 5

August 1982

CIP-Kurztitelaufnahme
der Deutschen Bibliothek

Saroyan, William:
Menschliche Komödie: Roman/William Saroyan.
[Übers. von Justinian Frisch]. –
Ungekürzte Ausg. –
Frankfurt/M; Berlin; Wien:
Ullstein, 1982.
  (Ullstein-Buch; Nr. 20219)
  Einheitssacht.: The human comedy <dt.>
  ISBN 3-548-20219-5

NE: GT

Ulysses

Ein kleiner Junge namens Ulysses Macauley stand eines Tages über dem frischen Loch eines Erdhörnchens im Hinterhof seines Hauses an der Santa-Clara-Avenue in Ithaka in Kalifornien. Das Erdhörnchen warf aus seinem Loch frische, feuchte Erde auf den Jungen und spähte zu ihm hinauf; er war ein Fremder, gewiß, aber vielleicht kein Feind. Noch ehe der Junge sich an dem Wunder sattgesehen, flog einer der Vögel von Ithaka auf den alten Nußbaum des Hofes, ließ sich auf einem Zweig nieder und brach in einen begeisterten Jubel aus, wodurch er die Aufmerksamkeit des Jungen vom Boden nach dem Baum ablenkte. Dann – und das war das Schönste von allem – schnaufte und polterte in weiter Ferne ein Lastzug vorbei. Der Junge horchte auf und fühlte, wie bei der Bewegung des Zuges die Erde unter ihm zitterte. Dann rannte er los, mit einer größeren Geschwindigkeit, wie ihm vorkam, als irgendein Mensch auf Erden.

Als er den Bahnübergang erreichte, kam er eben zurecht, um den ganzen Zug, von der Lokomotive bis zum Dienstwagen, vorbeifahren zu sehen. Er winkte dem Lokomotivführer, aber der Lokomotivführer winkte nicht zurück. Er winkte den fünf anderen, die sich im Zug befanden, aber keiner von denen winkte zurück. Sie hätten es tun können, aber sie taten es nicht. Zuletzt erschien ein Neger, der sich über das Geländer eines Perronwagens lehnte. Durch das Rattern des Zuges hörte Ulysses den Mann singen:

»Mein Liebchen, weine nicht! Es tut mir leid. Komm, sing ein Lied mit mir von Alt-Kentucky, von unsrer alten Heimat, ach so weit!«

Ulysses winkte auch dem Neger, und da ereignete sich etwas Wunderbares und Unerwartetes. Dieser Mann, schwarz und ganz anders als die anderen, winkte Ulysses zurück und schrie: »Ich fahre nach Hause, Junge – dorthin zurück, wo ich hingehöre!«

Der kleine Junge und der Neger winkten einander zu, bis der Zug beinahe außer Sicht war.

Dann sah sich Ulysses um. Das da, alles rings um ihn, so lustig und einsam, das war seine Welt. Eine seltsame, unkrautbewachsene, kehrichtbedeckte, wunderbare, sinnlose und doch schöne Welt. Das Gleis entlang kam ein alter Mann gegangen, der ein zusammengerolltes Bündel auf dem Rücken trug. Ulysses winkte auch diesem Mann zu, aber der war zu alt und zu müde, um an der Freundlichkeit eines kleinen Jungen Vergnügen zu finden. Der alte Mann warf Ulysses einen Blick zu, als wären sie beide, er und der kleine Junge, längst tot.

Der kleine Junge wandte sich langsam um und machte sich auf den Heimweg. Im Gehen horchte er noch auf den rollenden Zug, auf den Gesang des Negers und auf dessen fröhliche Worte: »Ich fahre nach Hause, Junge – dorthin, wo ich hingehöre!« Er blieb stehen, um all das zu überdenken, lungerte bei einem Paternosterbaum herum und stieß die abgefallenen übelriechenden, gelben Früchte mit dem Fuß vor sich her. Einen Augenblick später lächelte er das Lächeln der Macauleys – ein mildes, weises, geheimnisvolles Lächeln, das zu allen Dingen ja sagte.

Als er um die Ecke kam und des Macauley-Hauses ansichtig wurde, begann er übermütig zu hüpfen. Infolge dieses Übermutes stolperte er und fiel, kam aber rasch wieder auf die Beine und hüpfte weiter.

Seine Mutter war im Hof und fütterte die Hühner. Sie hatte gesehen, wie der Junge gestolpert, gefallen, aufgestanden und weitergesprungen war. Rasch und lautlos kam er herzu und blieb neben der Mutter stehen; dann ging er zur Brutstelle der Henne, um nach Eiern zu sehen. Er fand eines. Er sah es einen Moment an, dann hob er es auf, trug es zur Mutter und überreichte es ihr sehr vorsichtig, womit er etwas sagen wollte, was kein Mensch erraten und woran kein Kind sich erinnern kann.

Homer

Sein Bruder Homer saß auf einem alt gekauften Fahrrad, das sich tapfer durch den Dreck einer Provinzstraße arbeitete. Homer Macauley trug die Uniform eines Telegrafenboten, die ihm viel zu groß war, und eine Mütze, die ihm ein wenig zu klein war. Die Sonne ging unter mit der Schläfrigkeit eines Abendfriedens, wie ihn die Leute von Ithaka so sehr lieben. Rings um den Telegrafenboten ruhten Obst- und Weingärten in der uralten Erde Kaliforniens. Obwohl er rasch fuhr, entging Homer nichts von dem Reiz der Landschaft. Schau dir das an! sagte er unaufhörlich zu sich selbst – Erde, Bäume, Sonne, Gras, Wolken! Schau dir das an, was? Er begann mit dem Fahrrad Figuren zu zeichnen und diese Bewegungsornamente mit einer lärmenden Musik zu begleiten – einfacher, lyrischer und lächerlicher Musik. Das Thema dieser Oper hatten in seiner Vorstellung die Streichinstrumente eines Orchesters übernommen, die durch die Harfe seiner Mutter und das Piano seiner Schwester ergänzt wurden. Und schließlich kam auch, um die ganze Familie zusammenzubringen, eine Ziehharmonika in die Gesellschaft, die die Melodie mit einer lächelnden, traurigen Süße vortrug, weil Homer sich dabei an seinen Bruder Marcus erinnerte.

Homers Musik entfloh vor dem eiligen Getöse dreier unbegreiflicher Gegenstände, die sich quer über den Himmel bewegten. Der Telegrafenbote sah nach diesen Gegenständen hinauf und fuhr prompt in einen schmalen, trockenen Straßengraben. Flugzeuge, sagte Homer zu sich selbst. Der Hund eines Bauern kam rasch und wichtigtuerisch herbei und bellte wie ein Mensch, der etwas mitzuteilen hat. Homer ignorierte die Mitteilung und drehte sich bloß einmal um, um das Tier durch ein »Hau, hau!« zu verhöhnen. Dann setzte er sich wieder auf das Rad und fuhr weiter.

Als er den Anfang des bewohnten Teiles der Stadt erreichte, kam er, ohne es zu lesen, an einem Schild vorbei:

ITHAKA, KALIFORNIEN
OSTEN ODER WESTEN – ZU HAUSE IST'S AM BESTEN
WILLKOMMEN, FREMDLING!

An der nächsten Ecke machte er halt, um sich eine lange Kette vorüberrollender Militärautos voller Soldaten anzusehen. Er salutierte vor den Männern, genau wie Ulysses dem Lokomotivführer und den Bahnarbeitern zugewinkt hatte. Eine Menge Soldaten erwiderten den Gruß des Telegrafenboten. Warum auch nicht? Was wußten denn die überhaupt?

Das Telegrafenamt

In Ithaka war es Abend, als Homer endlich vor dem Telegrafenamt ankam. Die Uhr im Fenster zeigte zwei Minuten nach sieben. Drinnen saß Mr. Spangler, der Leiter des Telegrafenamts, und zählte die Worte einer Depesche, die ihm ein müde und nervös aussehender junger Mann von etwa zwanzig Jahren eingehändigt hatte. Als Homer hereinkam, hörte er eben, wie Spangler sagte:

»Vierzehn Worte alles zusammen.« Er machte eine kleine Pause und warf einen Blick auf den Burschen. »Bißchen geldknapp?«

Der junge Mann fand nicht sofort eine Antwort, aber dann sagte er: »Ja! Ein bißchen – aber meine Mutter wird mir genug Geld schikken, daß ich nach Hause fahren kann.«

»Bestimmt«, sagte Spangler. »Wo sind Sie gewesen?«

»Ich glaube, nirgends«, antwortete der Junge und begann zu husten. »Wie lang dauert es, bis meine Mutter das Telegramm bekommt?«

»Nun«, sagte Spangler, »im Osten ist es schon ziemlich spät jetzt. Spät abends ist es manchmal schwer, Geld zu beheben, aber ich werde das Telegramm sofort rasch durchgeben.« Ohne den Burschen nochmals anzusehen, griff Spangler in seine Rocktasche und brachte eine Handvoll Kleingeld, eine Banknote und ein hartes Ei hervor.

»Hier«, sagte er, »für den Notfall.« Er reichte dem Jungen den Geldschein. »Sie können mir's ja zurückgeben, wenn Mutter das Geld schickt.« Und auf das Ei zeigend: »Das hab' ich vor einer Woche im Wirtshaus gekriegt. Bringt mir Glück.«

Der Bursche sah die Banknote an. »Was ist das?« fragte er.

»Nichts«, erwiderte Spangler.

»Danke«, sagte der Junge und hielt verwundert und verlegen inne. »Danke«, sagte er noch einmal und verließ rasch das Lokal.

Spangler reichte das Telegramm dem Nachttelegrafisten William Grogan hinüber und sagte: »Schick's bezahlt, Willie. Ich werd's selber bezahlen.«

Mr. Grogan nahm die Depesche und begann sie sofort Buchstabe für Buchstabe herunterzuklappern:

MRS. MARGARET STRICKMAN
1874 BIDDLE STREET
YORK, PENNSYLVANIA

LIEBE MAMA BITTE SENDE TELEGRAFISCH DREISSIG DOLLAR MÖCHTE
NACH HAUSE FAHREN BIN GESUND ALLES IN ORDNUNG

JOHN

Homer Macauley studierte den Ausgabetisch, um zu sehen, ob es Telegramme auszutragen oder abzuholen gab. Mr. Spangler sah ihm ge-
spannt zu und fragte ihn dann:

»Wie gefällt es dir als Telegrafenbote?«

»Wie es mir gefällt?« antwortete Homer. »Sehr gut. Man sieht eine
Menge verschiedener Menschen. Man kommt überall hin.«

»Ja«, sagte Spangler. Er machte eine Pause, um sich den Jungen
näher anzusehen. »Wie hast du heut nacht geschlafen?«

»Fein«, antwortete Homer. »Ich war hübsch müde, aber ich habe
fein geschlafen.«

»Hast du heute auch in der Schule ein bißchen geschlafen?«

»Ein bißchen.«

»In welcher Stunde?«

»Geschichte des Altertums.«

»Wie steht's mit dem Sport?« fragte Spangler. »Ich meine, weil du
dich doch wegen dieser Arbeit nicht daran beteiligen kannst?«

»Ich beteilige mich ja«, sagte Homer. »Wir haben jeden Tag eine
Stunde Körpersport.«

»So?« sagte Spangler. »Als ich hier aufs Gymnasium ging, lief
ich immer beim Zweihundertzwanziger Hindernislauf mit. Ich war
Bezirksmeister.« Der Leiter des Telegrafenamtes machte eine
Pause und fuhr dann fort: »Also, dir gefällt diese Arbeit wirklich,
was?«

»Ich werde der beste Telegrafenbote werden, den dieses Amt je gehabt hat«, sagte Homer.

»Ausgezeichnet«, sagte Spangler. »Aber bring dich nicht um dabei
– fahr nicht zu schnell. Fahr schnell, aber nicht *zu* schnell. Sei zu jedermann höflich, nimm im Lift die Mütze ab und vor allem: verlier
nie ein Telegramm!«

»Jawohl.«

»Nachtarbeit ist etwas anderes als Arbeit bei Tage«, fuhr Spangler
fort. »Ein Telegramm im Chinesenviertel zustellen oder draußen in
den Vororten, da kann man schon das Gruseln lernen – na, laß dir's
nicht gruseln. Menschen sind Menschen. Fürchte dich nicht vor ihnen.
Wie alt bist du?«

Homer schluckte. »Sechzehn.«

»Ja, ich weiß«, sagte Spangler. »Du hast es gestern gesagt. Man setzt voraus, daß wir keinen Jungen unter sechzehn annehmen, aber ich dachte, ich sollte es mit dir versuchen. Wie alt bist du?«

»Vierzehn«, sagte Homer.

»Schön«, antwortete Spangler, »dann wirst du also in zwei Jahren sechzehn.«

»Jawohl.«

»Wenn dir etwas unterkommt, das du nicht verstehst, dann komm zu mir.«

»Jawohl.« Homer machte eine Pause. »Wie ist es mit gesungenen Telegrammen?«

»Sind keine da«, sagte Spangler. »Davon bekommen wir nicht viele. Du hast eine hübsche Stimme, was?«

»Ich hab immer in der Sonntagsschule in Ithaka mitgesungen«, sagte Homer.

»Großartig«, sagte Spangler. »Genau so eine Stimme brauchen wir für unsere gesungenen Telegramme. Na, nehmen wir einmal an, Mr. Grogan da drüben kriegte ein Geburtstagstelegramm. Wie würdest du das machen?«

Homer ging zu Mr. Grogan hinüber und sang:

»Alles Gute zum Geburtstag,
Alles Gute zum Geburtstag,
Alles Gute, lieber Grogan,
Alles Gute zum Geburtstag.«

»Ich danke dir«, sagte Mr. Grogan.

»Sehr gut«, sagte Spangler zu Homer, »aber du darfst nicht singen: ›Lieber Grogan‹, sondern: ›Lieber *Herr* Grogan‹. Was machst du mit den fünfzehn Dollar, die du wöchentlich bekommst?«

»Ich gebe sie meiner Mutter«, antwortete Homer.

»Gut«, sagte Spangler. »Von heute an bist du fest angestellt. Du gehörst jetzt zum Personal. Paß auf – hör gut zu – halt Augen und Ohren offen!« Der Leiter des Telegrafenamtes schaute einen Augenblick ins Leere und fuhr dann fort: »Welche Pläne hast du für deine Zukunft?«

»Zukunft?« sagte Homer. Er war ein wenig verlegen, weil er sein Leben lang Tag für Tag Zukunftspläne machte, wenn es auch nur Pläne für den nächsten Tag waren. »Jaa –«, sagte Homer, »das weiß ich nicht bestimmt, aber ich glaube, ich möchte einmal etwas werden. Vielleicht ein Komponist oder so etwas Ähnliches – einmal.«

»Fein!« sagte Spangler. »Und hier ist der richtige Ort, um anzufangen. Musik, Musik überall – wirkliche Musik – direkt aus der Welt – direkt aus den Herzen der Menschen. Hörst du das Ticken des Telegrafen? Wunderbare Musik.«

»Jawohl«, sagte Homer.

Unvermittelt fragte Spangler: »Weißt du, wo die Bäckerei Chatterton am Broadway ist? Da hast du einen Vierteldollar. Geh und hol mir zwei gestrige Kuchen – Apfel und Kokosnußcreme. Zwei Stück für einen Vierteldollar.«

»Jawohl«, sagte Homer. Er fing die Münze auf, die Spangler ihm zuwarf, und lief aus dem Büro. Spangler blickte ihm nach und versank in müßiges, angenehmes, heimwehkrankes Träumen. Als er aus dem Traum wieder auftauchte, wandte er sich an den Telegrafisten und sagte: »Was hältst du von ihm?«

»Ein guter Junge«, sagte Mr. Grogan.

»Das glaub' ich auch«, sagte Spangler. »Kommt aus einer guten, armen Familie an der Santa-Clara-Avenue. Die Mutter arbeitet im Sommer im Packhaus. Die Schwester geht auf ein staatliches College. Er ist zwei Jahre zu jung, das ist alles.«

»Ich bin zwei Jahre zu alt«, antwortete Mr. Grogan. »Wir können miteinander gehen.«

Spangler erhob sich von seinem Pult. »Wenn du mich brauchst«, sagte er, »ich bin bei Corbett. Teilt die Kuchen untereinander –«. Er hielt inne und starrte wortlos auf Homer, der mit zwei in Papier eingeschlagenen Kuchen ins Büro gelaufen kam.

»Wie war doch dein Name?« fragte er den Junge fast schreiend.

»Homer Macauley«, sagte dieser.

Der Leiter des Telegrafenamtes legte den Arm um die Schultern des Jungen. »Richtig, Homer Macauley«, sagte er. »Du bist der Junge, den dieses Amt für den Nachtdienst braucht. Du bist wahrscheinlich der Schnellste in Ithaka und Umgebung. Du wirst einmal ein großer Mann werden – sofern du am Leben bleibst. Also sieh zu, daß du am Leben bleibst.« Er wandte sich um und verließ das Lokal, während Homer zu verstehen versuchte, was der Mann gesagt hatte.

»Schon gut, Junge«, sagte Mr. Grogan, »die Kuchen!«

Homer legte die Kuchen auf den Tisch neben Mr. Grogan, der fortfuhr: »Homer Macauley, mein Name ist William Grogan. Man nennt mich Willie, obgleich ich siebenundsechzig Jahre bin. Ich bin ein Telegrafist aus der alten Zeit, einer der letzten in der Welt. Ich bin auch Chef des Nachtdienstes in diesem Amt. Ferner bin ich auch ein Mensch, der Erinnerungen an viele wunderbare verschwundene Welten bewahrt. Schließlich bin ich auch hungrig. Wir wollen gemeinsam diese Kuchen verspeisen – den mit Äpfeln und den mit Kokosnußcreme. Von heute an sind wir zwei – du und ich – Freunde.«

»Jawohl«, sagte Homer.

Der alte Telegrafist brach einen Kuchen in vier Teile, und sie begannen, Kokosnußcreme zu essen.

»Ich werde dich«, fuhr Mr. Grogan fort, »gelegentlich ersuchen, für mich einen Weg zu machen oder mit mir etwas zu singen oder bei mir zu sitzen und mit mir zu plaudern. Im Falle von Trunkenheit erwarte ich von dir einen Grad von Verständnis, wie man ihn nach Mitternacht nicht erwarten darf. Wie alt bist du?«

»Vierzehn«, antwortete Homer, »aber ich glaube, ich habe sehr viel Verständnis.«

»Ausgezeichnet!« sagte Mr. Grogan. »Ich nehme dich beim Wort. Ich rechne damit, daß du jede Nacht dafür sorgst, daß ich fähig bleibe, meine Obliegenheiten zu erfüllen. Wenn du mich rüttelst und ich nicht antworte, dann ein Glas kaltes Wasser ins Gesicht, gefolgt von einer Tasse schwarzem Kaffee von Corbett.«

»Jawohl«, sagte Homer.

»Auf der Straße jedoch«, setzte Mr. Grogan fort, »ist der Vorgang ein völlig anderer. Wenn du mich in der Umarmung des Alkohols erblickst, dann grüß mich im Vorbeigehen, nimm aber keine Notiz von meinem seligen Zustand. Ich bin ein empfindlicher Mensch und wünsche nicht, Gegenstand des öffentlichen Interesses zu sein.«

»Kaltes Wasser und Kaffee im Büro«, wiederholte Homer, »und Grüßen auf der Straße. Jawohl.«

Den Mund voll Kokosnußcreme, fuhr Mr. Grogan fort: »Hast du den Eindruck, daß es in der Welt nach dem Krieg besser sein wird?«

Homer dachte einen Augenblick nach und sagte dann: »Jawohl.«

»Hast du Kokosnußcreme gern?« fragte Mr. Grogan.

»Jawohl«, sagte Homer.

Der Telegraf klappte. Mr. Grogan beantwortete den Anruf und setzte sich an die Schreibmaschine, ohne jedoch seine Rede zu unterbrechen. »Auch ich liebe Kokosnußcreme«, sagte er. »Auch Musik, besonders Gesang. Ich glaube gehört zu haben, daß du früher einmal in der Sonntagsschule gesungen hast. Bitte, sei so gut und sing mir eines der Sonntagsschullieder vor; inzwischen werde ich die Mitteilung aus Washington abtippen.«

Homer sang »Ein' feste Burg«, während Mr. Grogan das Telegramm tippte. Es war an Mrs. Sandoval, 1129 G Street, Ithaka, Kalifornien, adressiert, und in der Depesche unterrichtete das Kriegsministerium Mrs. Sandoval, daß ihr Sohn, Juan Domingo Sandoval, gefallen sei.

Mr. Grogan überreichte Homer das Telegramm. Dann machte er einen langen Zug aus einer Flasche, die er in der Schublade neben seinem Stuhl verwahrte. Homer faltete das Telegramm zusammen, steckte es in ein Kuvert, verschloß das Kuvert, steckte das Kuvert in seine Mütze und verließ das Telegrafenamt. Als der Junge fort war, erhob der alte Telegrafist seine Stimme und sang: »Ein' feste Burg.« Denn auch er war einmal jung gewesen wie jener Mensch.

Die ganze Welt
wird auf mich eifersüchtig sein

Aus dem Haus der Macauleys an der Santa-Clara-Avenue kam Musik. Bess und Mrs. Macauley spielten: »Die ganze Welt wird auf mich eifersüchtig sein.« Sie spielten es für Marcus, den Soldaten, wo immer er auch sein mochte, denn es war sein Lieblingslied. Aus dem Nachbarhaus kam Mary Arena ins Wohnzimmer, blieb neben Bess am Piano stehen und sang gleich mit. Sie sang für Marcus, der ihre ganze Welt war. Der kleine Ulysses horchte und sah zu. Irgend etwas war irgendwo geheimnisvoll, und er hätte gern herausgebracht, was es war, obwohl er schon halb schlief. Schließlich brachte er die Energie auf zu sagen:

»Wo ist Marcus?«

Mrs. Macauley blickte auf den Kleinen.

»Du mußt dich bemühen, zu verstehen —«, begann sie, schwieg aber wieder.

Ulysses bemühte sich, zu verstehen, wußte aber nicht, was er verstehen sollte.

»Was zu verstehen?« fragte er.

»Marcus ist von Ithaka fort«, sagte Mrs. Macauley.

»Warum?«

»Marcus ist beim Militär«, erklärte die Mutter.

»Wann kommt er nach Hause?« fragte der Kleine.

»Wenn der Krieg zu Ende ist«, sagte Mrs. Macauley.

»Morgen?«

»Nein, morgen nicht.«

»Wann?«

»Das wissen wir nicht. Wir warten.«

»Wo ist denn mein Vater?« fragte Ulysses. »Wenn wir warten, wird er dann auch nach Hause kommen wie Marcus?«

»Nein«, antwortete die Mutter, »so nicht. Er wird nicht die Straße entlang kommen, die Treppe herauf, durch die Veranda und ins Haus hinein, wie er es gewohnt war.«

Auch das war zuviel für den Jungen, und da es nur ein Wort gab, von dem man etwas Wahrheit und Trost erhoffen konnte, so sagte er dieses Wort:

»Warum?«

Mrs. Macauley wandte sich Bess und Mary zu. »Der Tod«, sagte sie, »ist keine für jedermann leicht verständliche Sache, am wenigsten für ein Kind; aber jedes Leben geht eines Tages zu Ende.« Sie sah Ulysses an. »Dieser Tag ist für deinen Vater vor zwei Jahren gekommen.« Ihre Augen gingen wieder zu Bess und Mary. »Aber solange wir leben«, fuhr sie fort, »solange wir beisammen sind, solange auch nur zwei von uns übrig sind und sich seiner erinnern, kann nichts in der Welt ihn uns nehmen. Sein Körper konnte uns genommen werden, aber nicht *er*. Du wirst deinen Vater besser kennenlernen, bis du groß bist und dich selber besser kennst. Er ist nicht tot, solange du lebst. Die Zeit und die Ereignisse, Krankheit und Müdigkeit haben seinen Körper genommen, aber du hast ihm ihn schon zurückgegeben, jünger und lebendiger denn je. Ich erwarte nicht, daß du etwas von dem verstehst, was ich dir da sage. Aber ich weiß, du wirst dich an eines erinnern: nämlich, daß nichts Gutes jemals endet. Wenn es endete, dann gäbe es auf der Erde keine Menschen, ja überhaupt kein Leben, nirgends auf der Erde. Und die Welt ist voll von Menschen und voll von wunderbarem Leben.«

Der Kleine dachte darüber eine Weile nach, und dann erinnerte er sich an ein Erlebnis desselben Tages:

»Was sind die Erdhörnchen?« fragte er.

Die Mutter traf eine solche Frage keineswegs unvorbereitet. Sie wußte, daß er Augen hatte und hinter den Augen Phantasie und hinter der Phantasie ein Herz, Leidenschaft und Liebe – nicht bloß für irgendein Ding allein, nicht für eine Art von Dingen allein, sondern für alles und alle.

»Die Erdhörnchen«, erklärte sie, »die Vögel in der Luft, die Fische im Meer, sie alle sind Teile des Lebens und auch unseres Lebens. Alles Lebende ist ein Teil von uns, und viele Dinge, die sich nicht bewegen, sind auch Teile von uns. Die Sonne ist ein Teil von uns, der Himmel, die Sterne, die Flüsse und die Meere. Alle Dinge sind Teile von uns, und wir sind zur Welt gekommen, um uns an ihnen zu erfreuen und Gott dafür zu danken.«

Der kleine Junge nahm diese Neuigkeiten zur Kenntnis.

»Wo ist denn Homer?« fragte er.

»Dein Bruder Homer arbeitet«, sagte Mrs. Macauley. »Er hat gestern eine Beschäftigung nach der Schule gefunden. Er wird nach Mitternacht nach Hause kommen, wenn du schon im Bett liegst und schläfst.«

Der Kleine konnte das nicht verstehen. Was heißt arbeiten? Welches Vergnügen hatte ein Mensch am Arbeiten?

»Warum arbeitet Homer?« fragte er.

Die beiden Mädchen saßen geduldig dabei und warteten, was Mrs. Macauley dem Kind antworten würde.

»Dein Bruder Homer arbeitet«, sagte sie, »weil dein Bruder Marcus beim Militär ist. Weil wir Geld haben müssen, um Essen und Kleider zu kaufen und die Miete zu zahlen – und um auch anderen etwas geben zu können, denen es schlechter geht als uns.«

»Wem?«

»Jedermann. Den Armen zum Beispiel.«

»Wer sind die Armen?«

»Jedermann«, antwortete die Mutter, still für sich lächelnd.

Ulysses bemühte sich verzweifelt, wach zu bleiben, aber es war ihm nicht mehr möglich.

»Du mußt daran denken«, sagte sie, »immer zu geben, von allem, was du hast. Du mußt sogar dort geben, wo es keinen Sinn hat. Du mußt unmäßig sein darin. Du mußt allen geben, die in dein Leben treten. Dann wird nichts und niemand die Macht haben, dich zu betrügen, denn wenn du einem Dieb gibst, so kann er dir nichts stehlen, und dann ist er kein Dieb mehr. Und je mehr du gibst, desto mehr wirst du haben, um geben zu können.«

Mrs. Macauleys Augen gingen von dem Kleinen zu seiner Schwester Bess hinüber. »Bring ihn zu Bett«, sagte sie.

Bess und Mary brachten den Jungen in sein Zimmer. Als sie draußen waren und die Mutter allein saß, hörte sie Schritte und wandte sich um. Da sah sie an der Tür Matthew Macauley, als wäre er nicht gestorben.

»Ich bin eingeschlafen«, sagte er. »Ich war sehr schläfrig. Bitte, verzeih mir, Katey.«

Er lachte, genau wie Ulysses lachte, und als Bess ins Wohnzimmer zurückkkam, sagte sie: »Wie wir ihn ins Bettchen steckten, da lachte er.«

Geh du deinen Weg,
ich will den meinen gehen

Vor dem Hause der Mrs. Sandoval stieg der Telegrafenbote von seinem Fahrrad. Er ging zur Tür und klopfte leise an. Er wußte sofort, daß jemand im Hause war. Zwar konnte er nichts hören, war aber sicher, daß auf sein Klopfen jemand öffnen würde, und sehr neugierig, wer diese Frau namens Rosa Sandoval sein würde, die jetzt von dem Morden in der Welt erfahren und es am eigenen Leibe spüren sollte. Nach einer Weile wurde die Tür geöffnet, drehte sich aber nur langsam in den Angeln. Die Bewegung der Tür drückte etwa folgendes aus: Wer immer diese Frau war, so hatte sie nichts in der Welt zu fürchten. Dann war die Tür offen, und da stand die Frau.

Homer erschien die Mexikanerin sehr schön. Er konnte sehen, daß sie ihr ganzes Leben sehr geduldig gewesen war, so daß sich nach all den Jahren ihr Mund an ein mildes, ja heiliges Lächeln gewöhnt hatte. Aber für Menschen, die nie Telegramme bekommen, bedeutet das Erscheinen eines Telegrafenboten an ihrer Tür schreckliche Verwicklungen. Homer wußte, daß Mrs. Rosa Sandoval erschrocken war, ihn zu sehen. Ihr erstes Wort war das erste Wort jeder Überraschung. Sie sagte: »Oh!«, als hätte sie nicht einen Telegrafenboten, sondern einen alten Bekannten erwartet, mit dem sie sich erfreut niedersetzen könnte. Bevor sie sprach, studierte sie Homers Augen, und Homer wußte, daß sie wußte, die Botschaft sei keine willkommene.

»Ein Telegramm?« sagte sie.

Es war nicht Homers Schuld. Seine Pflicht war es, Telegramme zuzustellen. Trotzdem schien es ihm, als wäre er an der ganzen Kalamität beteiligt. Er war verlegen und hatte beinahe das Gefühl, daß er allein für das, was geschehen war, verantwortlich wäre. Gleichzeitig drängte es ihn, geradeheraus zu sagen:»Ich bin nur ein Telegrafenbote, Mrs. Sandoval. Es tut mir leid, daß ich Ihnen ein solches Telegramm bringen muß, aber ich tu es bloß, weil es mein Dienst verlangt.«

»Für wen ist es?« fragte die Mexikanerin.

»Für Mrs. Rosa Sandoval, 1129 G Street«, antwortete Homer. Er hielt der Frau die Depesche hin, aber sie wollte sie nicht berühren.

»Sind Sie Mrs. Sandoval?« fragte Homer.

»Bitte, komm herein«, sagte sie. »Ich kann nicht englisch lesen. Ich bin Mexikanerin. Ich lese nur *La Prensa*, die aus Mexiko kommt.« Sie machte eine Pause und sah den Jungen an, der verlegen dastand und so nah an der Tür, als es möglich war, um dabei doch schon im Hause zu sein.

»Bitte«, sagte sie, »was steht im Telegramm?«

»Mrs. Sandoval«, begann der Junge, »im Telegramm steht —«

Aber da unterbrach ihn die Frau:»Aber du mußt das Telegramm öffnen und es mir vorlesen. Du hast es ja noch nicht geöffnet.«

»Jawohl, Madame«, sagte Homer, als spräche er mit einer Lehrerin, die ihn soeben verbessert hatte.

Er öffnete das Telegramm mit nervösen Fingern. Die Mexikanerin bückte sich, um das aufgerissene Kuvert aufzuheben, und versuchte, es zu glätten. Dabei sagte sie:»Von wem ist das Telegramm — von meinem Sohn Juan Domingo?«

»Nein, Madame«, antwortete Homer. »Das Telegramm ist vom Kriegsministerium.«

»Vom Kriegsministerium«, sagte die Mexikanerin.

»Mrs. Sandoval«, sagte Homer rasch, »Ihr Sohn ist tot. Vielleicht ist es ein Irrtum. Jeder Mensch begeht Irrtümer, Mrs. Sandoval. Vielleicht war es nicht Ihr Sohn. Vielleicht war es jemand anderer. Im Telegramm steht, daß es Juan Domingo war. Aber vielleicht hat das Telegramm unrecht.«

Die Mexikanerin tat, als hörte sie nicht.

»Ach, fürchte dich nicht«, sagte sie. »Komm herein. Komm herein. Ich bringe dir Bonbons.« Sie nahm den Jungen beim Arm und führte ihn an den Tisch in der Mitte des Zimmers, wo er sich niedersetzen mußte.

»Alle Jungen haben Bonbons gern«, sagte sie. »Ich bringe dir Bonbons.« Sie ging in ein anderes Zimmer und kam gleich mit einer alten Schokoladebonbonschachtel zurück. Sie öffnete die Schachtel auf dem Tisch, und Homer erblickte eine merkwürdige Art von Bonbons.

»Da«, sagte die Frau. »Iß diese Bonbons. Alle Jungen haben Bonbons gern.«

Homer nahm ein Bonbon aus der Schachtel, steckte es in den Mund und versuchte es zu zerbeißen.

»Du wirst mir kein schlechtes Telegramm bringen«, sagte sie. »Du bist ein guter Junge – wie mein kleiner Juanito, als er noch ein kleiner Junge war. Iß noch eines.« Und der Telegrafenbote mußte noch ein Bonbon nehmen.

Homer saß da und knabberte an dem trockenen Bonbon, während die Mexikanerin weitersprach: »Es sind unsere eigenen Bonbons, aus Kaktus. Ich mache sie für meinen Juanito, wenn er nach Hause kommt, aber iß sie nur. Du bist auch mein Junge.«

Jetzt begann sie plötzlich zu schluchzen, wobei sie sich zurückhielt, als wäre Weinen eine Schande. Homer wollte aufstehen und fortlaufen, wußte aber zugleich, daß er bleiben würde. Er glaubte sogar, er würde für den Rest seines Lebens dableiben. Er wußte bloß nicht, was er sonst versuchen könnte, um zu bewirken, daß die Frau weniger unglücklich sei, und wenn sie ihn gebeten hätte, den Platz ihres Sohnes einzunehmen, so hätte er nicht nein sagen können, weil er nicht gewußt hätte, wie. Er stand auf, als wollte er damit etwas ändern, das nicht zu ändern war, aber dann kam ihm das Alberne seiner Absicht zum Bewußtsein, und er wurde noch verlegener. Im stillen sagte er sich immer wieder: Was kann ich tun? Was zum Teufel kann ich tun? Ich bin doch nur der Telegrafenbote!

Plötzlich nahm ihn die Frau in die Arme und sagte: »Mein kleiner Junge, mein kleiner Junge!«

Er wußte nicht weshalb – denn er fühlte sich durch das ganze nur verwundet –, aber aus irgendeinem Grund war ihm übel, und er glaubte, er werde sich übergeben müssen. Er hegte keinen Widerwillen gegen die Frau, wie überhaupt gegen niemanden, aber was da geschehen war, schien ihm so verkehrt und abscheulich, daß er nicht wußte, ob er noch weiterleben wollte.

»Komm«, sagte die Frau, »setz dich hierher.« Sie drückte ihn in einen anderen Stuhl und blieb neben ihm stehen. »Laß dich ansehen«, sagte sie. Sie schaute ihn seltsam an, und der Junge, der sich am ganzen Körper krank fühlte, konnte sich nicht bewegen. Er empfand weder Liebe noch Abneigung, sondern nur etwas, das dem Ekel sehr nahekam, aber gleichzeitig tiefes Mitleid, nicht bloß mit der armen Frau, sondern mit allen Dingen und mit der lächerlichen Art, wie die Menschen leiden und sterben müssen. Er sah die Frau, wie sie vor langer Zeit als schönes, junges Weib neben der Wiege ihres Söhnchens saß. Er sah, wie sie auf dieses erstaunliche Menschenwesen niederblickte, sprachlos und hilflos und voll der Dinge, die da kommen würden. Er sah, wie sie die Wiege schaukelte, und hörte, wie sie dem Kind vorsang. Und seht sie euch jetzt an! sagte er zu sich selbst.

Mit einem Mal war er wieder auf seinem Fahrrad und fuhr schnell durch die dunkle Straße. Tränen kamen aus seinen Augen, und sein Mund flüsterte kindliche und verrückte Flüche. Als er wieder beim Telegrafenamt ankam, hatten die Tränen aufgehört, alles andere aber hatte erst angefangen, und er wußte, daß es nicht aufzuhalten sein würde. »Sonst bin ich so gut wie tot«, sagte er, als hörte ihm jemand zu, dessen Gehör nicht ganz gut war.

Ein Lied für Mr. Grogan

Homer saß an dem Tisch Mr. Grogan gegenüber. Die Telegrafendrähte schwiegen jetzt, aber plötzlich begann der Apparat zu klappern. Homer wartete, daß Mr. Grogan den Anruf beantwortete, aber Mr. Grogan antwortete nicht. Homer lief um den Tisch herum.

»Mr. Grogan«, sagte er, »Sie werden angerufen!« Er rüttelte den Mann sanft.

»Mr. Grogan«, sagte er, »wachen Sie auf! Wachen Sie auf!«

Homer lief zum Wasserkrug und füllte einen Papierbecher mit Wasser. Dann lief er zu dem alten Telegrafisten zurück, scheute aber davor zurück, die ihm erteilte Instruktion zu befolgen. Er setzte den Becher nieder und schüttelte Mr. Grogan nochmals.

»Mr. Grogan«, sagte er. »Wachen Sie auf! Sie werden angerufen!«

Nun schüttete er den Wasserbecher dem Telegrafisten ins Gesicht. Der fuhr mit einem Ruck in die Höhe, öffnete die Augen, sah Homer an, horchte auf den Apparat und beantwortete den Anruf.

»So ist's recht«, sagte er zu dem Jungen. »Jetzt schnell! Eine Tasse schwarzen Kaffee. Rasch!«

Homer rannte aus dem Büro und zu Corbett. Als er zurückkam,

waren die Augen des alten Telegrafisten beinahe wieder geschlossen, aber er machte noch seine Arbeit.

»So ist's recht, Junge«, sagte er. »Beunruhige dich nicht. Fürchte dich nicht. So ist's vollkommen richtig.«

Mr. Grogan unterbrach den Telegrafisten am anderen Ende des Drahtes für einen Augenblick und begann, seinen Kaffee zu schlürfen. »Erst das kalte Wasser ins Gesicht«, sagte er, »und dann den schwarzen Kaffee holen.«

»Jawohl«, sagte Homer. »Ist es ein wichtiges Telegramm?«

»Nein«, sagte Mr. Grogan. »Es ist höchst unwichtig. Geschäft. Anhäufung von Geld. Du brauchst es heute abend nicht zuzustellen. Höchst unwichtig. Aber sehr wichtig für mich, es aufzunehmen.«

Er sprach nun mit lauter Stimme, da er wieder wach und kräftig war. »Man wollte mich schon vor zwei Jahren pensionieren«, schrie er. »Man wollte Maschinen hereinstellen, wie man sie in der ganzen Welt erfindet – Multiplex und Teletype«, sagte er verächtlich. »Maschinen statt Menschen!« Jetzt sprach er wieder leise, gewissermaßen zu sich selbst oder zu den Leuten, die ihn von seinem Platz in der Welt verdrängen wollten. »Ich wüßte nicht, was mit mir anzufangen, wenn ich diese Arbeit nicht hätte. Ich glaube, ich würde in einer Woche sterben. Ich habe mein ganzes Leben gearbeitet und werde jetzt nicht aufhören.«

»Jawohl«, sagte Homer.

»Ich weiß, daß ich auf deine Hilfe rechnen kann, Junge«, sagte Mr. Grogan, »denn du hast mir schon geholfen. Ich danke dir, Junge.« Er begann wieder zu klappern. Die Antwort kam, und er tippte das Telegramm, aber währenddessen sprach er mit einer Art von Stolz und Energie, die Homer sehr gefiel. »Sollen es nur versuchen, mich aus meiner Arbeit hinauszudrängen!« schrie er. »Ja, ich war der flinkste Telegrafist der Welt. Flinker als Wochlinsky, habe abgeschickt und aufgenommen zugleich, und nie ein Fehler! Willie Grogan. Die Telegrafisten der ganzen Erde kennen diesen Namen. Sie wissen es: Willie Grogan war der beste von allen!« Er schwieg und lächelte dem Telegrafenboten zu – dem Jungen aus dem Armenviertel, der gestern abend seinen Dienst angetreten hatte, gerade zur rechten Zeit.

»Sing noch ein Lied, Junge«, sagte er, »denn du und ich, wir zwei leben noch.«

Homer begann sofort zu singen.

Wenn eine Nachricht kommt

Mrs. Macauley saß in dem alten Schaukelstuhl im Wohnzimmer des Hauses an der Santa-Clara-Avenue und wartete auf ihren Sohn. Kurz nach Mitternacht betrat er das Wohnzimmer. Er war schmutzig, müde und schläfrig, aber gleichzeitig sah sie ihm an, daß er aufgeregt und unruhig war. Sie wußte, daß seine Stimme, sobald er zu sprechen begann, gedämpft sein würde, wie es die Stimme ihres Mannes, seines Vaters, gewesen war. Lange stand er in dem dunklen Zimmer; er war einfach da. Und dann sagte er, statt mit den wichtigsten Sachen zu beginnen: »Alles in Ordnung, Mama. Ich will nicht, daß du Nacht für Nacht aufbleibst.« Er schwieg und sagte dann wieder: »Alles in Ordnung.«

»Ich weiß«, sagte die Mutter. »Jetzt setz' dich.«

Er machte ein paar Schritte, um sich in den alten, dickgepolsterten Fauteuil zu setzen, aber unterwegs fiel er zusammen. Die Mutter lächelte.

»Na«, sagte sie, »ich wußte ja, daß du müde bist, aber ich sehe dir auch an, daß du beunruhigt bist. Was ist los?«

Der Junge wartete einen Augenblick und begann dann sehr rasch, aber sehr ruhig zu sprechen: »Ich hatte ein Telegramm zu bestellen, an eine Dame drüben in der G Street. Es ist eine mexikanische Dame.« Plötzlich hielt er inne und stand auf.

»Ich weiß nicht, wie ich dir das erzählen soll«, sagte er, »weil – also das Telegramm war vom Kriegsministerium. Ihr Sohn ist gefallen, aber sie wollte es nicht glauben. Sie wollte es einfach nicht glauben. Ich habe noch nie jemanden mit so gebrochenem Herzen gesehen. Sie gab mir Bonbons zu essen – aus Kaktus gemachte.« Er schwieg wieder. »Sie sah mich an, als wäre *ich* ihr Junge, und eine Zeitlang war ich nicht sicher, ob ich es nicht wäre – so schlecht war mir zumute. Als ich ins Amt zurückkam, war der alte Telegrafist, Mr. Grogan, betrunken, genau so, wie er es vorausgesagt hatte. Ich machte, was er mir gesagt hatte – ich schüttete ihm Wasser ins Gesicht und holte ihm eine Tasse schwarzen Kaffee, um ihn wach zu halten. Wenn er seine Arbeit nicht tut, werden sie ihn pensionieren, und das will er nicht. Ich kriegte ihn wieder richtig nüchtern, und dann erzählte er mir von sich, und dann sangen wir. Ich glaube, es war dumm, aber es macht mich so traurig.«

Er pausierte, um eine Weile im Zimmer herumzugehen. An der offenen Tür blieb er stehen und fuhr fort, ohne die Mutter anzusehen: »Jetzt fühle ich mich mit einem Mal so einsam wie noch nie zuvor. Sogar als Papa starb, fühlte ich mich nicht so, weil – ja, wir schauten eben alle auf dich, und du hast uns nicht fühlen lassen, daß sich etwas geändert hatte. Und es hatte sich auch nichts geändert. Alles war in Ordnung. Ich weiß nicht, was es ist, aber jetzt ist alles geändert.« Und dann sagte er mit der Endgültigkeit junger Menschen: »*Alles.*«

Er wandte sich von der offenstehenden Tür zur Mutter um und sah ihr ins Gesicht. »In zwei Tagen«, sagte er, »ist alles anders geworden. Ich bin einsam und weiß nicht, warum ich einsam bin.«

Nun kam er näher zur Mutter und sagte: »Mama?«

Die Mutter antwortete nicht und wartete auf die Fortsetzung. »Ich weiß nicht, was in der Welt geschieht«, sagte er, »noch weshalb es geschieht, aber egal, was geschieht, laß *dir* nicht auf solche Weise wehtun. Alles ist verändert, aber laß du es für uns nicht zu sehr verändert sein.«

Die Frau lächelte und wartete, ob er nicht noch mehr zu sagen hätte, und als er schwieg, begann sie zu sprechen: »Alles ist verändert – für dich. Aber es ist auch wieder dasselbe wie vorher. Die Einsamkeit, die du empfindest, kommt daher, daß du kein Kind mehr bist. Aber von dieser Einsamkeit ist die Welt seit jeher voll gewesen. Die Einsamkeit kommt nicht vom Krieg. Der Krieg macht's nicht. Die Einsamkeit hat den Krieg gemacht. Es war die Verzweiflung aller Dinge darüber, daß sie nicht mehr die Gnade Gottes in sich hatten. Wir werden beisammen bleiben. Wir werden uns nicht allzusehr verändern.« Sie dachte einen Augenblick nach, und dann sagte sie, wie *sie* den unwillkommensten Fall dieser Veränderung in der Welt aufnehmen würde. »Wenn eine Nachricht kommt wie zu der Mexikanerin heut abend, dann werde ich die *Worte* glauben, aber sonst nichts. Und ich werde es nicht nötig haben, zu weinen, weil ich weiß, daß man meinen Sohn nicht töten kann.« Sie schwieg einen Augenblick und fuhr dann fast heiter fort: »Was hast du zu Abend gegessen?«

»Kuchen«, sagte Homer. »Apfelkuchen und Kokosnußcreme. Der Chef hat sie bezahlt. Er ist ein großartiger Mensch.«

»Morgen werde ich dir Bess mit einem Lunch schicken«, sagte Mrs. Macauley.

»Ich brauche keinen Lunch«, sagte Homer. »Es macht uns Spaß, auszugehen, etwas zu kaufen, uns hinzusetzen und miteinander zu essen. Du sollst dir nicht die Mühe machen, einen Lunch vorzubereiten und Bess damit zu mir zu schicken. Es macht mir mehr Spaß, auszugehen und etwas zu holen.« Er machte eine Pause. »Diese Arbeit ist etwas Wunderbares für mich«, sagte er dann, »aber daneben kommt mir freilich die Schule dumm vor.«

»Natürlich«, sagte Mrs. Macauley. »Schulen sind nur dazu da, um die Kinder von der Straße fernzuhalten, aber früher oder später müssen sie ja doch auf die Straße, ob sie wollen oder nicht. Bei Vätern und Müttern ist es nur natürlich, daß sie sich für ihre Kinder vor der Welt fürchten; aber es gibt nichts, wovor sie sich fürchten müßten. Die Welt ist voll geängstigter kleiner Kinder. Weil sie erschreckt sind, erschrecken sie auch einander. Bemüh dich, zu verstehen«, fuhr sie fort. »Bemüh dich, jeden Menschen zu lieben, dem du begegnest. Ich werde jeden Abend hier im Wohnzimmer sitzen und auf dich warten. Aber du brauchst nicht zu kommen und mit mir zu sprechen – außer du wünschst es. Ich werde es verstehen. Ich weiß, es wird Stunden geben, in denen dein Herz unfähig sein wird, deiner Zunge auch nur ein Wort zu leihen.« Sie schwieg und sah den Jungen an. »Du bist müde, ich weiß. Geh nun schlafen!«

»Gut, Mama«, sagte der Junge und ging in sein Zimmer.

Komm, o Herr, sei unser Gast

Um sieben Uhr morgens klickte die Weckuhr – das war alles –, und Homer setzte sich auf. Er stellte die Uhr ab, so daß die Alarmglocke nicht losging. Dann stieg er aus dem Bett, holte seinen New Yorker Körperbildungskurs hervor und begann, die Instruktionen für den Tag zu lesen. Sein Bruder Ulysses sah ihm wie immer zu, denn er erwachte mit Homer beim Klicken der Weckuhr, vor dem Alarmläuten, das Homer nie losgehen ließ. Der Körperbildungskurs aus New York bestand aus einem gedruckten Büchlein und einem elastischen Strekker. Homer schlug die siebente Lektion auf, während Ulysses unter seinen Arm kroch, um dem fabelhaften Zeug näher zu sein. Nach einigen gewöhnlichen Vorübungen, wie tief atmen, lag Homer flach auf dem Rücken und hob seine Beine steif vom Boden.

»Was ist das?« fragte Ulysses.

»Übungen.«

»Wozu?«

»Muskeln.«

»Wirst du der stärkste Mann der Welt werden?« fragte Ulysses.

»Neee«, antwortete Homer.

»Was denn wirst du werden?«

»Du geh und leg dich wieder schlafen«, sagte Homer.

Ulysses ging gehorsam in sein Bett zurück, blieb aber sitzen und sah zu. Schließlich begann Homer sich anzuziehen.

»Wohin gehst du?« fragte der jüngere Bruder.

»Schule«, sagte der ältere.

»Wirst du etwas lernen?«

»Ich laufe heute im Zweihundertzwanziger Niederen Hindernislauf.«

»Wohin wirst du mit den Hindernissen laufen?«

»Ich laufe mit ihnen nirgends hin. Es sind Holzgestelle, alle zehn bis fünfzehn Meter, und man muß beim Laufen darüberspringen.«

»Warum?«

»Ja«, sagte Homer beinahe ungeduldig, »es ist eben ein Wettlauf. Das Zweihundertzwanziger Niedere Hürdenlaufen. Es ist das große Rennen von Ithaka. Der Chef des Telegrafenamtes, wo ich arbeite, ist beim Zweihundertzwanziger Niederen Hürdenlaufen mitgelaufen, als er aufs Gymnasium ging. Er war Bezirksmeister.«

»Was ist ein Bezirksmeister?«

»Das ist der Beste.«

»Wer wird der Beste sein?«

»Ich werde mich bemühen«, sagte Homer. »Jetzt geh wieder schlafen!«

Ulysses schlüpfte in sein Bett zurück und sagte: »Morgen —«, dann korrigierte er sich: »Gestern hab' ich den Zug gesehen.«

Homer wußte, was ihm sein Bruder da erzählte. Er lächelte in der Erinnerung an seine eigene Faszination über den vorbeifahrenden Zug. »Wie war's?« fragte er.

Ulysses dachte erst nach. »Es war ein schwarzer Mann da, der winkte«, sagte er.

»Hast du ihm zurückgewinkt?« fragte Homer.

»Erst winkte ich zuerst«, berichtete Ulysses. »Dann winkte er zuerst. Dann winkte ich. Dann winkte er. Er sang ›Kentucky, weine nicht‹.«

»Soo?«

»Er sagte: ›Ich fahre nach Hause!‹« sagte Ulysses und sah seinen Bruder an. »Wann werden wir nach Hause fahren?«

»Wir sind ja zu Hause«, antwortete Homer.

»Warum ist er dann nicht hergekommen?«

»Jeder Mensch hat ein anderes Zuhause. Die einen im Osten, die anderen im Westen, manche im Norden, manche im Süden. Wir sind im Westen.«

»Ist Westen das beste?«

»Ich weiß es nicht«, sagte Homer. »Ich bin sonst nirgends gewesen.«

»Wirst du wegfahren?«

»Eines Tages.«

»Wohin?«

»New York.«

»Wo ist New York?«

»Osten. Nach New York. London. Nach London Paris. Nach Paris Berlin. Dann Wien, Rom, Moskau, Stockholm – eines Tages werde ich in alle großen Städte der Welt fahren.«

»Wirst du zurückkommen?«

»Gewiß.«

»Wirst du dich freuen, zurückzukommen?«

»Gewiß.«

»Warum?«

»Nun«, sagte Homer, »weil – weil ich froh sein werde, Mama und Marcus und Bess wiederzusehen.«

Dann sah er seinen Bruder an.

»Und weil ich mich freuen werde, dich wiederzusehen. Und Mary Arena im Nachbarhaus und ihren Vater, Mr. Arena. Weil ich mich freuen werde, nach Hause zu kommen und mich niederzusetzen und zu plaudern und Musik zu hören und zu singen und mit allen zu Abend zu essen.«

Der kleinere Bruder bat ernstlich: »Geh nicht fort, geh nicht fort, Homer!«

»Jetzt gehe ich ja nicht fort«, sagte der Ältere. »Jetzt geh' ich in die Schule.«

»Du sollst *nie* fortgehen«, sagte Ulysses. »Papa ist fortgegangen und nicht zurückgekommen. Marcus ist fortgegangen. Geh du nicht auch fort, Homer.«

»Es wird noch viel Zeit vergehen, bis ich fortgehe«, sagte Homer. »Und jetzt geh schlafen.«

»Gut«, sagte Ulysses. »Wirst du das Zweiundzwanziger laufen?«

25

»Das Zwei*hundert*zwanziger«, verbesserte Homer. »Das Zweihundertzwanziger Niedere Hürdenlaufen.«

Als Homer sich an den Frühstückstisch setzte, warteten die Mutter und Bess schon auf ihn. Die Familie senkte einen Moment lang die Köpfe, hob sie wieder und begann zu essen.

»Welches Gebet hast du gesprochen?« fragte Bess ihren Bruder.

»Desselbe wie immer«, antwortete Homer, und dann sagte er es her, Wort für Wort, genau wie er es gelernt hatte, als er noch kaum sprechen konnte:

»Komm, o Herr, sei unser Gast,
Der du aller Menschen Liebe hast.
Segne deine Geschöpfe, und mögest du geben,
Daß wir dereinst mit dir im Paradiese leben.
Amen.«

»Ach, das ist alt«, sagte Bess, »und außerdem weißt du nicht einmal, was du sprichst.«

»Das weiß ich sehr gut«, sagte Homer. »Vielleicht sage ich es ein bißchen zu rasch, weil ich hungrig bin, aber ich weiß, was es bedeutet. Jedenfalls kommt es auf den geistigen Inhalt an. Welches Gebet hast du denn gesprochen?«

»Erst mußt du mir sagen, was die Worte bedeuten«, sagte Bess.

»Was glaubst denn du, daß sie bedeuten?« fragte Homer. »Sie bedeuten genau das, was sie sagen.«

»Schön«, sagte Bess, »was sagen sie also?«

»Komm, o Herr, sei unser Gast«, erklärte Homer, »also, das heißt: Komm, o Herr, sei unser Gast. Herr hat viele Bedeutungen, glaub ich, es bedeutet eine Menge guter Dinge. Der du aller Menschen Liebe hast – nun, das heißt, daß alle Menschen das Gute lieben. Deine Geschöpfe, das sind, glaub ich, wir und jedermann. Segnen – das bedeutet – nun, eben Segnen. Segnen heißt vielleicht Verzeihen, denk ich. Oder vielleicht Lieben oder Behüten oder so etwas Ähnliches. Ich weiß es nicht genau, aber ich glaube, so etwas wird es sein. Mögest du geben, daß wir dereinst mit dir im Paradiese leben. Also, das bedeutet genau das, was es sagt. Eben, daß der Herr geben möge, daß wir dereinst mit ihm im Paradiese leben.«

»Wer ist ›du‹?« fragte Bess.

Homer wandte sich an seine Mutter: »Bedeutet das Gebet nicht, daß die Menschen, wenn sie gut sind, jedesmal im Paradies leben, sooft sie sich zu Tisch setzen? ›Du‹ – das ist das Gute, nicht wahr?«

26

»Selbstverständlich«, sagte Mrs. Macauley.

»Aber ist ›du‹ nicht jemand?« fragte Bess.

»Gewiß«, antwortete Homer. »Aber ich bin auch jemand. Mama und du und jedermann ist jemand. Mögest du geben, daß diese Welt das Paradies ist und daß wir alle, die Jemande sind, immer zu essen haben. Bess«, fuhr er ungeduldig fort, »es ist ein Tischgebet, und du weißt genau wie ich, was es bedeutet. Du willst mich bloß konfus machen. Gib dir keine Mühe. Du kannst es ruhig tun. *Jeder* kann's tun, glaub ich, aber es macht nichts aus, weil ich *glaube*. Alle Menschen glauben. Nicht wahr, Mama?«

»Natürlich«, sagte die Mutter. »Wer nicht glaubt, der lebt nicht. Und er kann überhaupt nicht leben, vom Paradies gar nicht zu reden, wie hoch auch sein Tisch mit wunderbarem Essen beladen sein mag. Der Glaube macht alles wunderbar, nicht die Dinge selbst.«

»Siehst du!« sagte Homer zu Bess, und dann wurde die Diskussion ein für allemal beendet. »Ich werde heute im Zweihundertzwanziger Niederen Hürdenlaufen auf dem Sportplatz mitlaufen«, sagte Homer.

»So?« sagte Mrs. Macauley. »Warum?«

»Ja, Mama, das ist ein wichtiger Wettlauf«, sagte Homer. »Mr. Spangler ist auch mitgelaufen, als er aufs Gymnasium von Ithaka ging. In diesem Rennen muß man laufen *und* springen. Er hat immer ein hartes Ei bei sich; es bringt ihm Glück«.

»Ein hartes Ei als Amulett bei sich zu tragen«, sagte Bess, »das ist Aberglauben.«

»Na schön, was ist der Unterschied?« sagte Homer. »Aberglauben oder sonst was. Er hat mich zu Chatterton geschickt, zwei gestrige Kuchen holen – Apfel und Kokosnußcreme. Zwei für einen Vierteldollar. Frische Kuchen kosten per Stück einen Vierteldollar, und wenn man nur einen Vierteldollar hat, kriegt man nur einen. Gestrige Kuchen kriegt man zwei für einen Vierteldollar, also hat man zwei. Einen halben Kuchen für mich und einen halben für Mr. Grogan, aber er kann höchstens eine oder zwei Schnitten essen. So bleibt für mich eine Menge übrig. Mr. Grogan macht sich mehr aus dem Trinken als aus dem Essen.«

Durch die hintere Tür kam Mary Arena, das Mädchen aus dem Nachbarhaus, in die Küche. Sie brachte eine kleine Schüssel mit und stellte sie auf den Tisch. Homer erhob sich.

»Hier, Mary«, sagte er. »Setz dich und frühstücke mit uns.«

»Ich habe soeben mit Papa gefrühstückt und ihn zur Arbeit ge-

schickt«, sagte Mary. »Jedenfalls danke ich sehr. Ich habe ein paar
gedünstete Pfirsiche mitgebracht, Mrs. Macauley. Ich habe sie für Papa gemacht.«

»Ich danke dir, Mary«, sagte Mrs. Macauley. »Wie geht es Papa?«

»Ausgezeichnet«, antwortete Mary. »Morgens und abends pflegt
er mich zu necken. Als er heute zum Frühstück kam, war sein erstes
Wort: ›Kein Brief? Noch immer kein Brief von Marcus?‹«

»Wir werden bald wieder einen Brief bekommen«, sagte Bess. Sie
stand vom Tisch auf. »Komm, Mary«, sagte sie, »gehen wir.«

»Gut, Bess«, sagte Mary, und dann zu Mrs. Macauley: »Um die
Wahrheit zu sagen, Mrs. Macauley, ich bin schon ganz krank und müde vom College. Es ist genauso wie das Gymnasium. Ich bin schon zu
alt, um immer noch in die Schule zu gehen. Die Zeiten haben sich geändert. Ich würde wahr und wahrhaftig lieber hinausgehen und mir irgendwo eine Arbeit suchen.«

»Ich auch«, sagte Bess.

»Unsinn«, sagte Mrs. Macauley. »Ihr seid beide Kinder – siebzehn
Jahre! Dein Vater hat gutbezahlte Arbeit, Mary, und dein Bruder
auch, Bess.«

»Aber es scheint mir doch nicht richtig, Mrs. Macauley«, sagte Mary. »Es scheint mir nicht richtig, nur in die Schule zu gehen, wenn
Marcus beim Militär ist und die ganze Welt sich gegenseitig die
Augen ausschlägt. Manchmal wünsche ich mir, ein Mann zu sein,
dann könnte ich mit Marcus beim Militär sein. Wir würden bestimmt
miteinander einen Hauptspaß haben.«

»Mach dir keine Sorgen, Mary«, sagte Mrs. Macauley. »Alles geht
vorüber. Alles wird wieder sein wie früher, ehe wir uns versehen.«

»Nun«, sagte Mary, »wollen wir es hoffen.« Dann ging sie mit ihrer
Freundin Bess Macauley zur Schule.

Homer sah den Mädchen nach. Nach einer Weile sagte er: »Was
bedeutet das, Mama?«

»Nun, das ist doch vollkommen natürlich«, sagte Mrs. Macauley,
»daß zwei Mädel hinauswollen und die Flügel regen möchten.«

»Ich meine nicht das mit dem Hinauswollen und die Flügel regen«,
sagte Homer. »Ich meine Mary.«

»Mary ist ein liebes, natürliches und kindliches Mädchen«, sagte
die Mutter. »Sie ist das kindlichste Mädchen, das ich kenne, und ich
bin froh, daß Marcus in sie verliebt ist. Marcus könnte kein lieberes
Mädchen finden.«

»Mama«, sagte Homer ungeduldig, »ich weiß das alles. Davon spreche ich nicht. Verstehst du nicht?« Er hielt inne, und dann setzte er plötzlich hinzu, als hätte es keinen Zweck, über seine Empfindung zu sprechen – die Empfindung, daß der Krieg vielen Menschen Leiden bringe, die gar nichts mit dem Krieg zu tun haben. »Na gut, also auf Wiedersehen heut abend, wenn ich nach Hause komme. Adieu.«

Mrs. Macauley blickte ihm nach und fragte sich, was er ihr eigentlich hatte sagen wollen. Plötzlich sah sie aus dem Augenwinkel jemanden – jemand sehr kleinen. Es war Ulysses in seinem Nachthemd. Er blickte zur Mutter auf, fast so wie ein Tierjunge zu einem Geschöpf seiner Art aufblickt, das seine größte Freude und sein größter Trost ist. Der Ausdruck seines Gesichts war tiefernst und unsagbar reizvoll. »Warum hat er gesagt: ›Weine nicht‹?« fragte Ulysses.

»Wer?«

»Der schwarze Mann im Zug.«

»Es ist ein Lied, Ulysses«, erklärte ihm die Mutter. Sie nahm ihn bei der Hand. »Komm jetzt und zieh dich an.«

»Wird der schwarze Mann heute wieder im Zug sein?« fragte der Kleine.

Mrs. Macauley dachte einen Augenblick nach. Dann sagte sie: »Ja.«

Hier muß es irgendwo Kaninchen geben

Auf dem Weg zur Schule kam Homer Macauley in der San-Benito-Avenue an einem Lattenzaun vorüber, der ein leeres Grundstück voller Unkraut beschützte. Der Zaun war alt und morsch und diente zu nichts anderem, als durch seine majestätische Lächerlichkeit einen kleinen, wüsten Platz zu verschönern und eine gelangweilte Gesellschaft verschiedener Unkrautsorten zu beschützen, die sicherlich keines Schutzes bedurften. Der Tagesschüler und Nachttelegrafenbote brachte sein Fahrrad mit einem gewaltigen Bremsen und Rutschen zum Stehen, ließ die Maschine zu Boden fallen und rannte zu dem Zaun hin, als sähe er dort etwas überaus Vergängliches, das verschwinden würde, wenn er sich nicht beeilte. Der Zaun war etwa einen Fuß höher als die normalen niedrigen Hürden, und wenn es hier etwas Vergängliches gab, so verging es so langsam, daß es dazu ein Jahrhundert gebraucht hätte. Homer studierte den Zaun, den Platz dahinter und den Bewegungsraum davor, und dann maß er die Höhe des Zaunes, der ihm beträchtlich über die Leibesmitte reichte. Nun probierte er ein paar Sprünge, ging zehn Meter zurück, und dann rannte er, ohne sich selber ein Zeichen zu geben, wütend gegen den Zaun los. Als er nahe genug war, machte er einen prächtigen Sprung, gab dem Zaun einen Fußtritt, brach ihn teilweise nieder und fiel selber ins Unkraut; er stand aber sofort wieder auf und ging zurück, um es noch einmal zu versuchen. Das Holz des Zaunes zerbrach leicht und mit einem Geräusch, das von vornehmer Überflüssigkeit und daher komisch war. Alles in allem machte Homer sieben Versuche, jedoch alle sieben ohne Erfolg. Er hörte erst auf, als der Zaun noch verfallener darniederlag als zuvor.

Aus dem Hause jenseits der Straße kam ein alter Mann mit einem Spazierstock und einer Tabakspeife und sah Homer ruhig an. Als Homer sich eben von seinem letzten Sturz erhob und sich abputzte, begann der Alte zu sprechen.

»Was machst du da?« sagte er.

»Hürdenspringen.«

»Hast dir wehgetan?«

»Nee«, sagte Homer. »Der Zaun ist ein bißchen zu hoch, weiter nichts. Und das Unkraut ist rutschig.«

Der Alte schaute einen Moment auf das Unkraut und sagte dann: »Das ist Wolfsmilch. Ein sehr gutes Futter für Kaninchen. Kaninchen fressen es gern. Ich hatte einmal vor elf Jahren einen Kaninchenstall, aber eines Nachts hat jemand die Tür aufgemacht, und da sind sie alle davongelaufen.«

»Warum hat man die Tür aufgemacht?« fragte Homer.

»Ja, das weiß ich nicht«, antwortete der Alte. »Ich hab' nie herausgekriegt, wer's getan hat. Ich habe dreiunddreißig Stück der reizendsten Kaninchen verloren, die du je gesehen hast. Rosa Augen, Katzengesichter, Belgier und noch zwei, drei andere Rassen – hab's nie herausgekriegt.«

»Lieben Sie Kaninchen?« fragte Homer.

»Es sind liebe Tierchen«, sagte der alte Mann. »Gezähmte Kaninchen haben sehr milde Sitten.« Er blickte unter dem Unkraut des leeren Grundstückes umher. »Dreiunddreißig Kaninchen seit elf Jahren draußen im Freien«, sagte er. »Da kann man nicht wissen, wieviel es heute sind – wie *die* sich fortpflanzen – wie *wild* sie sind. Es würde

30

mich nicht überraschen«, fuhr er fort, »wenn die ganze Stadt voll wilder Kaninchen wäre.«

»*Ich* habe keine gesehen«, sagte Homer.

»Möglich«, erwiderte der Alte. »Aber sie sind hier – irgendwo. Höchstwahrscheinlich ist die ganze Stadt von ihnen überlaufen. Noch zwei Jahre, und es wird ein ernstes Problem sein.«

Trotzdem setzte sich Homer auf sein Fahrrad. »Na«, sagte er, »ich muß jetzt weiter. Auf Wiedersehen!«

»Auf Wiedersehen!« sagte der Alte. »Ich heiße Charles – sag' einfach Charlie zu mir. Bist jederzeit gern gesehen.«

»Jawohl«, sagte Homer. Dann kam er auf sein eigenes Thema zurück. »Ich laufe heute nachmittag im Zweihundertzwanziger Niederen Hürdenlauf auf dem Sportplatz des Gymnasiums«, erzählte er dem Alten.

»Ich selbst bin nie aufs Gymnasium gegangen«, sagte der alte Mann, »aber ich habe im Spanisch-Amerikanischen Krieg mitgekämpft.«

»Jawohl«, sagte Homer. »Also, adieu!«

»Ja, ja«, sagte der Alte, aber er sprach nun zu sich selbst. »Der Spanisch-Amerikanische Krieg. Bin die halbe Zeit gelaufen wie ein Kaninchen.«

Homer verschwand auf seinem Fahrrad um die Ecke. Der Alte schlenderte zu seinem baufälligen Häuschen zurück, paffte an seiner Pfeife und schaute sich um. Mit seinem Spazierstock stocherte er in einem großen Gestrüpp. »Hier muß es irgendwo Kaninchen geben«, murmelte er. »Wilde Kaninchen jetzt – nicht mehr so, wie sie waren.«

Geschichte des Altertums

Auf dem Sportplatz des Gymnasiums von Ithaka waren die Hürden für das Niedere Hindernislaufen über zweihundertzwanzig Yard aufgestellt. Jetzt, am Morgen, machten vier Jungen einen Übungslauf. Alle liefen gut – unter der Kontrolle des Trainers – und nahmen die Hürden in guter Form. Trainer Byfield kam mit der Stoppuhr in der Hand auf den Sieger zu.

»Das war schon besser, Ackley«, sagte er zu dem Jungen, der sicherlich nicht gewöhnlich, aber auch nicht allzu ungewöhnlich aussah. Es war ein Knabe, der durch sein reserviertes Benehmen die Zugehörigkeit zu einer Familie verriet, in der man in den letzten Jahrzehnten keinen Mangel an Nahrung, Kleidern oder Unterkunft gekannt hatte und die gelegentlich andere gleich gut Situierte bei sich zu Gast sah.

»Du hast noch viel zu lernen«, sagte der Trainer zu dem Jungen, »aber ich glaube, du wirst in der Lage sein, das Laufen heute nachmittag zu gewinnen.«

»Ich werde mich sehr bemühen«, antwortete der Knabe.

»Ja, das weiß ich«, sagte der Trainer. »Heute wirst du keinen Konkurrenten haben, aber in vierzehn Tagen beim Bezirkstreffen wird es eine Menge geben. Geh jetzt unter die Brause und mach dir keine Sorgen wegen des Nachmittags.«

»Jawohl«, erwiderte der Junge. Er entfernte sich, blieb aber plötzlich stehen. »Verzeihen Sie, Herr Byfield«, sagte er, »wie war meine Zeit?«

»Nicht schlecht«, antwortete der Trainer, »aber besonders gut auch nicht. Ich würde mich aber um die Zeit nicht kümmern. Lauf nur, wie ich es dich gelehrt habe, und ich denke, du wirst als erster hereinkommen.«

Die anderen drei Läufer standen beisammen, beobachteten die beiden und horchten.

»Benehmen tut er sich wie ein Weichling«, sagte ein Junge zu den beiden anderen, »aber er kommt immer als erster herein. Was ist mit dir, Sam?«

»Was mit *mir* ist?« erwiderte Sam. »Was ist mit *dir?* Warum schlägst *du* ihn nicht?«

»Ich war zweiter.«

»Zweiter ist nicht besser als dritter«, sagte der andere Junge.

»Von Hubert Ackley dem Dritten lassen wir uns besiegen!« sagte Sam. »Wir sollten uns schämen.«

»Gewiß«, sagte der zweite Junge, »aber wir haben keine Ausreden. Er läuft einfach ein besseres Rennen, das ist alles.«

Der Trainer wandte sich zu den dreien und sagte in einem vollkommen veränderten Ton: »Vorwärts, Burschen, macht Bewegung! Ihr seid nicht so gut, daß ihr herumstehen und euch etwas einbilden könnt. Zurück zum Start und zu einem neuerlichen Probelauf!«

Wortlos gingen die Jungen zu ihren Startmarken zurück, und der Trainer ließ sie zu einem zweiten Rennen ablaufen. Nachdem der Lauf begonnen hatte, beschloß der Trainer, sie vor dem nachmittägi-

32

gen Wettbewerb noch zweimal rennen zu lassen. Es schien, als wollte er Hubert Ackley III. das Rennen gewinnen lassen.

Das Klassenzimmer für Geschichte des Altertums füllte sich rasch, während die Lehrerin, die alte Miss Hicks, auf das Glockenzeichen und auf das Eintreten von Ordnung und Ruhe wartete, was in ihrer Klasse das Signal zum Beginn eines erneuten Versuches war, die Jungen und Mädel von Ithaka zu erziehen, jetzt am Gymnasium und bald, wenigstens theoretisch, für das Leben in der Welt. Homer Macauley starrte mit einem Interesse, das an Anbetung grenzte, ein Mädchen namens Helen Eliot an, das eben von der Tür zu ihrem Pult ging. Dieses Mädchen war ohne Zweifel das schönste Mädchen der Welt. Davon abgesehen war sie ein Snob, doch weigerte sich Homer zu glauben, das dies eine natürliche oder dauernde Eigenschaft sei. Trotzdem und obwohl er sie verehrte, war der Snobismus Helen Eliots der bitterste Feind seines Schuldaseins. Unmittelbar hinter ihr kam Hubert Ackley III. Als Hubert Helen einholte, flüsterten die beiden einen Augenblick miteinander, was Homer sehr aufregte. Das Glockenzeichen ertönte, und die Lehrerin sagte: »Achtung! Ruhe, bitte. Wer fehlt?«

»Ich«, sagte ein Junge. Er hieß Joe Terranova und war der Komiker der Klasse. Die vier, fünf Getreuen Joes, die Mitglieder seines komisch-religiösen Kults, äußerten prompt ihre Anerkennung für seinen schlagfertigen Witz. Aber Helen Eliot und Hubert Ackley sahen sich stirnrunzelnd nach den Juxbrüdern der Klasse um, diesen unmanierlichen Sprößlingen von Slumbewohnern. Das ärgerte wiederum Homer so sehr, daß er, als sich das Gelächter bereits gelegt hatte, in ein künstliches »Hahaha!« ausbrach, direkt in die Gesichter des verachteten Hubert und der angebeteten Helen. Dann wandte er sich rasch zu Joe und sagte: »Und du, Joe, halt's Maul, wenn Miss Hicks spricht!«

»Nun, genug von deinen Dummheiten, Joseph«, sagte Miss Hicks. Und zu Homer gewandt: »Und von deinen auch, junger Mann.« Sie hielt einen Augenblick inne, um die Klasse zu überblicken. »Nun«, begann sie wieder, »wollen wir die Assyrer wieder aufnehmen, wo wir sie gestern verlassen haben. Ich wünsche jedermanns ungeteilte Aufmerksamkeit – jedermanns *unausgesetzte* ungeteilte Aufmerksamkeit. Zunächst wollen wir aus unserem Lehrbuch der Geschichte des Altertums ein Stück lesen. Dann werden wir über das, was wir gelesen haben, eine mündliche Diskussion führen.«

Der Komiker konnte sich diese Gelegenheit zu einem Ulk nicht entgehen lassen. »Nein, Miss Hicks«, schlug er vor, »wir wollen es nicht mündlich diskutieren. Wir wollen es schweigend diskutieren, damit ich dabei schlafen kann.« Wieder brachen die Getreuen in brüllendes Gelächter aus, und wieder wandten sich die Snobs angewidert ab. Miss Hicks antwortete dem Clown nicht sofort, denn einerseits war es schwer, sich an seinem schlagfertigen Witz nicht zu erfreuen, und andererseits war es ebenso schwer, mit dem Burschen fertig zu werden, ohne seinen Witz abzutöten. Und doch war es absolut notwendig, ihn im Zaum zu halten. Schließlich entschloß sie sich zu sprechen.

»Du darfst nicht unfreundlich sein, Joseph«, sagte sie, »besonders, wenn du zufällig recht hast und ich unrecht habe.«

»Bitte, es tut mir leid, Miss Hicks«, sagte der Komiker. »Aber ich kann mir einfach nicht helfen. Mündliche Diskussion! Was gibt es denn sonst für eine Diskussion? Aber, bitte – ich bitte um Entschuldigung.« Dann winkte er, sozusagen sich selbst und seine Anmaßung verspottend, der Lehrerin zu und sagte gönnerhaft: »Fahren Sie fort, Miss Hicks.«

»Danke«, sagte die Lehrerin. »Jetzt alles aufgewacht!«

»Aufgewacht?« sagte Joe. »Sehen Sie hin – sie schlafen alle beinahe.«

Obgleich die alte Lehrerin an Joes Einfällen ihr Vergnügen hatte, fand sie es doch für nötig zu sagen: »Noch eine solche Unterbrechung, Joseph, und ich werde dich bitten müssen, in die Direktionskanzlei zu gehen.«

»Ich versuche bloß, mich selbst ein bißchen zu erziehen«, sagte der Komiker. »Aber betrachten Sie sie nur! Sie schlafen beinahe, nicht wahr?« Und dann ließ er den Blick über die Gesichter der Schüler im Klassenzimmer schweifen und fügte hinzu: »Auch alle meine Kameraden. Die großen Baseballspieler!«

»Ach, halt's Maul, Joe«, sagte Homer zu seinem Freund. »Du brauchst dich nicht immer so aufzuspielen. Jeder weiß, wie gescheit du bist.«

»Kein Wort mehr!« sagte Miss Hicks. »Kein Wort mehr – von keinem von euch! Nun schlagen wir Seite 117, zweiter Absatz, auf.« Alle schlugen die Seite auf und suchten die Stelle. »Die Geschichte des Altertums«, fuhr die Lehrerin fort, »mag als ein langweiliges und überflüssiges Studium erscheinen. In einer Zeit wie der gegenwärtigen, da sich in unserer eigenen Welt so viel Geschichte abspielt, mag es einem nutzlos vorkommen, eine andere, längst vergangene Welt zu studieren und zu verstehen. Ein solcher Gedanke ist jedoch grundfalsch. Es ist für uns sehr wichtig, andere Zeiten, andere Kulturen, andere Völker und andere Welten kennenzulernen. Wer will freiwillig herauskommen und vorlesen?« Zwei Mädchen und Hubert Ackley III. erhoben die Hände.

Joe, der Komiker, wandte sich zu Homer und sagte: »Schau dir das Bürschchen an, was?«

Von den beiden Mädchen, die sich gemeldet hatten, wählte die Lehrerin Helen Eliot, die schöne und snobistische. Homer verfolgte entgeistert ihrem Gang zum Katheder. Dort stand sie nun, einen Moment lang überirdisch schön, und begann mit der reinsten, anziehendsten Stimme zu lesen, während Homer sich über das unfaßbare Mirakel eines solchen Körpers und einer solchen Stimme verwunderte.

»Die Assyrer«, las Helen Eliot, »hatten lange Nasen, langes Haar und lange Bärte. Sie brachten Ninive im Norden zu einer großen Machtstellung. Nach mancherlei Konflikten mit den Hethitern, den Ägyptern und anderen Völkern eroberten sie unter der Regierung Tiglath Pilesers I. im Jahre 1100 v. Chr. Babylon. Jahrhundertelang wechselte die Macht zwischen dem aus Stein erbauten Ninive und dem aus Ziegeln erbauten Babylon. Zwischen den Namen ›Syrer‹ und ›Assyrer‹ besteht kein Zusammenhang, und die Assyrer bekriegten die Syrer, bis Tiglath Pileser III. sie besiegte und die zehn verlorenen Stämme Israels in die Verbannung führte.«

Helen machte eine Pause, um Atem zu schöpfen und damit den nächsten Absatz zu lesen; aber ehe sie noch weiterzulesen begann, sagte Homer Macauley: »Wie ist es mit Hubert Ackley III.? Wen hat *er* besiegt, oder was hat *er* getan?«

Der wohlerzogene Knabe erhob sich mit ehrlicher Gekränktheit. »Miss Hicks«, sagte er sehr ernst, »ich kann nicht dulden, daß eine derartige absichtliche Bosheit ohne Verweis oder Bestrafung durchgeht. Ich muß Sie bitten, Mr. Macauley in die Direktionskanzlei zu schicken. Andernfalls«, setzte er bedächtig hinzu, »müßte ich die Angelegenheit selbst in die Hand nehmen.«

Homer sprang von seinem Sitz auf. »Ach, halt's Maul!« sagte er. »Du heißt doch Hubert Ackley III., nicht? Schön, was hast du jemals geleistet, oder was hat Hubert Ackley II. geleistet oder Hubert Ackley I.?« Er schwieg einen Augenblick, wandte sich dann zu Miss Hicks und dann zu Helen Eliot. »Ich glaube, das ist eine ganz vernünftige Frage«, sagte er. Und an Hubert Ackley wiederholte er die Frage: »Was haben sie geleistet?«

»Nun«, sagte Hubert, »wenigstens war niemals ein Ackley ein gemeiner –«, er stockte, um das passende vernichtende Wort zu finden, und sagte dann: »Krakeeler« – ein Wort, das in Ithaka sonst niemand vorher gehört hatte.

»Krakeeler?« fragte Homer. Er wandte sich an die Lehrerin: »Was bedeutet das, Miss Hicks?« Da sie mit einer Definition des Ausdrukkes nicht sofort zur Verfügung stand, wandte sich Homer rasch zu Hubert Ackley und fuhr fort: »Du, Nummer drei, hör zu: gib mir keinen Schimpfnamen, den ich noch nicht gehört habe.«

»Ein Krakeeler«, sagte Hubert, »ist ein Krawallmacher, ein roher Kerl« – er pausierte, um ein noch gemeineres Wort zu finden.

»Ach, halt's Maul!« sagte Homer.

Er wandte sich Helen Eliot zu und lächelte das berühmte Macauleylächeln. »Krakeeler!« wiederholte er. »Was ist das für eine Beleidigung?« Dann setzte er sich nieder.

Helen Eliot wartete auf ein Zeichen der Lehrerin, um weiterzulesen. Aber Miss Hicks gab das Zeichen nicht. Schließlich verstand Homer. Er erhob sich und sagte zu Hubert Ackley III.: »Schön, ich bitte um Entschuldigung. Es tut mir leid.«

»Danke«, sagte der wohlerzogene Knabe und setzte sich.

Die Lehrerin für Geschichte des Altertums blickte einen Moment über das Zimmer und sagte dann: »Homer Macauley und Hubert Ackley werden nach der Stunde hierbleiben.«

»Aber, Miss Hicks«, sagte Homer, »was wird mit dem Wettlaufen sein?«

»Das Wettlaufen interessiert mich nicht«, sagte die Lehrerin. »Die Entwicklung eures Benehmens ist ebenso wichtig wie eure körperliche Entwicklung. Vielleicht noch wichtiger.«

»Miss Hicks«, sagte Hubert Ackley, »das Gymnasium von Ithaka rechnet damit, daß ich den Zweihundertzwanziger Niederen Hürdenlauf heute nachmittag gewinne und daß ich in vierzehn Tagen bei der Bezirksmeisterschaft eine gute Leistung zeige. Ich glaube, Trainer Byfield wird auf meiner Teilnahme bestehen.«

»Ich weiß nichts davon, daß Trainer Byfield darauf bestehen wird«, sagte Homer, »aber *ich* werde heute nachmittag beim Zweihundertzwanziger Niederen Hürdenlauf dabei sein. Schluß.«

Hubert Ackley sah Homer an. »Ich hatte keine Ahnung«, sagte er, »daß du für das Rennen genannt bist.«

»Ja, das bin ich«, sagte Homer. Und zur Lehrerin: »Miss Hicks, wenn Sie uns diesmal gehen lassen, so verspreche ich, daß ich nie wieder stören werde oder ungehorsam sein oder sonst etwas. Hubert verspricht es auch.« Er wandte sich an Hubert und sagte zu ihm: »Nicht wahr?«

»Ja, Miss Hicks«, sagte Hubert.

»Ihr beide werdet nach der Stunde hierbleiben«, sagte die Lehrerin für Geschichte des Altertums. »Helen, bitte, lies weiter!«

»Die verbündeten Heere«, las Helen, »der Chaldäer aus dem Süden und der Meder und Perser aus dem Norden unterwarfen das assyrische Kaiserreich, und Ninive beugte sich ihrer Macht. Nebukadnezar II. herrschte über das zweite babylonische Kaiserreich. Dann kam Cyrus der Große, König von Persien, mit seinen Erobererhorden. Seine Eroberung war jedoch nur eine Episode, denn die Nachkommen seiner Heere wurden ihrerseits von Alexander dem Großen unterjocht.«

Homer, der jetzt verbittert und von der Nachtarbeit ermüdet war und von der holden Stimme des Mädchens, das seiner Meinung nach für ihn allein geschaffen war, eingelullt wurde, ließ langsam den Kopf auf die Arme sinken und gab sich einem Zustand hin, der fast einen vollwertigen Ersatz für den Schlaf bildete. Aber noch immer konnte er hören, wie das Mädchen vorlas.

»Aus diesem Schmelztiegel«, las sie weiter, »hat die Welt ein Erbe von großem Wert empfangen. Die fünf Bücher Mosis verdanken manche ihrer Grundsätze den Gesetzen des Hammurabi, den man den Gesetzgeber nannte. Von ihrem arithmetischen System, in welchem sie sowohl das Vielfache von zwölf wie das uns geläufige Vielfache von zehn verwendeten, leiten wir die Einteilung der Stunde in sechzig Minuten und die des Kreises in dreihundertsechzig Grade ab. Die Araber schenkten uns ihre Ziffern, die wir noch immer zum Unterschied von dem römischen System die arabischen Ziffern nennen. Die Assyrer erfanden die Sonnenuhr. Die modernen Apothekersymbole und die Zeichen des Tierkreises gehen auf die Babylonier zurück. Verhältnismäßig neue Ausgrabungen in Kleinasien haben zu der Entdeckung geführt, daß hier ein mächtiges Reich bestanden hat.«

»Ein mächtiges Reich?« träumte Homer. »Wo? In Ithaka? Ithaka in Kalifornien? Fort und beim Teufel und verschwunden? Ohne große Männer, ohne große Erfindungen, ohne Tierkreis, ohne Humor, ohne nichts? Wo war dieses Reich?« Er entschloß sich, sich wieder aufzusetzen und umherzuschauen. Aber er sah nur das Gesicht Helen Eliots, vielleicht das größte Reich von allen, und er hörte ihre wundervolle Stimme, vielleicht die größte Errungenschaft der leidenden Menschheit.

»Die Hethiter«, hörte er Helen Eliot sagen, »sind die Küste entlang nach Ägypten gezogen. Sie vermischten ihr Blut mit den hebräischen Stämmen und gaben den Hebräern die hethitischen Nasen.«

Helen hörte zu lesen auf und wandte sich zur Lehrerin für Geschichte des Altertums. »Das ist der Schluß des Kapitels, Miss Hicks«, sagte sie.

»Sehr gut, Helen«, sagte Miss Hicks. »Ich danke dir für dein ausgezeichnetes Vorlesen. Du kannst dich setzen.«

Ein Vortrag
über die menschliche Nase

Miss Hicks wartete, bis Helen ihren Platz wieder eingenommen hatte, und ließ dann den Blick über die Gesichter der Schüler gleiten. »Nun«, sagte sie, »was haben wir gelernt?«

»Daß alle Völker der Erde Nasen haben«, sagte Homer.

Miss Hicks war über diese Antwort nicht empört, sondern nahm sie für das, was sie wert war. »Was noch?« fragte sie.

»Daß die Nasen«, sagte Homer, »nicht nur zum Schneuzen und Schnupfenhaben da sind, sondern auch, um die Geschichtsschreibung in Ordnung zu halten.«

Miss Hicks wandte sich von Homer ab und sagte: »Ein anderer, bitte. Homer scheint von den Nasen hingerissen zu sein.«

»Ja, es steht doch im Buch, nicht?« sagte Homer. »Weshalb wird es denn erwähnt? Es muß wichtig sein.«

»Vielleicht«, sagte Miss Hicks. »Möchten Sie einen Stegreifvortrag über die Nase halten, Mr. Macauley?«

»Bitte«, sagte Homer, »wenn auch nicht gerade einen Vortrag – aber wir können aus der Geschichte des Altertums eines lernen.« Und dann fuhr er langsam und gewissermaßen mit überflüssiger Emphase fort: »Die Menschen haben zu allen Zeiten Nasen gehabt. Um sich davon zu überzeugen, braucht man sich nur alle hier in diesem Klassenzimmer anzusehen.« Er sah sich in der Runde nach allen um. »Nasen«, sagte er, »soweit das Auge reicht.« Er überlegte einen Moment, was man zu dem Thema noch sagen könnte. »Die Nase«, entschloß er sich zu sagen, »ist vielleicht der lächerlichste Teil des menschlichen Gesichts. Stets ist sie für die menschliche Rasse ein Gegenstand der Verlegenheit gewesen, und die Hethiter haben vermutlich alle anderen besiegt, weil ihre Nasen so groß und gekrümmt waren. Es ist gleichgültig, wer die Sonnenuhr erfunden hat, denn früher oder später hat doch jemand die Taschenuhr erfunden. Das Wesentliche ist: Wer hat die Nasen erfunden?«

Der Komiker Joe hörte mit gespanntem Interesse, mit Bewunderung, wenn nicht mit Neid zu. Homer fuhr fort:

»Manche Menschen sprechen durch die Nase. Sehr viele schnarchen durch die Nase, aber nur sehr wenige pfeifen oder singen durch die Nase. Manche werden an der Nase herumgeführt, andere wieder benutzen sie, um sie in allerlei Dinge hineinzustecken. Nasen sind von tollen Hunden und von Filmschauspielern in leidenschaftlichen Liebesgeschichten gebissen worden. Türen sind vor ihnen zugeschlagen worden, und sie wurden in Drahtschlingen und Schnappschlössern gefangen. Die Nase ist feststehend wie ein Baum, da sie aber an einem beweglichen Gegenstand, dem Kopf, angewachsen ist, so muß sie schwere Leiden erdulden, indem sie dahin und dorthin mitgenommen wird, wo sie bloß im Wege ist. Der Zweck der Nase ist, zu riechen, was in der Luft liegt, aber manche Menschen beschnüffeln mit der Nase die Ideen, das Benehmen oder das Aussehen anderer.« Er drehte sich um und schaute erst Hubert Ackley III. und dann Helen Eliot an, deren Nase sich, anstatt aufwärts zu streben, aus irgendeinem Grunde leicht abwärts senkte. »Diese Menschen«, fuhr Homer fort, »tragen ihre Nasen gewöhnlich sehr hoch, als wäre dies der Weg, es zu etwas zu bringen. Die meisten Tiere haben Nüstern, aber nur wenige besitzen Nasen, nämlich was wir unter Nasen verstehen, jedoch ist der Geruchssinn bei den Tieren viel höher entwickelt als beim Menschen, der eine Nase hat, und zwar nicht zum Spaß.« Homer Macauley holte tief Atem und beschloß, seinen Vortrag zu beenden: »Das Allerwichtigste an der Nase ist, daß sie Ungelegenheiten bereitet, Kriege verursacht, alte Freundschaften untergräbt und manches glückliche Heim zerstört. Kann ich jetzt zum Hindernislauf gehen, Miss Hicks?«

Obgleich befriedigt von den einfallsreichen Ausführungen über ein triviales Thema, wollte die Lehrerin für Geschichte des Altertums dennoch diesem Erfolg keinen Einfluß auf die Notwendigkeit, Ordnung im Klassenzimmer aufrecht zu erhalten, einräumen. »Sie werden nach der Stunde hierbleiben Mr. Macauley«, sagte sie, »und Sie auch, Mr. Ackley. Nachdem wir nun die Nasen erledigt haben, soll ein anderer sich zu dem äußern, was wir gelesen haben.«

Niemand äußerte sich.

»Vorwärts, vorwärts!« sagte Miss Hicks. »Jemand anderer soll etwas zu dem Gegenstand sagen – irgendeiner!«

Der Komiker Joe meldete sich. »Nasen sind rot«, reimte er, »violett oder blau. Die Klasse ist tot. Und höchstwahrscheinlich Sie auch, liebe Frau.«

»Sonst noch jemand?« fragte Miss Hicks.

»Große Nasen kommen häufig bei Seefahrern und Forschern vor«, sagte ein Mädchen.

»Kinder mit zwei Köpfen haben zwei Nasen«, sagte Joe.

»Die Nase sitzt niemals am Hinterkopf«, sagte einer von Joes Bewunderern.

»Jemand anderer!« sagte Miss Hicks. Sie wandte sich an einen Jungen und rief ihn beim Namen: »Henry?«

»Ich weiß nichts über Nasen«, sagte Henry.

Joe drehte sich nach Henry um: »Also, wer ist Moses?«

»Moses ist in der Bibel«, antwortete Henry.

»Hatte er eine Nase?« fragte Joe weiter.

»Sicher hatte er eine«, sagte Henry.

»Also schön«, sagte Joe. »Warum sagst du dann nicht: ›Moses hatte eine Nase, die so groß war wie die der meisten Menschen?‹ Hier wird Geschichte des Altertums unterrichtet. Warum bemühst du dich nicht, ab und zu etwas zu lernen? Moses – Nasen – Geschichte des Altertums. Kapiert?«

Henry versuchte zu kapieren. »Moses – Nase –« begann er. »Nein, einen Moment – Moses' Nase war eine große Nase.«

»Ach«, seufzte Joe, »du wirst nie etwas lernen. Du wirst im Armenhaus sterben. Moses hatte eine Nase, die so groß war wie die der meisten Menschen! Henry, das mußt du dir einprägen! Denk darüber nach.«

»Also gut jetzt«, sagte Miss Hicks, »sonst noch jemand?«

»Die Hand ist schneller als das Auge«, sagte Joe, »aber nur die Nase läuft.«

40

»Miss Hicks«, meldete sich Homer, »Sie müssen mich zum Zweihundertzwanziger Hürdenlaufen gehen lassen.«

»Ich interessiere mich für gar keine Art von Hürden«, sagte Miss Hicks. »Nun, meldet sich niemand mehr?«

»Also«, sagte Homer, »ich habe Ihnen doch die Klasse zum Leben erweckt, nicht wahr? Ich habe alle dazu gebracht, daß sie etwas über die Nase sagten, nicht wahr?«

»Das gehört auf ein anderes Blatt«, antwortete die Lehrerin für Geschichte des Altertums. »Niemand mehr?«

Aber es war schon zu spät. Die Glocke läutete. Alles erhob sich, um auf den Sportplatz zu laufen, mit Ausnahme von Homer Macauley und Hubert Ackley III.

Das Zweihundertzwanziger Niedere Hürdenlaufen

Der Trainer für Körpersport am Gymnasium zu Ithaka stand in der Kanzlei des Direktors desselben Gymnasiums – eines Mannes, dessen Familienname Ek war, ein Umstand, über den Mr. Robert Ripley in einer Tageszeitung durch eine Karikatur mit der Überschrift: »Unglaublich, aber wahr« gebührend berichtete. Mr. Eks Vorname war Oskar, was nicht der Erwähnung wert war.

»Miss Hicks«, sagte der Direktor des Gymnasiums zu Ithaka, »Miss Hicks ist die älteste und weitaus beste Lehrerin, die wir je an dieser Schule gehabt haben. Sie war *meine* Lehrerin, als ich dieses Gymnasium besuchte, und sie war auch *Ihre* Lehrerin, Mr. Byfield. Es würde mir sehr schwerfallen, wegen der Bestrafung zweier störrischer Jungen über ihren Kopf hinweg zu handeln.«

»Hubert Ackley der Dritte ist kein störrischer Junge«, sagte der Trainer. »Homer Macauley – ja. Hubert Ackley – nein. Er ist ein vollendeter kleiner Gentleman.«

»Jawohl«, erwiderte der Direktor, »Hubert Ackley stammt aus einer gutsituierten Familie. Aber wenn Miss Hicks ihm sagt, er müsse nach der Stunde dableiben, dann ist etwas daran. Gewiß ist er ein vollendeter kleiner Gentleman, kein Zweifel. Ich erinnere mich daran, daß auch sein Vater es war. Vollendet – vollendet. Aber Miss Hicks ist Lehrerin der Klasse für Geschichte des Altertums, und es ist kein Fall bekannt, daß sie einen Schüler gestraft hätte, der die Strafe nicht verdiente. Hubert Ackley wird sich damit abfinden, ein anderes Mal bei dem Wettlauf mitzutun.«

Damit war die Angelegenheit – so dachte wenigstens der Direktor – endgültig abgeschlossen. Der Trainer machte kehrt und verließ die Kanzlei. Aber er begab sich nicht auf den Sportplatz. Vielmehr ging er in das Klassenzimmer für Geschichte des Altertums. Dort traf er Homer, Hubert und Miss Hicks an. Er machte vor der alten Lehrerin eine Verbeugung und sagte lächelnd:

»Miss Hicks, ich habe über diese Angelegenheit mit Mr. Ek gesprochen.« Mit dieser Bemerkung wollte er andeuten, daß er ermächtigt worden sei, Hubert Ackley aus der Haft zu befreien. Homer Macauley sprang auf, als ob er es wäre, der befreit werden sollte.

»Du nicht«, sagte der Trainer in verächtlichem Ton. Dann wandte er sich zu dem anderen Jungen und sagte: »Mr. Ackley.«

»Was soll das heißen?« fragte die Lehrerin für Geschichte des Altertums.

»Mr. Ackley«, erklärte der Trainer, »muß sich sofort seinen Sportdress anziehen und im Zweihundertzwanziger Niederen Hürdenlauf mitlaufen. Wir warten auf ihn.«

»Sooo?« machte Homer. Er floß über von gerechter Entrüstung. »Na, und was ist mit *mir – Mr.* Macauley?« Der Trainer gab keine Antwort, sondern verließ den Raum, gefolgt von einem ziemlich unsicheren und verwirrten jungen Mann – Hubert Ackley III.

»Haben Sie das gesehen, Miss Hicks?« rief Homer Macauley aus. »Ist das nun besondere Bevorzugung oder nicht?«

Die Lehrerin für Geschichte des Altertums war über den Vorfall so erregt, daß sie kaum sprechen konnte.

»Mr. Byfield«, flüsterte sie, »eignet sich bloß zur körperlichen Erziehung ebensolcher Esel, wie er selber es ist.« Sie hielt inne, da sie sich der Unwürdigkeit dieser Bemerkung bewußt wurde. »Es tut mir leid«, fuhr sie fort, »aber dieser Mensch ist nicht nur ein Ignorant, sondern auch ein Lügner!« Es war ein Vergnügen, Miss Hicks in solch natürliche und unbeherrschte Erbitterung ausbrechen zu sehen. Homer bekam dabei das Gefühl, daß sie die beste Lehrerin der Welt sei.

»Ich habe ihn nie leiden mögen«, sagte Homer. »Es tut mir wohl, zu wissen, daß Sie ihn auch nicht leiden mögen.«

»Ich lehre Geschichte des Altertums am Gymnasium zu Ithaka seit fünfunddreißig Jahren«, sagte Miss Hicks. »Ich war die Schulmutter von Hunderten Knaben und Mädchen von Ithaka. Ich habe deinen Bruder Marcus und deine Schwester Bess unterrichtet, und wenn du zu Hause noch jüngere Geschwister hast, so werde ich eines Tages auch sie unterrichten.«

»Nur einen Bruder, Miss Hicks«, sagte Homer. »Er heißt Ulysses. Wie war Marcus in der Schule?«

»Marcus und Bess«, erwiderte Miss Hicks, »waren beide gut – brav und gesittet. Ja – gesittet«, sie betonte das Wort sorgfältig. »Das Vorbild der alten Völker hat sie von Geburt an gesittet gemacht. Marcus hat wohl auch, so wie du, manchmal ungefragt gesprochen, aber er hat nie gelogen. Nun halten mich diese minderwertigen Geschöpfe – diese Byfields, die nie etwas anderes waren als Dummköpfe –, nun denken die, ich bin bloß ein altes Frauenzimmer. Er ist hergekommen, um mich mit Vorbedacht anzulügen, genau so, wie er mich zu der Zeit, da er als Junge in diesem Klassenzimmer saß, angelogen hat. Er hat nichts gelernt als schamlose Speichelleckerei jenen gegenüber, die ihm überlegen sind.«

»Sooo??« machte Homer wieder, womit er die Lehrerin für Geschichte des Altertums zur Fortsetzung ihrer Kritik herausfordern wollte.

»Ich habe bessere Menschen gekannt, die sich von Leuten seines Schlages herumstoßen lassen mußten«, fuhr sie fort. »Von solchen Leuten, die sich den Weg durchs Leben bahnen, indem sie lügen und schwindeln, um andere, die hoch über solchem Benehmen stehen, zu verdrängen. Das Zweihundertzwanziger Niedrige Hürdenlaufen! Wirklich *Niedrig!*« Die Lehrerin für Geschichte des Altertums war furchtbar verletzt. Sie schneuzte sich und wischte sich die Augen.

»Ach, nehmen Sie sich's nicht zu Herzen, Miss Hicks«, sagte Homer. »Ich bleibe hier. Sie können mich bestrafen, weil ich ungefragt gesprochen habe. Ich glaube, es ist mir einfach herausgerutscht, aber von jetzt an werde ich mich bemühen, brav zu sein. Ich habe nicht gewußt, daß Lehrer auch menschliche Wesen sind wie jeder andere – ja, noch bessere! Es ist schon recht, Miss Hicks. Sie können mich bestrafen.«

»Ich habe dich nicht zurückbehalten, um dich zu bestrafen, Homer Macauley«, sagte die Lehrerin für Geschichte des Altertums. »Ich behalte immer nur die zurück, die für mich etwas bedeuten – ich behalte sie zurück, um ihnen näherzukommen. Ich will noch immer nicht glauben, daß ich mich in Hubert Ackley täusche. Mr. Byfield war es, der ihn zum Ungehorsam gegen mich veranlaßte. Ich hätte euch ohnedies beide nach einer kleinen Weile auf den Sportplatz geschickt.

Ihr seid nicht zur Bestrafung, sondern zur Erziehung zurückbehalten worden. Ich beobachte die geistige Entwicklung der Kinder, die in meine Klasse kommen, und jedes neue Anzeichen dieser Entwicklung macht mich glücklich. Du hast dich bei Hubert Ackley entschuldigt, und obgleich es ihn in Verlegenheit brachte, weil deine Entschuldigung ihn verächtlich machte, so hat er sie doch dankbar angenommen. Ich habe euch nach der Stunde zurückbehalten, weil ich mit euch beiden sprechen wollte – mit dem einen aus einer gutsituierten Familie und dem anderen aus einer guten, aber armen Familie. Es wird für ihn viel schwerer sein, in der Welt vorwärtszukommen, als für dich. Ich wollte, ihr solltet einander ein bißchen besser kennenlernen. Das wäre sehr wichtig. Ich wollte mit euch *beiden* sprechen.«

»Ich glaube, ich kann Hubert gut leiden«, sagte Homer, »nur scheint er sich für etwas Besseres zu halten als die anderen Jungen.«

»Ja, ich weiß«, sagte die Lehrerin für Geschichte des Altertums. »Ich kenne deine Gefühle, aber jeder Mensch in der Welt ist besser als irgendein anderer und wiederum nicht so gut wie irgendein anderer. Joe Terranova ist gescheiter als Hubert, aber Hubert ist in seiner Art ebenso anständig. In einem demokratischen Staat ist jeder Mensch jedem anderen gleich in dem Grad seiner Bemühung, und außerdem hat jeder Mensch die Freiheit, sich zu bemühen, gut zu sein oder nicht, anständig oder verächtlich zu werden, wie er es wünscht. Mir liegt viel daran, daß meine Knaben und Mädchen sich bemühen, gutzutun und anständig zu werden. Wie meine Kinder äußerlich erscheinen, das spielt bei mir keine Rolle. Mich kann man weder durch angenehme noch durch schlechte Manieren täuschen. Ob eines meiner Kinder reich oder arm, Katholik oder Protestant oder Jude, weiß, schwarz oder gelb, aufgeweckt oder stumpf, begabt oder einfältig ist – das spielt bei mir keine Rolle, wenn es im Innern menschlich ist, wenn es ein Herz hat, wenn es Wahrheit und Ehre liebt, wenn es die Geringeren achtet und die Höherstehenden liebt. Wenn die Kinder meiner Klasse menschlich sind, verlange ich von ihnen nicht, daß sie in der Art ihrer Menschlichkeit einander gleichen sollen. Wenn sie nicht verdorben sind, spielt es für mich keine Rolle, wie sie sich voneinander unterscheiden. Ich will, daß jeder er selbst sein soll. Ich verlange nicht von dir, Homer, daß du, bloß mir zu Gefallen, um mir meine Arbeit zu erleichtern, genau so sein sollst wie irgendein anderer. Von einem Klassenzimmer voller vollendeter kleiner Damen und Gentlemen würde ich bald genug kriegen. Ich will, daß meine Kinder *Men-*

schen sind, jedes ein Mensch für sich, jedes eine erfreuliche und erregende Variante aller anderen. Ich wollte, daß Hubert dies mit dir hier anhört, damit er mit dir verstehen lernt, daß es nur ganz natürlich ist, wenn er dich im Augenblick nicht leiden kann und du ihn nicht. Ich wollte, er solle erfahren, daß jeder von euch beginnen wird, wahrhaft menschlich zu sein, wenn ihr einander trotz eurer natürlichen gegenseitigen Abneigung Achtung entgegenbringt. Das nenne ich gesittet sein, und das ist es, was wir aus dem Studium der Geschichte des Altertums lernen sollen.« Die Lehrerin hielt einen Augenblick inne und sah den Jungen an, dem aus einem ihm unbegreiflichen Grunde die Tränen in den Augen standen.

»Es freut mich, zu dir gesprochen zu haben«, sagte sie, »es freut mich mehr, als wenn es ein anderer gewesen wäre. Wenn du einmal diese Schule verläßt, und wenn du mich längst vergessen haben wirst, werde ich noch nach dir in der Welt ausblicken, und ich werde niemals überrascht sein, wenn ich hören werde, daß du nur Gutes tust.« Wieder schneuzte sich die Lehrerin für Geschichte des Altertums und führte das Taschentuch an die Augen. »Nun lauf auf den Sportplatz«, sagte sie. »Kämpfe im Zweihundertzwanziger Niederen Hürdenrennen gegen Hubert Ackley. Wenn du keine Zeit mehr hast, dich umzukleiden, dann lauf, wie du bist, auch wenn dich alle auslachen. Bis du es im Leben zu etwas bringst, wirst du noch sehr oft Gelächter hören, und nicht nur das Gelächter von Menschen, sondern auch das höhnische Gelächter von Dingen, die sich dir in den Weg stellen und dich aufhalten wollen – aber ich weiß, du wirst das Gelächter nicht beachten.« Die Lehrerin seufzte und sagte mit müder Stimme: »Lauf zum Sportplatz, Homer Macauley, ich werde dir zusehen.«

Der zweitälteste Sohn der Familie Macauley aus der Santa-Clara-Avenue in Ithaka machte kehrt und ging aus dem Zimmer.

Auf dem Sportplatz hatten Hubert Ackley und die drei Jungen, die schon am gleichen Tag mit ihm gelaufen waren, bereits Aufstellung genommen zum Start für das Zweihundertzwanziger Niedere Hindernisrennen. Homer erreichte den fünften Startplatz genau in dem Augenblick, da der Mann mit der Pistole den Arm hob, um das Zeichen zum Ablauf zu geben. Homer fühlte sich sehr wohl, obgleich es ihn ärgerte, und war überzeugt, daß nichts in der Welt ihn hindern könne, das Rennen zu gewinnen, weder seine falschen Schuhe, noch seine zum Laufen ungeeigneten Kleider, noch das Training der anderen, noch sonst irgend etwas. Er würde ganz selbstverständlich den Wettlauf gewinnen.

Hubert Ackley, der auf dem Startplatz neben Homer stand, wandte sich zu ihm und sagte: »*So* kannst du das Rennen nicht gewinnen.«

»Nicht?« sagte Homer. »Wir werden ja sehen.«

Mr. Byfield, der auf dem Gerüst saß, drehte sich zu seinem Nebenmann und fragte: »Wer ist das, der da auf der Außenbahn ohne Dress startet?« Dann fiel ihm ein, wer es war.

Er beschloß, das Rennen aufzuhalten, um den fünften Läufer zu entfernen, aber es war zu spät. Die Pistole war abgeschossen, und die Läufer hatten zu laufen begonnen. Homer und Hubert nahmen die erste Hürde knapp vor den anderen, die auch gut hinüberkamen. Bei der zweiten Hürde war Homer Hubert um ein Geringes voraus, und so ging's weiter über die dritte, vierte, fünfte, sechste, siebente und achte Hürde – Hubert war ihm fortwährend dicht auf den Fersen. Im Laufen riefen die beiden Jungen einander allerhand zu. Bei der ersten Hürde rief Hubert: »Wo hast du so laufen gelernt?«

»Nirgends«, rief Homer zurück. »Ich lerne es jetzt.«

Bei der zweiten Hürde sagte Hubert: »Wozu die Eile? Wir laufen zu schnell.«

»Ich gewinne das Rennen«, antwortete Homer.

Bei der dritten Hürde fragte Hubert: »Wer sagt das?«

Und bei der vierten erwiderte Homer: »Ich.«

An der fünften Hürde sagte Hubert: »Mäßige dein Tempo. Es ist ein langer Lauf. Du wirst müde werden.« Und dann rief er plötzlich aus: »Schau! Da kommt Byfield!«

Homer kam in demselben Augenblick zur neunten Hürde, als der Trainer des Gymnasiums zu Ithaka aus der entgegengesetzten Richtung dort anlangte. Nichtsdestoweniger sprang Homer über die Hürde. Er sprang direkt in die offenen Arme des Trainers, und beide fielen zu Boden. Hubert Ackley hemmte seinen Lauf und wandte sich nach den übrigen Läufern um. »Bleibt stehen, wo ihr seid«, rief er. »Laßt ihn aufstehen. Er läuft ein gutes Rennen und ist gestört worden.« Homer kam rasch auf die Beine und lief weiter. In dem Moment, da er wieder startete, begannen auch die anderen zu laufen.

Auf dem Zuschauergerüst war alles, sogar Helen Eliot, über den Vorfall bestürzt. Nun stand die Lehrerin für Geschichte des Altertums, Miss Hicks, am Rennziel. Sie applaudierte, aber ihr Beifall galt allen Jungen.

»Vorwärts, Homer!« rief sie. »Vorwärts, Hubert! Schnell, Sam! George! Henry!«

An der vorletzten Hürde holte Hubert Ackley Homer Macauley ein. »Entschuldige!« sagte er. »Ich mußte es tun.«

»Geh an die Spitze«, erwiderte Homer, »wenn du kannst.«

Hubert überholte Homer um ein Geringes, und nun war es nicht mehr weit zum Ziel. Homer refüsierte die letzte Hürde, kam aber fast zugleich mit dem Sieger durchs Ziel. Das Finish war so knapp, daß man nicht sagen konnte, ob Hubert Ackley oder Homer Macauley den Wettlauf gewonnen hatte. Gleich darauf kamen Sam, George und Henry herein, und Miss Hicks, die Lehrerin für Geschichte des Altertums, versammelte sie um sich.

»Ihr seid herrlich gelaufen«, sagte sie, »jeder einzelne!«

»Entschuldigen Sie, Miss Hicks«, sagte Hubert Ackley. »Ich hätte mit Homer nachsitzen sollen.«

»Jetzt ist alles in Ordnung«, sagte Miss Hicks, »und es war schön von dir, daß du auf Homer gewartet hast, als er aufgehalten wurde.«

Wütend und erbittert und ein bißchen taumelig von dem Sturz, den er getan, kam der Trainer des Gymnasiums zu Ithaka auf die Gruppe zugelaufen, die sich um Miss Hicks versammelt hatte.

»Macauley!« schrie er schon aus einer Entfernung von fünfzehn Metern. »Für den Rest des Semesters bist du für das, was du eben getan hast, von der Teilnahme an allen Sportveranstaltungen der Schule ausgeschlossen!«

Der Trainer war herangekommen und blieb stehen, wilde Blicke nach Homer Macauley schießend. Die Lehrerin für Geschichte des Altertums wandte sich an ihn:

»Mr. Byfield, weshalb bestrafen Sie Homer Macauley?«

»Verzeihen Sie, Miss Hicks«, erwiderte der Trainer, »ich pflege meine Entscheidungen ohne Unterstützung der Fakultät für Geschichte des Altertums zu treffen.« Und zu Homer gewandt: »Hast du verstanden?«

»Jawohl«, sagte Homer.

»Jetzt geh in mein Zimmer und bleib dort, bis ich dir sage, daß du gehen kannst«, sagte Byfield.

»In Ihr Zimmer?« wiederholte Homer. »Aber ich muß doch –« Er

hatte sich daran erinnert, daß er um vier Uhr im Dienst sein mußte.
»Wie spät ist es?« fragte er.

Hubert Ackley sah auf seine Armbanduhr. »Dreiviertel vier«, sagte
er.

»Geh in mein Zimmer!« schrie Byfield.

»Aber Sie verstehen mich nicht, Mr. Byfield«, sagte Homer. »Ich
muß irgendwohin gehn. Ich komme zu spät.«

Joe Terranova kam herzu. »Weshalb hätte er nach der Stunde dableiben sollen?« fragte er. »Er hat nichts Schlechtes getan.«

Das war für den Trainer zuviel. »Du halt dein kleines Dreckmaul!«
schrie er Joe an. Dabei stieß er den Jungen, daß er hinfiel. Aber ehe
Joe noch den Boden erreicht hatte, schrie er: »Dreckmaul!«

Homer packte Mr. Byfield, als gälte es ein Fußballmatch, und sagte
gleichzeitig: »Sie dürfen einen Freund von mir nicht beschimpfen!«

Jetzt lagen Homer und Byfield wieder am Boden, Joe Terranova
stand wieder auf den Beinen. Wütend sprang er auf Byfield los, so
daß dieser sich über den ganzen Platz wälzte. Der Direktor der Schule, Mr. Ek, kam atemlos und bestürzt gelaufen.

»Meine Herren!« rief er. »Jungen, Jungen!« Er zerrte Joe Terranova von dem Trainer weg, der nicht imstande war, sich zu erheben.

»Mr. Byfield«, sagte der Schuldirektor, »was soll dieses ungewöhn-
liche Verhalten bedeuten?«

Wortlos zeigte Byfield auf Miss Hicks.

Miss Hicks stand zu seinen Häupten. »Ich habe Ihnen hundertmal
gesagt, Mr. Byfield, Sie sollen die Jungen nicht herumstoßen. Sie mögen es nicht.« Dann wandte sie sich zum Direktor: »Mr. Byfield muß
sich bei Joe Terranova entschuldigen.«

»Stimmt das? Stimmt das, Mr. Byfield?« sagte Mr. Ek.

»Joes Familie stammt aus Italien«, sagte Miss Hicks. »Es ist jedoch
nicht bekannt, daß sie Dreckmäuler wären.«

»Er braucht sich bei mir nicht zu entschuldigen«, sagte Joe Terranova. »Wenn er schimpft, hau ich ihm das Maul ein. Wenn er mich
prügelt, hol ich meine Brüder.«

»Joseph!« sagte Miss Hicks. »Du mußt Mr. Byfield gestatten, sich
bei dir zu entschuldigen. Er entschuldigt sich nicht bei dir oder deiner
Familie. Er entschuldigt sich bei unserem ganzen Land. Du mußt ihm
die Chance geben, noch einmal den Versuch zu machen, Amerikaner
zu sein.«

»Jawohl, ganz richtig«, sagte der Direktor der Schule. »Wir sind in

Amerika, und Ausländer ist hier nur der, der vergißt, daß wir in Amerika sind.« Er wandte sich zu dem Mann, der noch immer am Boden lag. »Mr. Byfield!« sagte er in befehlendem Ton.

Der Trainer des Gymnasiums zu Ithaka kam auf die Beine. Ohne sich an jemand Bestimmten zu wenden, sagte er: »Ich bitte um Entschuldigung« und lief davon.

Joe Terranova und Homer Macauley gingen miteinander fort. Joe marschierte stramm, aber Homer hinkte. Er hatte sich das Bein verletzt, als Byfield ihn aufzuhalten versuchte.

Miss Hicks und Mr. Ek wandten sich den dreißig bis vierzig Jungen und Mädchen zu, die in einem Haufen herumstanden. Es waren viele Typen und viele Nationalitäten.

»Also gut jetzt«, sagte Miss Hicks. »Geht jetzt nach Hause zu euren Leuten«, und da die Kinder alle ein bißchen verwirrt waren, setzte sie hinzu: »Kopf hoch! Kopf hoch! Seid nicht so fassungslos! Das hat nichts zu sagen.«

»Jawohl«, assistierte der Direktor, »Kopf hoch! Der Krieg wird nicht ewig dauern.«

Die Schar löste sich in Gruppen auf, und die Kinder gingen fort.

Die Falle, mein Gott, die Falle!

Als Homer sich nach dem Wettlaufen auf sein Fahrrad schwang, um so rasch wie möglich an seinen Arbeitsplatz zu kommen, betrat ein Mann namens Big Chris das Sportartikelgeschäft Covington an der Tulare Street. Es war ein mächtiger Mann, hochgewachsen, knochig und sehnig, mit einem großen blonden Bart. Er war eben aus den Bergen von Piedra heruntergekommen, um sich nach neuen Werkzeugen, Jagdpatronen und Fallen umzusehen. Mr. Covington, der Gründer und Eigentümer des Geschäftes, begann sofort damit, dem Kunden eine ziemlich komplizierte neuartige Falle zu demonstrieren, die soeben von einem Mann draußen in Friant erfunden worden war. Es war ein enormes und verzwicktes Zeug. Es bestand aus Stahl, Zitronenholz, Federn und Stricken. Das Prinzip des Apparates schien darauf zu beruhen, daß er das Tier ergriff, in die Höhe hob und es in der Luft festhielt, bis der Fallensteller kam.

»Das ist die allerletzte Neuheit«, erklärte Mr. Covington, »erfunden von einem gewissen Safferty draußen in Friant. Er hat die Falle zum Patent angemeldet und bisher bloß zwei Stück davon angefertigt – eines als Modell, das er dem Patentamt geschickt hat, und dieses hier, das er mir zum Verkauf übergab. Die Falle ist für alle Tiere, die auf Beinen gehen. Mr. Safferty nennt sie ›die Aufhebe-, Herumdreh- und Festhalte-Alltierfalle Safferty‹. Er verlangt dafür zwanzig Dollar. Die Falle ist natürlich noch nicht ausprobiert, aber, wie Sie selbst sehen können, ist sie stark und könnte wahrscheinlich einen erwachsenen Bären ohne die geringste Schwierigkeit aufheben, herumdrehen und festhalten.«

Big Chris hörte dem Eigentümer des Sportartikelgeschäftes zu wie ein Kind, und hinter ihm horchte mit der gleichen Aufmerksamkeit Ulysses Macauley zu, indem er sich zwischen die beiden Männer duckte, um die Falle besser sehen zu können. Mr. Covington stand unter dem Eindruck, daß Ulysses zu Big Chris gehörte, während Big Chris unter dem Eindruck stand, daß Ulysses zu Mr. Covington gehörte, so daß die beiden keine Veranlassung hatten, sich über die Anwesenheit des Bürschchens Rechenschaft zu geben. Ulysses selbst wieder stand unter dem Eindruck, daß er überallhin gehörte, wo etwas Interessantes zu sehen war.

»Das Bemerkenswerteste an dieser Falle ist«, erklärte Mr. Covington weiter, »daß sie das Tier nicht beschädigt und das Fell ganz und unverletzt läßt. Mr. Safferty liefert eine persönliche Garantie für elf Jahre. Diese Garantie umfaßt alle Bestandteile, die Biegsamkeit des Holzes – Zitronenholz –, die Dauerhaftigkeit der Federn, des Stahls, der Stricke und überhaupt aller Bestandteile. Mr. Safferty, der selbst freilich kein Fallensteller ist, glaubt, daß dies die effektivste und humanste Falle der Welt ist. Ein Mann nahe den Siebzig, lebt er zurückgezogen in Friant, liest Bücher und macht Erfindungen. Er hat alles in allem siebenunddreißig verschiedene Sachen von praktischem Wert erfunden.« Mr. Covington beendete die Demonstration des Apparats. »Nun«, schloß er, »ich glaube, die Falle wird ihren Weg machen.«

Ulysses, der sich dazwischengedrängt hatte, um zuzusehen, hatte sich zu weit vorgewagt; die Falle schloß sich sanft aber schnell über ihm, hob ihn von den Beinen, drehte ihn herum und hielt ihn einen Meter über dem Fußboden fest, horizontal ausgestreckt und fest umklammert. Der Junge ließ keinen Laut hören, obgleich er etwas verblüfft war. Big Chris jedoch nahm den Vorfall nicht so leicht.

»Vorsicht!« schrie er Covington an. »Ich möchte nicht, daß sich Ihr Sohn verletzt!«

50

»Mein Sohn?« sagte Covington. »Ich dachte, es wäre *Ihr* Sohn. Ich habe den Jungen in meinem Leben noch nie gesehen. Er kam mit Ihnen herein.«

»So?« sagte Big Chris. »Ich hab's nicht bemerkt. Also jetzt rasch, tun Sie ihn aus der Falle heraus – heraus mit ihm!«

»Jawohl, mein Herr«, sagte Covington. »Lassen Sie mich mal sehen.«

Big Chris war besorgt und verwirrt. »Wie heißt du, Kleiner?«

»Ulysses«, sagte der Junge in der Falle.

»Mein Name ist Big Chris«, sagte der Mann aus den Bergen. »Jetzt halt nur ganz still, Ulysses, der Herr hier wird dich gleich herausnehmen und dich wieder auf die Beine stellen.« Big Chris wandte sich an Mr. Covington. »Also vorwärts jetzt, heraus mit dem Kleinen. Tun Sie ihn heraus!«

Mr. Covington war jedoch nicht weniger verwirrt als Big Chris.

»Ich erinnere mich nicht genau, wie Mr. Safferty diesen Teil der Falle erklärt hat. Mr. Safferty hat mir die Falle nicht demonstriert, weil – nun – wir hatten gerade nichts, woran man sie hätte demonstrieren können. Mr. Safferty hat sie mir bloß erklärt. Ich glaube, das da muß herausgezogen werden – nein – es scheint unbeweglich zu sein.«

Nun begannen Big Chris und Mr. Covington an der Falle herumzuarbeiten, wobei Big Chris Ulysses festhielt, damit er nicht, wenn sich die Falle plötzlich öffnete, aufs Gesicht falle, während der andere an den verschiedenen Teilen des Apparates herumfingerte, um zu sehen, ob nicht irgend etwas nachgebe.

»Also schnell jetzt!« drängte Big Chris. »Wir können den Kleinen doch nicht den ganzen Tag in der Luft hängen lassen. Du hast dir doch nicht wehgetan, was?«

»Nein«, sagte Ulysses.

»Na schön, halt dich nur ruhig«, sagte Big Chris. »Wir kriegen dich schon heraus aus dem Zeug.« Er sah den Jungen an und sagte dann: »Warum hast du dich denn da hereingedrängt?«

»Zuschauen«, sagte Ulysses.

»Freilich, es ist ein hochinteressanter Apparat, nicht wahr?« sagte Big Chris. »Jetzt wird dich der Herr gleich heraustun, und ich werde dich schon nicht fallen lassen. Wie alt bist du?«

»Vier«, sagte Ulysses.

»Vier«, wiederholte Big Chris. »Also, dann bin ich um fünfzig Jah-

re älter als du. Gleich nimmt dich der Herr hier heraus, nicht wahr?«
Und Big Chris wandte sich zu Mr. Covington: »Wie ist Ihr Name?«

»Walter Covington«, sagte dieser. »Ich bin der Besitzer dieses Geschäfts.«

»Das ist schön«, sagte Big Chris. »Jetzt, Walter, tun Sie den Jungen aus der Falle. Ziehen Sie an diesem Stück Holz da. Ich halte ihn. Fürchte dich nicht, Ulysses. Wie heißt dein Vater?«

»Matthew«, antwortete Ulysses.

»Na, das muß ein glücklicher Mann sein, wenn er einen solchen Jungen um sich hat«, sagte Big Chris. »Einen Jungen mit offenen Augen. Ich würde alles darum geben, wenn ich einen Jungen wie dich haben könnte, Ulysses, aber ich habe nie die richtige Frau gefunden. Vor dreißig Jahren habe ich in Oklahoma ein Mädel kennengelernt, aber die ist mit einem andern davongegangen. Sind Sie soweit, Walter?«

»Noch nicht«, erwiderte Mr. Covington. »Aber ich werd's gleich haben. Ich glaube, man muß das da – nein. Mr. Safferty erklärte mir, wie man das gefangene Tier herauskriegt, aber ich kann nicht herausbekommen, wie das zusammenhängt. Vielleicht arbeitet der Apparat anders, wenn es ein kleiner Junge ist statt eines Tieres.«

Zwei Männer, eine Frau mit einem kleinen Mädchen und zwei Jungen von neun, zehn Jahren waren in das Geschäft gekommen und sahen zu.

»Was ist passiert?« fragte einer der Jungen.

»Wir haben hier in der Falle einen kleinen Jungen gefangen«, erklärte Mr. Covington. »Er heißt Ulysses.«

»Wie ist er hineingeraten?« fragte einer der Männer. »Soll ich einen Arzt rufen?«

»Nein, er ist nicht verletzt«, sagte Big Chris. »Es fehlt ihm nichts. Er hängt bloß in der Luft – weiter nichts.«

»Vielleicht sollte man die Polizei verständigen«, sagte die Frau.

»Nein, meine Dame«, sagte Big Chris. »Er ist nur in der Falle gefangen. Der Herr hier – Walter – wird den Kleinen heraustun.«

»Nun«, sagte die Dame, »es ist ein Skandal, wie man mit allen möglichen lächerlichen Apparaten kleine Jungen quält!«

»Dem Jungen ist nichts geschehen, meine Dame«, sagte Big Chris. »Er wird nicht gequält.«

»Also«, fuhr die Dame fort, »wenn es *mein* Junge wäre, so hättet ihr in zwei Minuten die Polizei auf dem Hals.«

Sie drehte sich empört um und ging, ihr kleines Mädchen hinter sich her schleppend.

»Fürchte dich nicht, Ulysses«, sagte Big Chris. »Wir werden dich im Handumdrehen herauskriegen.«

Allein Mr. Covington gab es auf. »Ich sollte vielleicht mit Mr. Safferty telefonieren«, sagte er. »Ich bringe den Jungen nicht heraus.«

»Muß ich hier drinnen bleiben?« fragte Ulysses.

»Aber nein, mein Jungchen«, beruhigte ihn Big Chris. »Nein, nein, das nicht. Wir kriegen dich schon heraus.«

Ein Junge mit einem Dutzend Abendblätter kam ins Geschäft, drängte sich auf den Schauplatz, sah auf Ulysses, sah auf die Leute, sah wieder auf Ulysses und sagte dann:

»Hallo, Ulysses, was machst du da?«

»Hallo, Auggie«, antwortete Ulysses. »Gefangen.«

»Weshalb?« fragte Auggie.

»Bin gefangen worden«, sagte Ulysses.

Der Zeitungsjunge versuchte, Big Chris zu helfen, stand aber nur im Weg. Von Schrecken ergriffen und gelähmt blickte er um sich, um nach einem Moment der Verwirrung auf die Straße hinauszustürzen. Er rannte schnurstracks zum Telegrafenamt. Homer war nicht da. Auggie lief also wieder auf die Straße hinaus, lief dahin und dorthin, rannte in die Leute hinein und rief gleichzeitig die Neuigkeiten aus.

Eine Frau, die er angerannt hatte, sagte zu sich selbst: »Verrückt! Verrückt geworden vom Zeitungverkaufen!«

Auggie rannte einen ganzen Häuserblock weit und dann mitten auf die Straße, um in allen vier Windrichtungen nach Homer Ausschau zu halten. Es war ein Wunder, daß Homer auf seinem Fahrrad um eine Ecke kam. Auggie rannte auf ihn zu, indem er aus Leibeskräften schrie:

»Homer! Du mußt augenblicklich mitkommen! Homer, du mußt sofort —«

Homer stieg von seinem Rad. »Was ist los, Auggie?«

»Homer, es ist etwas passiert!« schrie Auggie, obwohl Homer schon neben ihm stand. »Du mußt sofort mit mir kommen, Homer!« Er faßte Homer am Arm.

»Aber was ist denn los?« fragte Homer nochmals.

»Hinüber zu Covington«, sagte Auggie. »Schnell – du mußt kommen!«

»Ach«, sagte Homer, »du willst mir irgendein Fischgerät oder ein

Gewehr oder so etwas im Schaufenster zeigen. Ich kann nicht mehr herumgehen und mir die Sachen anschauen. Ich habe jetzt Arbeit. Ich muß arbeiten.«

Homer setzte sich wieder auf sein Rad und wollte fort, aber Auggie erwischte den Sattel und lief neben ihm her, wobei er das Fahrrad in die Richtung zu Covington drängte. »Homer«, schrie er, »du mußt mit mir kommen! Er ist gefangen und kann nicht heraus!«

»Wovon sprichst du?« fragte Homer.

Inzwischen waren sie gegenüber Covingtons Geschäft angekommen. Vor dem Laden hatte sich eine kleine Menschenmenge angesammelt, und Homer begann, Angst zu kriegen. Auggie zeigte auf die Menschen. Durch das Gedränge schoben sich die beiden Jungen in das Geschäft und zur Falle. In der Falle war Homers Bruder Ulysses, und rundherum standen Big Chris, Mr. Covington und eine Anzahl fremder Männer, Frauen und Jungen.

»Ulysses!« schrie Homer auf.

»Hallo, Homer!« rief Ulysses.

Homer drehte sich nach den Menschen um. »Was macht mein Bruder in diesem Ding?« fragte er.

»Er ist gefangen worden«, erklärte Mr. Covington.

»Was machen alle diese Menschen da?« fragte Homer. »Vorwärts, geht nach Hause!« sagte er zu den Leuten. »Kann denn ein kleiner Junge nicht in einer Falle gefangen werden, ohne daß die ganze Welt herumsteht?«

»Jawohl«, sagte Mr. Covington, »ich muß alle, die nicht Kunden sind, bitten, zu gehen.« Mr. Covington studierte die Anwesenden. »Mr. Wallace«, fuhr er fort, »Sie können bleiben. Sie kaufen bei mir, und Sie auch, Mr. Sickert. George. Mr. Spindle. Shorty.«

»Ich kaufe hier«, sagte ein Mann. »Ich habe vor wenig mehr als einer Woche Angelhaken gekauft.«

»Jawohl«, bestätigte Mr. Covington, »Angelhaken. Die anderen müssen gehen!« Nur zwei Personen machten Miene, sich zu entfernen.

»Hab keine Angst, Ulysses«, sagte Homer. »Alles wird gleich in Ordnung sein. Es ist ein Glück, daß Auggie mich gefunden hat. Auggie, lauf hinüber ins Telegrafenamt und sag Mr. Spangler, mein Bruder Ulysses ist in einer Falle bei Covington gefangen, und ich muß ihn herauskriegen. Ich bin schon verspätet, aber sag ihm, ich komme sofort, sobald ich Ulysses aus der Falle herausbekommen habe. Eil dich!«

Auggie machte kehrt und lief. Er rannte in einen Polizisten hinein, der eben ins Geschäft trat, und hätte ihn beinahe umgeworfen.

»Was gibt's da für eine Aufregung?« fragte der Polizist.

»Wir haben hier in einer Falle einen kleinen Jungen gefangen«, erklärte Mr. Covington, »und jetzt kriegen wir ihn nicht heraus.«

»Lassen Sie mich mal ansehen«, sagte der Polizist. Er sah auf Ulysses und wandte sich dann an die Zuschauer.

»Also gut jetzt«, sagte er, »hinaus mit euch, alle mitsammen. So etwas passiert jeden Tag. Sie haben etwas Besseres zu tun als hier herumzustehen und sich einen kleinen Jungen in einer Falle anzuschauen.« Der Polizist schob die Leute aus dem Laden und versperrte die Eingangstür. Dann wandte er sich zu Mr. Covington und Big Chris.

»Jetzt wollen wir den Jungen aus diesem Zeug da heraustun und ihn nach Hause schicken«, sagte er.

»Jawohl«, sagte Mr. Covington, »je früher, je besser. Sie haben mir um vier Uhr dreißig nachmittag meinen Laden geschlossen.«

»Also, wie geht dieses Zeug?« fragte Homer.

»Es ist eine neuartige Falle«, antwortete Mr. Covington, »eine ganz neue Erfindung von Mr. Safferty in Friant. Er verlangt zwanzig Dollar dafür und hat sie zum Patent angemeldet.«

»Schön, tun Sie meinen Bruder heraus«, sagte Homer, »oder holen Sie jemanden, der es kann. Holen Sie Mr. Safferty.«

»Ich habe bereits versucht, Mr. Safferty anzurufen, aber das Telefon ist gestört«, sagte Mr. Covington.

»Gestört?« schrie Homer. Er ärgerte sich sehr über die ganze Geschichte. »Was geht das mich an, wenn das Telefon gestört ist?« sagte er. »Schaffen Sie den Mann her und tun Sie meinen Bruder aus der Falle heraus.«

»Ja, ich glaube, das wird das Beste sein«, sagte der Polizist zu Mr. Covington.

»Herr Schutzmann«, erwiderte Mr. Covington, »ich betreibe ein ehrliches Geschäft. Ich bin ein unbescholtener Staatsbürger und bezahle meine Steuern, von denen – wenn ich mir die Bemerkung erlauben darf – unter anderem Ihr Gehalt bezahlt wird. Ich habe bereits versucht, Mr. Safferty telefonisch zu erreichen. Das Telefon scheint jedoch gestört zu sein. Ich kann mein Geschäft nicht am hellichten Tag im Stich lassen, um ihn zu holen.«

Homer sah Mr. Covington gerade ins Auge und wackelte mit dem Zeigefinger vor seiner Nase. »Sie werden jetzt gehen und den Erfin-

55

der dieses Marterwerkzeuges zur Stelle schaffen! Mein Bruder muß heraus! Schluß!«

»Das ist kein Marterwerkzeug«, entgegnete Mr. Covington. »Es ist die vollkommenste Tierfalle, die sich gegenwärtig auf dem Markt befindet. Sie hält das Tier in der Höhe, ohne den Pelz oder den Körper zu beschädigen. Kein Quetschen, Schneiden oder Schinden! Sie arbeitet nach dem Prinzip, das Tier von seiner Basis zu entfernen und es hiedurch wehrlos zu machen. Übrigens ist Mr. Safferty vielleicht nicht zu Hause.«

»Quatsch!« sagte Homer. »Was erzählen Sie uns da?«

Nun entschloß sich der Polizist, die Falle zu studieren. »Vielleicht«, regte er an, »wäre es am besten, wir sägen den Kleinen heraus.«

»Stahl sägen?« sagte Mr. Covington. »Wieso?«

»Ulysses«, sagte Homer, »brauchst du irgend etwas? Fühlst du dich wohl? Soll ich dir etwas bringen?«

Big Chris, im Schweiße seines Angesichts an der Falle herumarbeitend, sah von einem Jungen zum andern und war gleich tief gerührt von der Seelenruhe des Bruders in der Falle wie von dem wütenden Eifer des anderen.

»Ulysses«, wiederholte Homer, »soll ich dir etwas bringen?«

»Papa«, sagte Ulysses.

»Kann ich dir nicht etwas anderes bringen?«

»Marcus«, sagte der Kleine in der Falle.

»Marcus ist beim Militär«, sagte Homer. »Möchtest du ein Eis haben oder so etwas Ähnliches?«

»Nein«, erwiderte Ulysses. »Nur Marcus.«

»Ja, aber Marcus ist beim Militär«, wiederholte Homer. Er wandte sich an Mr. Covington: »Tun Sie meinen Bruder aus dem Zeug da heraus, und zwar schnell!«

»Einen Moment!« sagte Big Chris. »Halt einmal deinen Bruder da, Junge! Laß ihn nicht fallen!« Big Chris war jetzt intensiv mit der Falle beschäftigt.

»Sie zerbrechen ja den Apparat!« rief Mr. Covington. »Es ist der einzige seiner Art in der Welt. Sie dürfen ihn nicht zerbrechen! Ich werde Mr. Safferty holen. Sie zerstören eine großartige Erfindung. Mr. Safferty ist ein alter Mann. Er wird vielleicht nicht mehr imstande sein, noch eine solche Falle zu konstruieren. Dem Kleinen ist nichts passiert. Er ist unverletzt. Ich hole Mr. Safferty. In ein bis zwei Stunden bin ich zurück.«

56

»Ein, zwei Stunden!« schrie Homer. Er sah dabei Mr. Covington mit furchtbarer Verachtung an und ließ dann seine Augen mit dem gleichen Ausdruck über die anderen hinweggehen. »Ich werde das ganze Geschäft zertrümmern«, sagte er. Und dann wieder zu Big Chris: »Zerbrechen Sie die Falle, zerbrechen Sie sie nur!«

Big Chris zerrte an der Falle mit allen Muskeln seiner Finger, seiner Arme, seiner Schultern und seines Rückens, und nun begann der Apparat allmählich, seinen Kraftanstrengungen nachzugeben.

Ulysses drehte sich herum, um dem Mann zuzusehen. Schließlich demolierte Big Chris die Falle.

Ulysses war frei.

Homer hielt sein Brüderchen so, daß er nicht aufs Gesicht fallen konnte, und setzte es auf die Beine. Die Menschenmenge vor dem Laden applaudierte, aber es war kein richtig organisierter Applaus, weil die Leute keinen Führer hatten. Ulysses probierte seine Beine. Als alles in Ordnung zu sein schien, umarmte Homer seinen Bruder. Ulysses schaute Big Chris an – der mächtige Mann war beinahe erschöpft.

»Jemand muß mir die Falle bezahlen«, sagte Mr. Covington. »Sie ist demoliert. Jemand muß sie bezahlen.«

Wortlos holte Big Chris ein Bündel Banknoten aus der Tasche, zählte zwanzig Dollar ab und warf sie auf den Ladentisch. Er nahm Ulysses beim Kopf und rieb ihm das Haar, wie es wohl ein Vater bisweilen mit seinem Jungen tut. Dann drehte er sich um und verließ den Laden.

»Fehlt dir nichts?« fragte Homer seinen Bruder. »Wie bist du in dieses gräßliche Zeug hineingeraten?« Homer sah sich nach der demolierten Falle um und gab ihr einen Fußtritt.

»Vorsicht, Junge!« sagte der Polizist. »Das ist so eine neuartige Erfindung. Man kann nie wissen, was man damit tun darf.«

Mr. Covington trat auf die Straße hinaus und sagte zu der versammelten Menge: »Das Geschäft ist wieder geöffnet für den Einkauf. Covington öffnet täglich um acht Uhr morgens und schließt um sieben Uhr abends, mit Ausnahme des Samstags, wo wir bis zehn offen halten. Sonntags den ganzen Tag geschlossen. Sämtliche Artikel auf dem Gebiete des Sports. Fischgerät, Jagdgewehre, Munition und Körpersportartikel. Wir haben offen für den Einkauf, meine Damen und Herren. Bitte nur hereinzukommen.«

Langsam entfernten sich die Menschen.

Bevor Homer das Geschäft verließ, sagte er zu dem Polizisten: »Wer war der Mann, der meinen Bruder aus der Falle herauskriegte?«

»Hab ihn nie im Leben gesehen«, erwiderte der Polizist.

»Big Chris«, sagte Ulysses zu Homer.

»So heißt er? Big Chris?« fragte Homer.

»Ja«, bestätigte Ulysses. »Big Chris.«

In diesem Augenblick kam Auggie in den Laden gerannt. Er schaute auf Ulysses. »Bist du herausgekommen, Ulysses?« fragte er. »Wie bist du herausgekommen, Ulysses?«

»Big Chris«, sagte Ulysses.

»Wie ist er herausgekommen, Homer?« fragte Auggie. »Was ist geschehen? Was ist mit der Falle geschehen? Wo ist der große Mann mit dem Bart? Was ist geschehen, während ich fort war?«

»Alles in Ordnung, Auggie«, sagte Homer. »Hast du Mr. Spangler gesagt, was ich dir gesagt habe?«

»Ja, ich hab's ihm gesagt«, antwortete Auggie. »Was ist geschehen, Homer? Funktioniert die Falle? Fängt sie Tiere?«

»Quatsch!« sagte Homer. »Die Falle ist ein Schwindel. Was hat es für einen Sinn, ein Tier zu fangen, wenn man es nicht herauskriegen kann? Mr. Covington«, sagte er zu dem Eigentümer des Geschäftes, »dazu gehört eine tüchtige Portion Unverschämtheit, Big Chris zwanzig Dollar zahlen zu lassen für ein solches Gerümpel!«

»Zwanzig Dollar ist der festgesetzte Preis«, erwiderte Mr. Covington.

»Festgesetzter Preis?« sagte Homer. »Was quatschen Sie da? Komm, Auggie, gehn wir!« Die drei Jungen verließen den Laden und gingen zum Telegrafenamt. Mr. Spangler lehnte am Schalter und schaute auf die Straße hinaus. Mr. Grogan fertigte eben ein Telegramm ab. Homer hinkte noch ärger von seinem Zusammenstoß mit Mr. Byfield beim Zweihundertzwanziger Niederen Hürdenlaufen. Beim Chef des Telegrafenamtes blieb er stehen und sagte:

»Mr. Spangler, das ist mein Bruder Ulysses. Wir haben ihn soeben bei Covington aus einer Art Falle herausgeholt. Big Chris hat ihn herausgekriegt. Er mußte die Falle zerbrechen. Und dann mußte er sie bezahlen – zwanzig Dollar. Das ist Auggie. Hat er Ihnen gesagt, warum ich zu spät komme?«

»In Ordnung«, antwortete Spangler. »Ein paar Telegramme haben sich angesammelt, die du jetzt austragen mußt – aber es ist schon gut.

Also das ist dein Bruder Ulysses?« Ulysses stand hinter dem Telegrafisten und schaute ihm zu. Vor dem Telegrafisten, auf der anderen Seite des Tisches, stand Auggie und horchte auf das Geklapper des Apparats.

»Es sind auch ein paar Anrufe gekommen«, sagte Spangler. »Zwei in der Nähe hab ich selber geholt. Geh erst wegen der Anrufe, und dann bestell die Telegramme.«

»Jawohl«, sagte Homer. »Sofort. Es tut mir furchtbar leid, Mr. Spangler. Macht es Ihnen etwas, wenn Ulysses hierbleibt, bis ich zurückkomme? Vielleicht kann ich ihn etwas später, wenn weniger zu tun ist, auf dem Rad nach Hause bringen.«

»Ich werde schon auf deinen Bruder aufpassen«, sagte Mr. Spangler. »Jetzt los!«

»Jawohl«, sagte Homer. »Danke. Ulysses wird Sie nicht stören. Er wird bloß zusehen. *Tun* wird er nichts.«

Eilig hinkend verließ Homer das Telegrafenamt.

Diana

Ulysses näherte sich Mr. Grogan, während Auggie dem Klappern des Telegrafenapparats zuhörte.

»Wozu ist das?« fragte Auggie Mr. Spangler, auf den Apparat zeigend.

»Mr. Grogan expediert ein Telegramm«, erklärte ihm Spangler.

»Wohin expediert er es?«

»Nach New York«, sagte Spangler.

»Den ganzen Weg bis New York?« fragte Auggie. »Wie geht es?«

»Durch einen Draht«, sagte Spangler.

»Durch die Drähte an den Telegrafenstangen?« fragte Auggie. »Telegrafenstangen von hier bis New York? Den ganzen Weg von Ithaka bis New York?«

»Ganz richtig«, bestätigte Spangler.

»Wer schickt die Telegramme fort?«

»Alle möglichen Leute«, sagte Spangler.

Der Zeitungsjunge dachte einen Moment nach und sagte: »Ich habe in meinem Leben noch nie ein Telegramm bekommen. Wie kriegt man eins?«

»Irgend jemand schickt es dir«, sagte Spangler.

»Ich hab noch nie eins gekriegt«, wiederholte Auggie. »Wer sollte mir eins schicken?«

»Ein Freund oder sonst jemand«, sagte Spangler.

»Alle Leute, die ich kenne, sind direkt hier in Ithaka«, sagte Auggie. An dem Repetiertelegrafen flammte ein grünes Licht auf. »Wozu ist das grüne Licht?« fragte Auggie.

»Es ist ein Signal für uns, daß die Leitung frei ist«, erklärte Spangler.

»Was für eine Leitung?«

»Die Leitung nach San Francisco.«

»Ah —«, machte Auggie. »Wie alt muß man sein, um Telegrafenbote zu werden?«

»Sechzehn«, sagte Spangler.

»Ich bin erst neun«, sagte Auggie. »Warum muß man so lang warten? Mit siebzehn kann man in die Flotte eintreten.«

»Es ist eine Vorschrift«, sagte Spangler.

»Wozu gibt es all diese Vorschriften die ganze Zeit?« fragte Auggie.

Spangler begann, einen Stoß abgehender Telegramme in ein Zettelfach einzureihen.

»Nun«, sagte er, »diese Vorschrift hat den Zweck, Kinderarbeit zu verhindern.«

»Warum?«

»Damit die Kinder nicht überanstrengt werden«, erklärte Spangler. »Damit sie spielen können. Es ist eine Vorschrift zum Schutz der Kinder.«

»Schutz gegen was?«

»Ja«, sagte Spangler, »vermutlich zum Schutz gegen harte Arbeit. Zum Schutz gegen Arbeitgeber, die von den Kindern für das Geld, das sie ihnen bezahlen, zu viel Arbeit verlangen.«

»Na, und wenn das Kind nicht beschützt sein will?« fragte Auggie. »Wenn es arbeiten will?«

»Es wird trotzdem beschützt«, sagte Spangler.

»Wie alt muß man werden, um kein Kind mehr zu sein?« fragte Auggie. »Wie alt muß man sein, damit man sich selbst beschützen kann? Damit man jede Arbeit machen kann, die man machen will?«

»Sechzehn, um Telegrafenbote zu werden«, sagte Spangler.

»Homer arbeitet, nicht wahr?« fragte Auggie. »Seit wann ist Homer sechzehn?«

»Jaaa«, sagte Spangler, »Homer ist eine Ausnahme. Er ist erst vierzehn, aber er ist stark und intelligent.«

»Was meinen Sie damit: intelligent?« fragte Auggie. »Man muß intelligent sein, um Telegrafenbote zu werden?«

»Nein«, sagte Spangler, »aber es ist ein Vorteil. Es ist immer ein Vorteil, egal, was man macht.«

»Na, und wie kann man feststellen, ob ein Mensch intelligent ist?«

Spangler schaute den Zeitungsjungen an und lächelte. »Indem man mit ihm fünf Minuten spricht«, sagte er.

»Wozu stecken Sie diese Papiere da hinein?« fragte Auggie.

»Das sind Telegramme, die wir gestern expediert haben«, erklärte Spangler. »Wir reihen sie hier ein, nach Städten geordnet, für unsere Listen und für die Buchhaltung. Dieses Telegramm ist nach San Francisco gegangen, also stecke ich es hier hinein. Alle Telegramme in diesem Fach sind nach San Francisco gegangen.«

»Das kann ich machen«, sagte Auggie. »Ich kann auch radfahren, nur hab ich kein Fahrrad. Wenn ich ein Fahrrad kriege, Mr. Spangler, kann ich dann auch Telegrafenbote werden? Werden Sie mir Arbeit geben?«

Spangler unterbrach seine Arbeit und sah den Jungen an. »Ja, Auggie«, sagte er, »aber jetzt noch nicht. Neun Jahre – das ist nicht alt genug. Dreizehn oder vierzehn – ja.«

»Vielleicht zwölf?« fragte Auggie.

»Vielleicht«, sagte Spangler. »Weshalb willst du eigentlich Telegrafenbote werden?«

»Ich möchte was lernen«, sagte Auggie. »Telegramme lesen. Verschiedenes herauskriegen.« Er schwieg einen Augenblick. »Es dauert noch drei Jahre, bis ich zwölf bin.«

»Drei Jahre sind im Nu vorüber«, sagte Spangler.

»Sieht nicht danach aus«, sagte Auggie. »Ich warte schon sehr lange.«

»Du wirst es sehen«, sagte Spangler. »Du wirst zwölf sein, bevor du dich umschaust. Wie ist dein Familienname?«

»Gottlieb«, sagte Auggie. »August Gottlieb.«

Der Leiter des Telegrafenamts und der Zeitungsjunge sahen einander ernst und feierlich an. »August Gottlieb«, sagte Spangler, »ich gebe dir mein Wort – wenn die Zeit gekommen ist –«

Spangler hielt inne, um ein junges Frauenzimmer namens Diana Steed anzuschauen, die eben ins Büro galoppiert kam. Auf der Straße stand vor dem Büro das Auto, das sie hergebracht hatte. Am Steuer des Autos saß ein livrierter Chauffeur. Mit einer eigenartigen, etwas gekünstelten und doch anziehenden Stimme rief die Dame Spangler zu: »Ah, da bist du ja, Liebling!« Mit holder Liebesraserei stürzte sie sich auf ihn, schlang die Arme um ihn und küßte ihn auf eine Weise, daß man es nicht für wirklich halten konnte.

»Einen Augenblick!« sagte Spangler. Er hielt sie sich einen Moment vom Leibe, stellte den Korb mit Telegrammen auf den Tisch und wandte sich ihr wieder zu. Das junge Frauenzimmer wollte wieder auf ihn los, aber er wehrte sie ab. »Einen Augenblick!« sagte er. »Das ist August Gottlieb.«

»Freut mich, mein Junge«, sagte die junge Dame.

»August«, sagte Spangler, »das ist Miss Steed.«

»Hallo!« sagte Auggie. Und dann sagte er, da ihm sonst nichts einfiel: »Zeitung gefällig?«

»Ja, natürlich«, sagte Diana. »Was kostet sie?«

»Fünf Cent«, sagte Auggie. »Lokalausgabe. Rennresultate, Schlußkurse und die letzten Kriegsnachrichten.«

»So?« sagte Diana. »Da hast du einen Nickel. Ich danke dir bestens.«

Auggie nahm die Münze und überreichte Miss Steed eine Zeitung, die er vorher auf eine höchst geschickte und geschäftsmäßige Weise zusammenfaltete, indem er zuerst das offene Blatt aufs Knie klatschte und dabei einmal faltete und es dann auf dem Knie noch einmal faltete, um es dann mit einer eleganten Bewegung, etwa wie ein Zauberer bei einem überraschenden Kunststück, der Dame zu übergeben. »Danke, Madame«, sagte er. »Mittwoch habe ich die *Saturday Evening Post* und die *Liberty*. Freitag *Colliers*. Ich bearbeite die ganze Stadt.«

»Bravo!« sagte Diana. »Ich hoffe, du verdienst eine Menge Geld, mein Junge.«

»Im Durchschnitt etwa vierzig Cents täglich, an Zeitungen und Magazinen zusammen«, sagte Auggie. »Wenn die Landesmesse eröffnet wird, werde ich Sodawasser und Limonade verkaufen.«

»Bist du aber fleißig, was?« sagte Diana mit ihrer wundervollen, heiteren Stimme.

»Jawohl«, sagte Auggie, »und ich lerne auch etwas. Und ich versteh mich auch recht gut auf Menschen.« Es schien, daß Auggie sich auf Miss Steed verstand und mit dem Ergebnis seiner Menschenkenntnis zufrieden war.

»Ja, das verstehst du«, sagte sie, »gewiß verstehst du das.« Sie wandte sich zu Spangler: »Ich habe auf deinen Anruf gewartet, Liebling. Du sagtest doch, du wolltest mich um fünf anrufen, nicht?«

»Ach ja«, sagte Spangler. »Ich hab's vergessen. Ich habe mich hier mit Auggie unterhalten. Er möchte Telegrafenbote werden, und ich sagte ihm eben, daß er Arbeit bekommen wird, wenn die Zeit gekommen ist.«

»Also danke, Mr. Spangler«, sagte Auggie und wandte sich zum Gehen. »Auf Wiedersehen! Adieu, Madame!« Und dann zu dem Kleinen: »Adieu, Ulysses!«

»Ulysses!« sagte Diana zu Spangler. »Gott, welch ein erfrischender Name! Ulysses! Ulysses in Ithaka! Liebling, ich habe nur einen Augenblick Zeit. Du wirst zum Abendessen zu uns kommen, ja? Du mußt, das weißt du.«

Spangler wollte sprechen, aber die junge Dame unterbrach ihn. »Nein«, sagte sie, »du hast es versprochen! Ja, das hast du getan! Mutter und Vater brennen darauf, dich kennenzulernen! Punkt sieben Uhr!«

»Einen Augenblick!« sagte Spangler. »Einen Augenblick!«

»Liebling«, sagte Diana, »du darfst mich nicht wieder enttäuschen, nicht wahr?«

»Nichts auf Erden wird *dich* jemals enttäuschen«, sagte Spangler, »beruhige dich. Punkt sieben Uhr? Was meinst du mit ›Punkt‹? Warum willst du, daß ich zum Abendessen komme?«

»Weil ich dich liebe, Liebling«, erwiderte das junge Frauenzimmer sehr geduldig, als ob Spangler ein Kind wäre. »Ich liebe dich, ich liebe dich, ich liebe dich, hörst du?« sagte sie fröhlich lachend.

»Jetzt beruhige dich aber«, sagte der Chef des Telegrafenamtes. »Jedesmal, wenn du damit kommst –«

»Aber ich liebe dich wirklich, Liebling«, sagte die junge Dame mit ernstem Ausdruck.

Spangler seufzte. »Ich war zweimal in meinem Leben zu einem Diner eingeladen«, sagte er, »und beide Male habe ich mich zu Tode gelangweilt.«

»Meine Eltern werden dir gefallen«, sagte Diana. »Wir machen keine große Toilette – nur Abendkleidung.«

»Was heißt das: Abendkleidung?« fragte Spangler. »Ich trage bei Tag und am Abend dieselben Kleider.«

»Sieben Uhr«, wiederholte Diana. Da bemerkte sie das harte Ei

63

auf Spanglers Schreibtisch. »Liebling!« rief sie aus. »Was für ein netter Briefbeschwerer! Was ist das?«

»Ein Ei«, erklärte Spangler. »Ein wirkliches Ei. Es bringt mir Glück.«

»Wie süß«, sagte Diana. »Na, Liebling, ich muß laufen.« Sie näherte sich ihm, um ihm einen Abschiedskuß zu geben, aber er wehrte sie sanft ab, und sie verließ das Büro.

Mr. Grogan war eben mit einem Telegramm fertig. Spangler führte Ulysses zu dem Alten hinüber. »Willie«, sagte er, »ich gehe auf ein Gläschen hinüber zu Corbett. Das ist Ulysses Macauley, Homers Brüderchen. Er hat ein sonderbares Erlebnis hinter sich. Ist in einer Falle gefangen worden. Ulysses, das ist Mr. Willie Grogan.«

»Oh, wir sind alte Freunde«, sagte Mr. Grogan. »Er hat mir bei der Arbeit zugesehen.« Ulysses nickte.

»Ein Gläschen – dann komm ich sofort zurück«, sagte Spangler.

Das Mädchen an der Ecke

Spangler wandte sich zum Gehen, wurde aber durch das Ticken des Apparates für Anrufe aufgehalten, durch eine Mitteilung, die gleichzeitig laut hörbar war und sich auf dem Papierstreifen registrierte. Er trat an den Apparat, der auf dem Ausgabetisch stand, und studierte die Zeichen auf dem Papierband. »Das ist ein Anruf von der ›Ithaka Wein‹«, sagte er zu Grogan, »weit draußen in der Vorstadt. Wenn Homer zurückkommt, halt ihn zurück, bis wir den regulären Abendanruf von der ›Malagatrauben‹ bekommen. Er hat die ›Western Union‹ zweimal von dreimal geschlagen. Wenn er es heute wieder zustande bringt, dann haben wir schließlich doch noch einen ganz hübschen Monat. Wieviel haben wir gestern gehabt?«

»Siebenundsechzig«, sagte Grogan.

»Siebenundsechzig von achtundsechzig«, sagte Spangler. »Der Junge, der zuerst kommt, kriegt alle Telegramme bis auf eines. Der zweite kriegt nur eins. Na, ich gehe auf mein Gläschen.«

Aber da kam ein zweiter Anruf: Punkt, Punkt, Strich, Punkt, Punkt, Punkt. Als der Chef des Telegrafenamtes die beiden ersten Punkte hörte, wußte er, daß der Anruf von der »Malagatrauben« kam, und da Homer nicht da war, um die Depeschen abzuholen, rief Spangler Grogan zu: »Ich hole sie! Ich werde zuerst dort sein!«

64

Zu dem Zeitpunkt, da der Anruf dreimal wiederholt worden war, befand sich Spangler bereits in der Mitte des nächsten Häuserblocks, indem er wie ein Stürmer auf einem Fußballplatz durch die Menschen hindurchrannte. An der Straßenecke vor ihm, dreißig Meter entfernt, stand ein schüchternes, verlassen aussehendes Mädchen von achtzehn oder neunzehn Jahren – müde, bedrückt und wunderschön. Sie wartete auf den Bus, der sie nach der Arbeit nach Hause bringen sollte. Spangler konnte, obwohl er rannte, die Verlassenheit des Mädchens unmöglich übersehen; es schien ihm, wenn er auch in größter Eile war, die Verlassenheit in Person zu sein. Ohne Komödie, ohne Überlegung, rasch und unbefangen, kam er auf das Mädchen zu, blieb eine Sekunde stehen und küßte es auf die Wange. Bevor er weiterlief, sagte er zu dem Mädchen das einzige, was man zu ihr sagen konnte: »Sie sind das entzückendste Geschöpf der Welt!«

Dann lief er weiter. Als er die Treppen zur Malagatrauben-Gesellschaft hinaufrannte, immer drei Stufen auf einmal nehmend, stieg der Bote der Western Union, der später dran war, weil sein Chef die Anrufe nicht so auswendig wußte wie Spangler, eben vor dem Gebäude von seinem Rad, und als Spangler das Kontor betrat, hatte der Bote der Western Union eben begonnen, auf den Lift zu warten.

Als wäre er selbst noch ein Telegrafenbote, meldete sich Spangler bei der alten Dame am Schalter der »Malagatrauben«: »Post-Telegraf!«

»Tom!« sagte die alte Dame, »Sie wollen mir doch nicht erzählen, daß Sie jetzt auch Telegrafenbote sind.«

»Einmal Bote, immer Bote!« sagte Spangler, nicht im geringsten beirrt durch die Sinnlosigkeit dieser Bemerkung. Er lächelte der alten Dame zu und sagte dann: »Aber in erster Linie bin ich hergekommen, um *Sie* zu sehen, Mrs. Brockington.«

Da trat der Bote der Western Union ins Zimmer. »Western Union«, sagte er.

»Nun, Harry«, sagte Mrs. Brockington, »du bist schon wieder geschlagen.« Sie reichte dem Jungen eine Depesche. »Hoffentlich hast du nächstes Mal mehr Glück«, setzte sie hinzu.

Der Junge von der Western Union nahm das Telegramm, ein wenig verwirrt und verlegen, weil er wieder geschlagen worden war, und zwar diesmal nicht von einem anderen Jungen, sondern vom Chef des Post-Telegrafenamts persönlich. »Danke jedenfalls, Mrs. Brockington«, sagte er und verließ das Kontor.

Die alte Dame händigte Spangler einen ganzen Packen Telegramme ein. »Hier, Tom«, sagte sie, »einhundertneunundzwanzig Nachttelegramme – über das ganze Land – alle bezahlt.«

»Einhundertneunundzwanzig?« sagte Spangler. »Das wird mir schließlich noch einen guten Monat geben.« Er beugte sich über die Barriere und küßte die alte Dame.

»Aber, Tom!« rief Mrs. Brockington aus.

»Nein«, sagte Spangler, »Sie dürfen nicht unfreundlich zu mir sein. Seit ich zum ersten Mal hierher kam und Sie sah, wünsche ich mir, Sie zu küssen – erinnern Sie sich? Zwanzig Jahre sind es her – und Sie sind schöner geworden von Jahr zu Jahr.«

»Aber, Tom«, sagte die alte Dame, »verspotten Sie eine alte Frau nicht.«

»Alt?« sagte Spangler. »Sie nicht!«

»Sie sind lieb, Tom«, sagte Mrs. Brockington, »alle Ihre Telegrafenjungen sind lieb – aber wo ist der neue?«

»Homer?« sagte Spangler. »Sie meinen Homer Macauley? Sie werden ihn täglich sehen – auch als ersten. Wir sind heute abend im Rückstand wegen eines Malheurs, das seinem kleinen Bruder Ulysses passiert ist. Er wurde in einer Art Falle bei Covington gefangen. Homer mußte hin, um ihn rauszukriegen. Aber von jetzt an wird er immer kommen.« Er schwieg und sah die alte Dame lächelnd an. »Gute Nacht, Emily«, sagte er.

»Wie lieb, daß Sie sich an meinen Vornamen erinnern«, sagte sie.

Spangler kam mit einem angenehmen Gefühl auf die Straße; alles freute ihn: daß Homer Ulysses aus der Falle herausbekommen hatte, daß Grogan noch seinen Dienst versehen konnte, obgleich er das Pensionsalter längst überschritten hatte, daß Ulysses fasziniert im Telegrafenamt herumgestanden war, daß Auggie so schnell älter werden wollte, um Telegrafenbote zu werden, ja, auch Diana Steed freute ihn. Am meisten aber beglückte ihn der Gedanke an das Mädchen, das an der Straßenecke auf den Bus gewartet hatte. Als er zu der Stelle kam, wo das Mädchen gestanden hatte, blieb er einen Augenblick stehen und sagte sich: »Genau hier hat sie gestanden. Ich werde sie höchstwahrscheinlich nie wiedersehen, aber selbst wenn, dann werde ich sie nicht *so* wiedersehen, wie ich sie heute nachmittag sah.« Vor sich hinpfeifend ging er die Straße weiter. Als er in die Nähe von Corbett kam, hörte er Pianolamusik – den alten Walzer »Alles, was ich will, bist du!«

Er setzte die Drehtür des Lokals in Bewegung, horchte einen Moment und trat dann ein. Corbett stand persönlich an der Bar und fing sofort an, Spangler sein regelmäßiges Getränk zu mixen: Scotch Whisky und gewöhnliches Wasser.

»Hallo, Ralph!« sagte Spangler. »Wie geht's?« Er warf einen Blick nach den drei Soldaten, die dem automatischen Klavier zuhörten.

»Ach, so einigermaßen«, sagte Corbett. »Soldaten, die eine Masse Zeit totzuschlagen und nicht sehr viel Geld haben. Alle drei konsumieren zusammen nicht mehr als einer. Und wenn sie pleite sind und nach Hause gehen wollen, dann geb ich ihnen noch ihr Geld zurück. Warum auch nicht?«

»Können Sie sich das leisten?« fragte Spangler.

»Nein«, antwortete Corbett, »aber was ist der Unterschied? Nach dem Krieg werde ich vielleicht etwas davon zurückbekommen. Ich kann eben kein Schankwirt sein. Ich bin Corbett junior.« Er hielt einen Augenblick inne, um sich an etwas zu erinnern, das ihn irritierte.

»Gestern abend, Tom«, erzählte er, »steh ich hinter der Bar und bediene, da ruft mir so ein winziges Bürschchen zu: ›He, Schnapsbrenner! Noch einen Drink!‹ Es war kein Soldat. Es war einer von hier. Na, ich schau mich um – niemand war hinter der Bar – bloß ich. ›Schnapsbrenner? Meinen Sie mich?‹ sag ich zu ihm. ›Ich rede nicht mit mir selber, Schnapsbrenner‹, sagt der Bursche. Na, was soll ich tun? Schlagen kann ich ihn nicht, weil ich Boxer bin. Ich gehe also zu ihm hinüber und packe ihn – so!« Corbett faßte Spangler mit der einen Hand am Rockaufschlag, hob die andere mit offener Handfläche und ließ sie einen fürchterlichen Augenblick lang über ihm schweben. Dann wiederholte er, was er am Abend zuvor zu dem üblen Gast gesagt hatte: »Sie sprechen mit Corbett junior. Wenn ich zuschlage, fallen Sie vermutlich tot um, und ich wünsche nicht, daß jemand in meinem Lokal stirbt. Jetzt hinaus mit Ihnen, und kommen Sie mir nicht wieder! Keinen Schritt mehr über diese Schwelle, solange ich lebe! Und wenn Sie draußen sind, danken Sie Gott, daß Sie noch leben!«

Corbett ließ Spanglers Rock los. Er bebte vor Wut. »Die ganze Nacht haben meine Hände nachher gezittert«, sagte er, »aber das war gestern nicht das erstemal, daß so etwas passierte. Es passiert fast jeden Abend. Und jedesmal sage ich mir ›Schluß! Ich mache die Bude zu. Ich muß fort.‹ Ich fange an, mich zu fürchten. Manchmal habe ich Angst, ich könnte den Kopf verlieren und jemanden umbringen. Es ist keine Kleinigkeit, eine Bar zu betreiben. Ich hab ein zu gutes Herz für einen Schankwirt.«

Der Chef des Telegrafenamts und der ehemalige Preisboxer plauderten noch fünf Minuten, und dann ging Spangler ins Büro zurück. Als er das Lokal verließ, hielten die Soldaten das automatische Klavier noch immer in vollem Gang. Jetzt spielte es das Lied »Weiße Blume«. Die Soldaten lasen den Text mit, der über die Walze abrollte, und versuchten mitzusingen. Spangler horchte eine Weile. Der Gesang war nicht besonders gut, aber das Gefühl, mit dem die Soldaten sangen, war gar nicht schlecht.

Ich werde dich nach Hause bringen

Thomas Spangler, der Leiter des Post-Telegrafenamts von Ithaka in Kalifornien, begab sich in sein Büro. Am Ausgabetisch sah er die Brüder Macauley, Homer und Ulysses. Der Telegrafenbote faltete Telegramme zusammen und steckte sie in Kuverts, während ihm sein jüngerer Bruder mit stiller Bewunderung zusah. Homer wandte sich nach seinem Chef um.

»Haben *Sie* die ›Malagatrauben‹ geholt, Mr. Spangler?« fragte er.

»Jawohl«, sagte Spangler. »Einhundertneunundzwanzig Telegramme.« Er zeigte dem Jungen den Packen.

»Einhundertneunundzwanzig!« rief Homer aus. »Wieso sind Sie zuerst hingekommen?«

»Ich bin gelaufen«, sagte Spangler.

»Sie haben die Western Union bei der Malagatrauben zu Fuß geschlagen?« fragte Homer.

»Freilich«, erwiderte Spangler. »Da ist nichts dabei. Ich habe mich sogar unterwegs aufgehalten, um der Schönheit und Unschuld meinen Tribut abzustatten.« Homer verstand ihn nicht, aber Spangler fuhr gleich fort: »Nein, nein, ich werde es dir nicht erklären. Bring jetzt Ulysses nach Hause.«

»Jawohl«, sagte Homer. »Wir haben einen Anruf von Guggenheims bekommen. Das liegt auf unserem Weg. Ich werde also Ulysses nach Hause fahren, dann radle ich zu Guggenheims, von dort zur Ithaka Wein und zu Foleys, und dann komm ich direkt zurück. Ich werde im Nu wieder da sein.«

Der Telegrafenjunge verließ das Büro und setzte sein Brüderchen sorgsam auf die Lenkstange seines Fahrrads, wobei ihm Spangler zusah. Nun schwang sich der ältere Bruder auf das Rad und begann die Straße hinunterzufahren. Als sie aus der eigentlichen Stadt hinauskamen, drehte sich Ulysses nach seinem Bruder um. Zum ersten Mal an diesem Tag zeigte sein Gesicht das Macauley-Lächeln.

»Homer?« sagte er.

»Was willst du?« fragte Homer.

»Ich kann singen«, sagte Ulysses.

»Das ist schön«, sagte Homer.

Ulysses begann zu singen. »Komm, sing ein Lied mit mir –«, sang er. Er stockte und begann von neuem: »Komm, sing ein Lied mit mir –«, sang er wieder, blieb aber wieder stecken, um sofort von vorne zu beginnen: »Komm, sing ein Lied mit mir –«

»Das ist kein Lied, Ulysses«, sagte Homer. »Das ist bloß ein kleiner Teil eines Liedes. Jetzt hör mir zu, und dann sing mit.« Der ältere Bruder begann zu singen, während der jüngere zuhörte:

> »Mein Liebchen, weine nicht! Es tut mir leid.
> Komm, sing ein Lied mit mir von Alt-Kentucky,
> Von unserer alten Heimat, ach so weit!«

»Sing es noch einmal!« bat Ulysses.

»Gut«, sagte Homer und begann von vorne, aber diesmal sang der jüngere Bruder mit, und im Singen sah Ulysses wieder den Lastzug mit dem Neger, der sich über das Geländer beugte, lächelte und winkte. Das war eines der wunderbarsten Dinge, die Ulysses Macauley in den vier Jahren seines Erdenlebens begegnet waren. Er winkte einem Mann, und der Mann winkte zurück – nicht *ein*mal, sondern viele Male. Daran wollte er denken, solange er lebte.

Vor dem Macauley-Haus stieg Homer vom Rad und stellte Ulysses behutsam auf die Füße. Da standen sie eine Weile beisammen und horchten auf das Harfenspiel ihrer Mutter und auf das Klavierspiel ihrer Schwester und auf den Gesang ihrer Nachbarin Mary Arena.

»Na schön, Ulysses«, sagte Homer, »jetzt bist du zu Hause. Geh hinein. Mama und Bess und Mary sind da. Ich geh wieder an die Arbeit.«

»Gehst du an die Arbeit?« fragte Ulysses.

»Ja«, sagte Homer, »aber abends komm ich nach Hause. Geh jetzt hinein, Ulysses.« Der Kleine setzte sich gegen die Stufen der Veranda in Bewegung. Als er die Eingangstür erreicht hatte, begann der ältere Bruder die Straße hinunterzufahren.

Drei Soldaten

Als sich die Familie Steed mit ihren Gästen, einschließlich Thomas Spanglers, zum Dinner niedersetzte, ging ein schwerer Regen über Ithaka nieder. Bess Macauley und Mary Arena gingen in Regenmänteln und Galoschen zum Telegrafenamt, um Homer in einer Schachtel sein Abendessen zu bringen. Als sie an der Drogerie Zur alten Eule vorbeikamen, stand ein junger Mann im Tor und warf ihnen einen lüsternen Blick zu.

»Hallo, Puppchen«, rief er Bess zu. »Wohin des Wegs?«

Bess ignorierte ihn und schmiegte sich im Weitergehen enger an Mary an. Jetzt kamen ihnen drei junge Soldaten entgegen. Sie unterhielten sich auf der Straße mit einem improvisierten Spiel, wie es sich aus ihrer Seligkeit, den Abend freizuhaben, aus dieser schönen und lächerlichen Welt und ihrer fortwährenden Komödie sowie schließlich aus dem erfrischenden Regen ergab. Sie stießen und jagten einander, lachten dröhnend und nannten einander mit den Spitznamen, die sie sich gegeben hatten: »Dicker«, »Texas« und »Hengst«. Als die drei Burschen Mary und Bess erblickten, hielten sie ehrfürchtig inne. Sie verbeugten sich tief, einer nach dem anderen. Das amüsierte die Mädchen, aber sie wußten nicht, was sie daraufhin tun sollten, welche Haltung angemessen wäre.

»Das sind nur Soldaten, Bess«, flüsterte Mary, »die von zu Hause fort sind.«

»Bleiben wir stehen«, sagte Bess.

Die beiden Mädchen blieben vor den Soldaten stehen.

Der eine, den sie »Dicker« nannten, trat vor, als offizieller Repräsentant der Gruppe, als der Botschafter der Soldaten bei amerikanischen Mädchen.

»Meine Damen«, begann er, »wir von der großen demokratischen Armee, Ihre ergebenen Diener, die Soldaten – heute und hoffentlich auch morgen hier –, danken Ihnen für Ihre schönen Gesichter, in Zeiten der Trockenheit nicht minder als in Regenzeiten wie der gegenwärtigen. Darf ich Ihnen meine Kameraden, Ihre ergebenen Bewunderer, vorstellen? Das ist Texas – er ist aus New Jersey. Das hier ist der Hengst – er kommt aus Texas. Und ich bin der Dicke – das kommt vom Hungern. Jetzt hungere ich mehr als nach sonst etwas nach der Gesellschaft schöner amerikanischer Mädchen. Wie wär's damit?«

»Schön«, sagte Bess, »wir gehen ins Kino.«

»Ins Kino!« rief der Dicke dramatisch aus. »Können wir – Soldaten – heute hier und morgen schon fort – Sie – amerikanische Mädchen – ins Kino begleiten? Heut ist heut, und morgen ist morgen, aber morgen kehren wir in die Kaserne zurück, zu dem schrecklichen, aber notwendigen Kriegsgeschäft, zu dem heiligen Werk der Zerstörung der mörderischen Bazillen im Menschen, die den freien Geist des Menschen zu ersticken suchen. Heute sind wir Brüder, fern vom heimatlichen Herd und einsam. Ja einsam sind wir, obgleich glücklich und stolz, denn Ithaka ist nicht unsere Heimat. Aus den Seitengassen des wilden Chicago im lieblichen Staate Illinois bin ich in dieses Kostüm eines amerikanischen Soldaten hineingeschlüpft. Lassen Sie mir diese Stadt und dieses Land heut abend in der Erinnerung wiedererstehen, lassen Sie meinen lieben Brüdern hier die Heimat wiedererstehen. Erwägen Sie mit edelmütigem Herzen unsere ergebene Bitte, denn wir sind von *einer* Familie, nämlich der menschlichen, und wenn nicht Krieg wäre, hätten wir uns nie getroffen. Dieser Augenblick ist von milderen Jahrhunderten geschaffen.«

Der Dicke verbeugte sich und stand dann aufrecht.

»Wie haben Sie sich entschlossen?« fragte er.

»Ist er verrückt?« flüsterte Mary.

»Nein«, sagte Bess, »er ist bloß einsam. Geh'n wir mit ihnen ins Kino.«

»Gut, Bess«, sagte Mary, »aber sag du's ihnen. Ich weiß nicht, was ich sagen soll.«

Bess wandte sich zu dem Soldaten. »Gut«, sagte sie.

»Ich danke Ihnen, meine Damen«, sagte der Dicke. »Ich danke Ihnen.« Er bot Bess seinen Arm an. »Gehen wir also?« fragte er.

»Erst muß ich meinem Bruder sein Essen bringen«, sagte Bess. »Er arbeitet im Telegrafenamt. Es dauert eine Minute.«

»Telegrafenamt?« sagte der Dicke. »Da werde ich ein Telegramm abschicken.« Er wandte sich nach den anderen um. »Und du, Texas?«

»Was kostet ein Telegramm nach New Jersey?« fragte Texas.

»Nicht annähernd so viel wie es wert ist«, sagte der Dicke. Er wandte sich dem anderen Soldaten zu: »Hengst?«

»Jaaa«, sagte der Soldat, den man Hengst nannte, »ich möchte gern ein Telegramm an Mama und Joe und Kitty schicken – das ist nämlich mein Mädel«, sagte er zu Bess.

»Jedes Mädel auf der Erde ist mein Mädel«, sagte der Dicke, »aber da ich nicht *allen* ein Telegramm schicken kann, so schick ich nur an *eine* ein Telegramm. In diesem einen Telegramm schick ich eine Million Telegramme.«

Willie Grogan, der alte Telegrafist, befand sich allein im Büro, als die beiden jungen Frauenzimmer mit den drei Soldaten hereinkamen. Der Alte stand hinter dem Schalter.

»Ich bin Homers Schwester Bess. Ich bringe ihm sein Essen.«

Sie stellte die Schachtel auf das Pult.

»Freut mich sehr, Miss Macauley«, sagte Grogan. »Homer wird bald da sein. Ich werde dafür sorgen, daß er sein Essen bekommt.«

»Und diese Jungens wollen Telegramme aufgeben«, fuhr Bess fort.

»Sehr wohl, meine Herren«, sagte Grogan. »Hier sind Blankette und Bleistifte.«

»Was kostet ein Telegramm nach Jersey City?« fragte Texas.

»Fünfundzwanzig Worte kosten fünfzig Cent«, sagte Grogan, »plus einer kleinen Gebühr. Adresse und Unterschrift werden nicht mitgezählt. Das Telegramm wird morgen früh zugestellt.«

»Fünfzig Cent?« wiederholte Texas. »Das ist wirklich nicht viel.« Er begann sein Telegramm aufzusetzen.

»Was kostet es nach San Antonio?« wollte der Hengst wissen.

»Halb so viel wie nach Jersey City«, sagte Grogan. »San Antonio ist von Ithaka nicht so weit wie Jersey City.«

Der Dicke, der inzwischen eifrig mit der Abfassung seines Telegramms beschäftigt gewesen war, überreichte es nun dem Alten. Grogan las es durch und zählte die Worte ab:

EMMA DANA
C/O THE UNIVERSITY OF CHICAGO,
CHICAGO, ILLINOIS
MEIN LIEBLING, ICH LIEBE DICH, DU FEHLST MIR, ICH DENKE IMMER AN DICH, SCHREIB FLEISSIG. DANKE FÜR DEN SWEATER. ICH LERNE JETZT PRAKTISCHE NATIONALÖKONOMIE, WIR GEHEN BALD INS FELD, VER-

GISS NICHT SONNTAGS IN DIE KIRCHE ZU GEHEN UND FÜR UNS ZU BE-
TEN. ICH BIN GLÜCKLICH. ICH LIEBE DICH.

NORMAN

Als nächster übergab der Soldat, den man Texas nannte, Grogan
sein Telegramm:

MRS. EDITH ANTHONY
1702 B WILMINGTON STREET
JERSEY CITY, NEW JERSEY
LIEBE MAMA, WIE GEHT ES DIR? MIR GEHT ES SEHR GUT, ICH HABE DEI-
NEN BRIEF UND DIE SCHACHTEL MIT DEN GETROCKNETEN FEIGEN ER-
HALTEN. DANKE. MACH DIR KEINE SORGEN. AUF WIEDERSEHEN UND
VIELE KÜSSE.

BERNARD

Und dann kam der Soldat, den sie Hengst nannten, und gab dem
alten Telegrafisten *sein* Telegramm:

MRS. HARVEY GUILFORD
211 SANDYFORD BOULEVARD
SAN ANTONIO, TEXAS
HALLO MAMA. WILL DIR NUR HALLO SAGEN AUS ITHAKA IM SONNIGEN
KALIFORNIEN! ABER ES REGNET. HAHA. GRÜSS MIR ALLE. SAG JOE, ER
KANN MEIN GEWEHR UND DIE PATRONEN HABEN. VERGISS NICHT ZU
SCHREIBEN.

QUENTIN

Die Soldaten verließen mit den Mädchen das Telegrafenamt, und
Mr. Grogan ging an seinen Tisch, um die Telegramme zu expedieren.

Als die drei Soldaten mit den zwei amerikanischen Mädchen durch
den Mittelgang des Kinos hereinkamen, erschien auf der Leinwand
Mr. Winston Churchill, Premierminister von England im Jahre des
Heils 1942, vor dem kanadischen Parlament. Als die jungen Leute ihre Plätze eingenommen hatten, hatte Churchill bereits drei Dinge gesagt, eines nach dem andern, die sowohl von den Mitgliedern des kanadischen Parlaments als auch von den Zuschauern des Kinos in Ithaka mit wachsendem Beifall aufgenommen wurden. Der Dicke beugte
sich zu Bess Macauley.

73

»Das hier«, sagte er, »ist einer der großen Männer unserer Zeit – und auch ein großer Amerikaner.«

»Ich dachte, Churchill ist Engländer«, sagte der Hengst.

»Gewiß«, erwiderte der Dicke, »aber er ist auch Amerikaner. Von nun an wird jeder brave Mensch in der ganzen Welt Amerikaner sein.« Er rückte ein bißchen näher zu dem Mädchen an seiner anderen Seite, Mary Arena. »Ich bin Ihnen sehr dankbar, daß Sie uns erlaubt haben, mit Ihnen ins Kino zu gehen«, sagte er zu ihr. »Man fühlt sich in Gesellschaft von Mädchen viel wohler. Es riecht besser als immer bloß Soldaten.«

»Wir wären sowieso ins Kino gegangen«, sagte Mary.

Nun erschien Franklin Delano Roosevelt, Präsident der Vereinigten Staaten, in der Wochenschau. Er hielt von seiner Wohnung in Hyde Park eine Radioansprache an die Nation. Er sprach mit der ihm eigenen Mischung von Feierlichkeit und Humor. Die fünf jungen Leute hörten aufmerksam zu, und als die Ansprache beendet war, applaudierte das ganze Publikum.

»Das ist der größte Amerikaner von allen«, sagte der Hengst. In diesem Augenblick erschien auf der Leinwand die amerikanische Flagge, und ein großer Teil der Zuschauerschaft begann neuerlich zu applaudieren.

»Und das«, sagte der Soldat, den sie Texas nannten, »ist die größte Flagge der Welt.«

»Wie kommt das«, sagte der Dicke zu Bess, »ein Mensch beginnt sein Land erst wirklich zu lieben, wenn es in Not ist. Die ganze übrige Zeit nimmt er es als selbstverständlich hin – wie seine Familie.«

»Es würgt mich immer in der Kehle, sooft ich die Flagge sehe«, sagte Bess. »Gewöhnlich muß ich dabei an Washington und Lincoln denken, aber jetzt erinnert sie mich an meinen Bruder Marcus. Er ist auch Soldat.«

»Ach, Sie haben einen Bruder in der Armee?« fragte der Dicke.

»Ja«, sagte Bess. »Als wir das letzte Mal von ihm hörten, war er irgendwo in North Carolina.«

»Also«, sagte der Dicke, »ich glaube, die Flagge erinnert jeden Menschen an das, was ihm am nächsten und wertvollsten ist. *Ich* muß bei der Flagge immer an Chicago denken – und das heißt an alles in Chicago, an alles Gute und auch an alles Schlechte. An meine Familie, an mein Mädel – die sind das Gute. Und an die Politik und an die

74

Slums – die sind das Schlechte. Aber ich liebe alles. Die Slums werden wir eines Tages loswerden und die Politik auch.«

»Ich glaube, wir haben keine Slums in Ithaka«, sagte Bess, »nur arme Leute. Ich glaube, wir haben eine Art Stadtregierung, aber meines Wissens haben wir keine nennenswerte Politik. Jedenfalls kümmert sich meine Familie nicht viel um diese Dinge. Wir lieben Musik. In diesem Augenblick spielt Marcus sicher irgendwo Harmonika.«

In diesem Augenblick saß ihr Burder Marcus in der Bar »Zum Kampfflieger« in einer kleinen Stadt in North Carolina. In seiner Gesellschaft befanden sich sein Freund Tobey George und drei andere Soldaten. Marcus spielte das Lied »Ein Traum«, und Tobey sang dazu. Zwei Soldaten tanzten mit zwei Mädchen, die eine gewisse Ähnlichkeit mit Bess und Mary hatten. Als das Lied zu Ende war, setzte sich Tobey zu seinem Freund Marcus und bat ihn, ihm noch etwas von Ithaka und den Macauleys dort zu erzählen.

Als Marcus Macauley Tobey George von Ithaka zu erzählen begann, kamen Thomas Spangler und Diana Steed durch den Mittelgang des Kinos herab. Jetzt begann auf der Leinwand der Spielfilm abzurollen. Als sie Platz nahmen, sah man auf der Leinwand lauter Worte und keinen Film. Diese Worte nannten den Titel des Films und die Namen der Leute, die bei dem Film mitgearbeitet hatten. Es war eine ungeheure Menge von Worten, die einer Unzahl Menschen ungeheure Anerkennung zollten. Diese Anerkennung wurde von einem pompösen, ganz unpassenden Musikstück begleitet, das speziell für diesen Anlaß komponiert worden war.

Spangler und Diana saßen ganz vorne, in der dritten Reihe, zehn Reihen vor Bess und Mary und den drei Soldaten. Ihre Plätze waren ganz in der Mitte einer Sitzreihe, die im übrigen ausschließlich von kleinen Jungen besetzt war. Jetzt erschien auf der Leinwand die Halle eines Krankenhauses mit spiegelblankem Linoleum. Aus einem Lautsprecher am Ende der Halle kam die schrille Stimme einer strengen Krankenschwester, die mit affektierter Betonung rief: »Dr. Cavanagh! Operationssaal! Dr. Cavanagh! Operationssaal!«

Kaum hatte Spangler diese Worte gehört, stand er auf. Er hatte ein bißchen getrunken, und der Abend war für ihn ziemlich erlebnisreich, unterhaltend und voller Zwischenfälle gewesen, was sich jetzt so auswirkte, daß er es nicht für nötig hielt, sich mehr Zwang aufzuerlegen als die übrigen Zuschauer in derselben Reihe.

»Au!« machte er. »Schlechter Film!« Er nahm Diana bei der Hand und sagte: »Komm!«

»Aber Liebling, der Film ist ja noch nicht aus!« flüsterte die junge Dame.

Spangler zog sie mit sich. »Für mich ist er aus«, sagte er. »Komm!« Sie kamen an einem kleinen Jungen vorüber, der mit großer Begeisterung auf die Leinwand starrte.

»Du kommst in den Himmel«, sagte Spangler zu dem Jungen, und dann zu Diana: »Komm, komm, du verstellst dem Jungen die Aussicht.«

»Aber Liebling«, protestierte Diana, »der Film fängt doch erst an.«

Da sagte der kleine Junge zu Spangler: »Was sagten Sie, Mister?«

»Himmel! Himmel!« antwortete Spangler. »Ich sagte, du kommst in den Himmel.«

Der Junge war nicht sicher, ob er verstanden hatte, was Spangler meinte. »Können Sie mir sagen, wie spät es ist?« fragte er.

»Nein«, erwiderte Spangler, »aber es ist noch zeitig.«

»Danke, Mister«, sagte der Junge.

Nun gingen Spangler und die junge Dame den Mittelgang des Kinos hinauf.

»Wir gehen zu Corbett«, sagte Spangler. »Wir trinken zwei Gläschen, hören dem Pianola zu, und dann kannst du nach Hause gehen.« Er drehte sich nach der Leinwand um und begann rückwärts zu gehen.

»Schau dir den Doktor Cavanagh an«, sagte er. »Er wird irgend etwas mit dieser Zange machen. Wahrscheinlich wird er sich in der Zerstreutheit einen Vorderzahn ziehen. Schau ihn an!«

Im Foyer hatte sich die junge Dame bereits damit abgefunden, daß sie das Kino so bald nach Beginn der Vorstellung verlassen mußte. »Nicht wahr, du liebst mich?« sagte sie zu Spangler. »Ja, du liebst mich. Ich weiß es.«

»Ob ich dich liebe?« antwortete Spangler beinahe schreiend. »Ich hab dich doch ins Kino geführt, oder nicht?«

Sie traten auf die Straße hinaus und gingen rasch in der Richtung von Corbetts Bar, wobei sie sich dicht an den Hauswänden hielten, um sich vor dem Regen zu schützen.

Mr. Grogan spricht über den Krieg

Während Spangler und Diana durch den Regen zu Corbett liefen, brachte Homer Macauley, tropfnaß, sein Fahrrad vor dem Telegrafenamt zum Stehen und ging hinein. Er studierte die Situation auf dem Ausgabetisch. Anrufe waren nicht gekommen, aber ein Telegramm war zu bestellen.

Mr. Grogan beendete auf der Schreibmaschine ein Telegramm und erhob sich. »Deine Schwester Bess hat dir dein Essen gebracht, Junge.«

»So?« sagte Homer. »Ach, sie hätte mir nichts zu bringen brauchen. Ich wollte uns eben zwei Kuchen holen.« Er nahm die Schachtel und fuhr fort: »Es ist genug da. Wollen Sie ein bißchen mit mir essen, Mr. Grogan?«

»Ich danke dir, mein Junge«, erwiderte der alte Telegrafist. »Ich bin nicht hungrig.«

»Vielleicht, wenn Sie ein paar Bissen kosten«, sagte Homer, »dann werden Sie Appetit kriegen, Mr. Grogan.«

»Nein«, sagte der Alte, »ich danke dir vielmals. Aber du bist tropfnaß. Schau her, wir haben Regenmäntel.«

»Ich weiß«, sagte Homer, »aber der Regen hat mich erwischt.« Er biß in ein belegtes Brot. »Das eine werde ich aufessen, und dann stelle ich das Telegramm zu.« Er kaute eine Weile an seinem Brot und sah dann zu dem alten Telegrafisten hinüber. »Was für ein Telegramm ist es?«

Mr. Grogan antwortete nicht, und Homer verstand, daß es wieder eine Todesnachricht war. Er hörte auf zu kauen und schluckte den Rest trocken hinunter. »Ich wünschte, ich müßte solche Telegramme nicht zustellen«, sagte der Telegrafenbote zum Telegrafisten.

»Das weiß ich«, sagte Mr. Grogan langsam. Dann schwieg er wieder eine halbe Minute, während der Junge das halbe Brot in der Hand hielt, ohne weiterzuessen. »Los, Junge!« sagte Mr. Grogan. »Iß! Deine Schwester war mit noch einem Mädchen da – mit einem sehr hübschen Mädchen.«

»Ach, das war Mary«, sagte Homer, »unsere Nachbarin. Sie ist das Mädel meines Bruders Marcus, der beim Militär ist. Nach dem Krieg werden sie heiraten.«

»Deine Schwester und Mary waren mit drei Soldaten hier, die Telegramme aufgegeben haben«, sagte der alte Telegrafist.

»So? Wo sind die Telegramme?« fragte Homer.

Mr. Grogan zeigte auf den Haken, an dem die expedierten Depeschen hingen. Homer nahm die Telegramme vom Haken und las eines
nach dem anderen. Als er sie gelesen hatte, sah er zu dem alten Telegrafisten auf.

»Wenn ein Bursch auf diese Weise umkommt«, sagte der Telegrafenbote, »einer, den man kennt, oder einer, den man nicht kennt, den
man nie im Leben gesehen hat – ändert das etwas an der Sache? Das
hier ist bloß Ithaka – eine einzige kleine Stadt Amerikas. Diese Telegramme gehen an jedermann, an reiche Leute, an arme Leute, an alle
möglichen Leute. Was ist mit diesen Burschen? Sie sterben doch nicht
für nichts und wieder nichts, nicht wahr?«

Der alte Telegrafist überlegte eine Weile, bevor er zu sprechen begann, und dann ging er, als hätte er so viel zu sagen, daß er es allein
nicht schaffen könnte, zur Schublade seines Schreibtisches und holte
seine Flasche heraus. Er nahm einen guten, langen Zug, setzte sie nieder und sah hinüber zu dem Telegrafenboten.

»Ich bin schon lange auf der Welt«, begann er, »wahrscheinlich zu
lange. Laß dir sagen, daß – in Krieg oder Frieden – nichts vergeblich
geschieht – am allerwenigsten das Sterben.« Der Alte hielt einen
Augenblick inne, um wieder einen Schluck zu tun. »Alle Menschen
sind Individuen«, fuhr er fort, »so wie auch du eines bist. Und so wie
in der Welt Schlechtes neben Gutem ist, so ist in allen Menschen
Schlechtes und Gutes. Es ist in allen gemischt vorhanden, in den Millionen aller Völker. Ja, auch in unserer Nation. So wie ein Mensch mit
den Gegensätzen in seinem Wesen kämpft, so kämpfen diese Gegen-
sätze in der Gesamtheit allen Lebens – in der ganzen Welt. Und das
geschieht, wenn wir Krieg haben. Der Körper kämpft, um seine
Krankheiten loszuwerden. Aber mach dir darüber keine Sorgen,
denn das Gute dauert ewig, und das Schlechte wird vertrieben, sooft
es sich zeigt. Der kranke Körper und der kranke Geist – sie werden
immer wieder gesund. Sie mögen wieder krank werden, aber es wird
ihnen immer bessergehen, und sooft eine neue Krankheit kommt und
wieder vertrieben wird, gewinnen Körper und Geist an Stärke, bis sie
endlich so kräftig sind, wie sie sein sollen; gereinigt von aller Fäulnis,
geläutert, gütiger, edler und jenseits aller Verderbnis. Jeder Mensch
auf Erden, ob rechtschaffen oder schlecht, bemüht sich darum.« Der
Alte war ein wenig ermüdet. »Der Dieb und der Mörder, auch sie bemühen sich«, seufzte er. »Niemand stirbt für nichts und wieder nichts.

Sie suchen Gnade, sie suchen Unsterblichkeit, sie suchen Wahrheit und Gerechtigkeit – und eines Tages wird diese große Gesamtheit der Menschen – wir alle, auch der Geringste von uns – heimfinden, wird der Gnade teilhaftig werden, und diese wundervolle schlechte Welt wird eine Stätte der Gesittung und Güte sein.«

Noch tiefer seufzte der Alte, und dann zog er einen kleinen Zettel aus der Westentasche. Er überreichte das Papier dem Jungen. »Willst du mir wieder einen Weg machen«, fragte er, »in die Apotheke?«

»Jawohl«, sagte Homer und lief aus dem Büro.

William Grogan bieb allein im Telegrafenamt stehen und blickte mit seltsamer Liebe zu allem um sich, fast mit einer verliebten Schwärmerei. Langsam drückte er die Hand auf sein Herz, als ob er geduldig auf den jähen Anfall gewartet hätte, der ihn nicht mehr überraschen konnte. Er ging zu seinem Stuhl zurück und blieb in einer entsetzlichen Starre sitzen, bis der Anfall seine äußerste Stärke verloren hatte.

Der Telegrafenbote kam aus der Apotheke zurück und übergab dem Telegrafisten das Schächtelchen.

»Wasser«, sagte der Alte.

Homer ließ einen Papierbecher mit Wasser vollaufen und brachte ihn dem Alten, der drei Pillen aus der Schachtel fallen ließ, sie in den Mund warf, dann den Wasserbecher von Homer nahm und die Pillen schluckte.

»Ich danke dir«, sagte er, »ich danke dir, mein Junge.«

»Bitte«, sagte Homer.

Er sah den Alten einen Augenblick an, um zu sehen, ob er sich wieder richtig erhole, ging dann an den Ausgabetisch und nahm das Todestelegramm an sich. Er blieb eine Weile mit dem verschlossenen Telegramm in der Hand stehen und sah es an, öffnete dann das Kuvert und nahm die Mitteilung heraus, um sie zu lesen. Hierauf steckte er das Telegramm in ein neues Kuvert, machte kehrt und ging aus dem Büro hinaus in den Regen. Der alte Telegrafist stand von seinem Stuhl auf und folgte dem Jungen auf die Straße. Auf dem Gehsteig blieb er stehen und sah ihm nach, wie er gegen Wind und Regen vorwärtsstrebte. Drinnen im Büro begann der Telegraf zu klappern, aber der Alte hörte ihn nicht. Das Telefon läutete, aber er hörte noch immer nicht. Erst als das Telefon zum siebenten Mal läutete, drehte er sich um und ging hinein.

Für Mutter mit innigsten Grüßen

Eine Viertelstunde später stieg Homer Macauley vor einem großen, alten, eleganten Haus, wo gerade große Gesellschaft war, vom Rad. Durch die Fenster konnte der Telegrafenbote vier junge Paare tanzen sehen, und da er wußte, daß alle in diesem Hause glücklich waren, überfiel ihn ein peinliches Angstgefühl. Er ging bis zur Eingangstür des Hauses und blieb dort, auf die Musik horchend, eine Weile stehen. Er näherte einen Finger der Türglocke und ließ dann die Hand wieder sinken.

»Ich fahr ins Büro zurück«, sagte er zu sich selber. »Ich mache Schluß. Ich mag so eine Arbeit nicht.«

Er setzte sich auf die Stufen vor dem Hause. Nach einer langen Weile stand er wieder auf, ging zur Tür und drückte mit dem Finger auf den Knopf. Als sich die Tür öffnete, sah er eine junge Frau, und ohne zu wissen, was er tat, drehte er sich um und rannte zu seinem Fahrrad. Die junge Frau kam auf den Vorplatz heraus und rief: »Ja, was ist denn los, Junge?«

Homer stieg wieder von seinem Rad und ging langsam zum Vorplatz. »Bitte um Entschuldigung«, sagte er zu der jungen Frau. »Ich habe ein Telegramm für Mrs. Claudia Beaufrère.«

»Es ist Mutters Geburtstag«, sagte die junge Frau fröhlich. Sie wandte sich um und trat in den Hausflur. »Mutter«, rief sie, »ein Telegramm für dich.«

Die Mutter des Mädchens kam an die Tür. »Sicher von Alan«, sagte sie. »Komm herein, junger Mann«, sagte sie zu Homer. »Du mußt ein Stück von meinem Geburtstagskuchen essen.«

»Nein, danke, Madame«, sagte Homer. »Ich muß zurück an die Arbeit.« Er reichte der Dame das Telegramm, die es entgegennahm, als wäre es nichts weiter als eine Geburtstagsgratulation.

»Unsinn«, sagte sie heiter, »erst mußt du ein Stück Kuchen und ein Glas Punsch bekommen.« Sie faßte Homer am Arm und zog ihn ins Zimmer, zu einem Tisch, der mit Kuchen, Sandwiches und Punschgläsern beladen war. Musik und Tanz dauerten fort. »Es ist mein Geburtstag, Junge«, sagte die Dame. »Mein Gott –«, sie lachte – »ich werde alt. Na, du mußt mir Glück wünschen, Junge!« Sie reichte Homer ein Glas Punsch.

»Ich wünsche Ihnen –«, begann Homer. Er stockte und begann wieder: »Ich wünsche Ihnen –«. Aber er konnte nicht weiter. Er stellte das Punschglas auf den Tisch und stürzte zur Tür. Die Mutter sah sich im Zimmer um, ging dann auf ein Plätzchen, wo man sie nicht beobachten konnte, während die Tochter sich, ohne die Mutter aus dem Auge zu lassen, in einiger Entfernung hielt. Homer war schon auf seinem Rad und fuhr rasch durch den Regen zum Telegrafenamt zurück. An der Wand des Hausflurs vor den Augen der Mutter hing die gerahmte Fotografie eines hübschen blonden Jungen. Darauf waren die Worte geschrieben: »Für Mutter mit innigsten Grüßen von Alan an seinem zwölften Geburtstag.« Die Mutter öffnete das Telegramm, las es und begann lautlos zu schluchzen, während das Grammophon ein Lied weiterspielte: »Chanson pour ma Brune«, und die lustige Gesellschaft drinnen immer noch tanzte. Die Tochter blickte durchs Zimmer auf die Mutter im Hausflur. Als hätte sie plötzlich den Verstand verloren, rannte sie zum Grammophon und drehte es ab.

»Mutter!« schrie sie auf und lief zu der Frau im Hausflur.

Es ist dein Unglück und nicht das meine

Jetzt entließ das Kino seine Besucher nach dem letzten Film. Auf der Straße wandte sich Bess zu dem Soldaten, den man den Dicken nannte, und sagte: »Ja, jetzt müssen wir nach Hause.«

»Ich danke Ihnen, meine Damen«, sagte der Dicke. Es war Zeit für sie, Adieu zu sagen, und doch blieben sie beisammen auf der Straße stehen, in der Erwartung, es könnte sich etwas Wunderbares, Unvorhergesehenes ereignen. Der Dicke sah von Bess zu Mary, und dann küßte er ganz unbefangen und unschuldig erst Bess und dann Mary.

Da rief der Soldat, den sie Hengst nannten: »Na, und was ist mit uns? Was ist mit mir und Texas? Wir sind auch in der Armee.« Also küßte auch dieser Soldat Bess und Mary. Und nach ihm küßte Texas sie. Eine Frau, die vorbeikam, sah mit strengem Mißfallen zu. Die Mädchen machten rasch kehrt und eilten die Straße hinunter. Der Soldat, den sie Hengst nannten, machte einen Sprung und stieß den Soldaten, den sie Texas nannten. Dieser wandte sich um und stieß den Soldaten, den sie den Dicken nannten. Sie bogen in eine Seitengasse ein, einer den anderen anschreiend.

»Juchu! Du, Texas! Du, Dicker!« schrie der Hengst.

»Wie redest du, Junge!« schrie Texas den Dicken an. »Wie redest du! Der alte Senator der Universität Chicago!«

Der Dicke gackerte vor Vergnügen, während sie sich mit Stoßen, Lachen und Schreien durch die dunkle Gasse bewegten.

»Ha, Mensch!« schrie der Dicke. »Wenn ich in den Kongreß komme! Ich werde denen etwas erzählen!«

»Hipp, hipp, hurra!« brüllte der Hengst. »Komm mit mir, du süße Kleine – es ist dein Unglück und nicht das meine.«

Dann begannen sie, über einander zu springen; es war ein schnelles, verrücktes Bockspringen, das sie durch eine dunkle, unsterbliche Straße dem Krieg näher und näher brachte.

Eine bessere Welt
und bessere Menschen

Als der Telegrafenjunge von der Wohnung der Beaufrères unglücklich ins Telegrafenamt zurückkam, hatte es aufgehört zu regnen, der Mond schien, und ein Häufchen leerer, erschöpfter Wolken trieb weißlich über den Himmel. Der Junge war, als er hinkend im Büro anlangte, sehr müde.

»Was ist mit deinem Bein los, Junge?« fragte der alte Telegrafist. »Du hinkst schon den ganzen Tag.«

»Das ist nichts«, antwortete Homer. »Noch Telegramme?«

»Alles erledigt«, sagte Mr. Grogan, »du kannst bald schlafen gehen. Jetzt sag mir aber: was ist mit deinem Bein passiert?«

»Ich glaube, ich hab mir eine Sehne gezerrt oder gerissen, oder etwas ähnliches«, sagte Homer. Er probierte das Bein. »Ich bin im Zweihundertzwanziger Niederen Hürdenlauf mitgelaufen. Der Trainer da draußen am Gymnasium hat mich wahrscheinlich nie leiden mögen. Ich war an der Spitze, als er auf die Bahn hinaustrat und mich aufzuhalten versuchte – es war vielleicht meine Schuld. Ich sah ihn herankommen und hätte stehenbleiben können, wenn ich gewollt hätte – aber ich *habe* nicht gewollt. Er hatte kein Recht, mich aufzuhalten, ich sprang also trotzdem über die Hürde – und wir fielen beide zu Boden. Die anderen Jungen unterbrachen den Lauf wegen der Störung. Ein Junge namens Hubert Ackley der Dritte sagte es ihnen. Ich hatte ihn nie sehr gern. Reiche Familie, sehr gutes Benehmen. Übrigens – das Mädchen, das *ich* gern habe, hat *ihn* gern. Helen Eliot. Je mehr sie ihn gern hat, um so mehr komme ich in Hitze, um so mehr hab ich *sie* gern. Ich glaube, sie bemerkt mich nicht einmal. Na, ich denke, sie kann mich wohl nicht ganz übersehen, aber ich glaube, sie denkt, ich halte mich für einen Schlaumeier. Sie mag mich wahrscheinlich überhaupt nicht leiden. Vielleicht haßt sie mich – das Mädchen, das ich mehr liebe als irgend jemanden auf Erden, abgesehen von meiner Familie. Sehn Sie, Mr. Grogan, dieser Trainer da draußen – er heißt Byfield –, also, wenn man ihn versteht, ist er vielleicht ganz gut, aber ich kenne niemanden, der ihn verstehen *kann.* Er geht immer herum und macht Durcheinander. Miss Hicks sagt, daß er auch lügt. Miss Hicks ist unsere Lehrerin für Geschichte des Altertums. Sie unterrichtet am Gymnasium von Ithaka schon fünfunddreißig Jahre. Sie hat meinen Bruder Marcus und meine Schwester Bess unterrichtet. Natürlich bin ich nach dem Sturz sofort wieder aufgestanden und weitergelaufen, und die anderen Jungen sind auch wieder losgelaufen – anständig und ehrlich. Ich spürte, daß mit meinem Bein etwas nicht in Ordnung war, aber ich hielt mich nicht damit auf, an das Bein zu denken, weil ich doch das Rennen gewinnen wollte. Ich wollte nicht gewinnen, nur um zu gewinnen, ich wollte Ackley – der mich so überrascht hatte – nicht schlagen. Er hat die anderen gehindert, weiterzulaufen, weil Mr. Byfield mich im Laufen gestört hatte. Ich glaube, Ackley ist ein anständiger Junge – er hat bloß feine Manieren, weiter nichts. Um Ihnen die Wahrheit zu sagen, Mr. Grogan, die Hauptursache, weshalb ich den Zweihundertzwanziger Niederen Hürdenlauf gewinnen wollte, war, daß Mr. Spangler in diesem Rennen mitlief, als er aufs Gymnasium von Ithaka ging. Aber nach dem, was geschehen war, wollte ich das Rennen für Miss Hicks gewinnen.

Sehen Sie, ich hatte mit Ackley im Klassenzimmer eine kleine Auseinandersetzung, so daß sie uns selbstverständlich nach der Stunde dabehalten mußte. Dann kam dieser Byfield, der Trainer da draußen, zu Miss Hicks und log sie an. Er nahm Ackley zum Hürdenlauf mit, mich aber nicht. Miss Hicks sagte, er sei derselbe Lügner, der er in ihrer Geschichtsstunde gewesen sei. Ihre Gefühle waren verletzt. Ich glaube, sie kann Menschen, die so herumgehen und lügen, einfach nicht ausstehen. Sie sprach zu mir, erzählte mir von meinem Bruder Marcus und sagte mir dann, ich solle gehen und im Rennen mitlaufen. Mr. Spangler war Bezirksmeister im Hürdenlauf, und ich möchte auch gern eines Tages Bezirksmeister werden. Freilich, in diesem Jahr werde ich es kaum zustande bringen.« Der Junge bog das Bein ein paarmal. »Ich denke, ich werde es mir heut abend mit einer Salbe einreiben. Merkt man das Hinken stark?«

»Nun«, sagte Mr. Grogan, »besonders stark merkt man es nicht, aber man merkt es. Geht es richtig mit dem Radfahren?«

»O ja«, sagte Homer, »es tut ein bißchen weh, besonders wenn ich das linke Bein hochhebe, und da versuch ich, mit dem rechten Bein allein zu treten, und lasse das linke eben nur so mitlaufen. Manchmal tu ich's aus dem Pedal heraus und laß es herunterhängen. So ruht es sich aus. Ich glaub', es ist etwas mit den Sehnen passiert – ich werd's mit Salbe einreiben.«

Es entstand eine Pause. Dann sagte der alte Telegrafist: »Du hast dich irgendwie verändert in den drei Tagen, die du hier Dienst machst, nicht wahr?«

»Haben Sie es bemerkt, Mr. Grogan?« fragte der Telegrafenbote. »Freilich, ich habe mich gründlich verändert. Ich glaube, ich bin erwachsen geworden. Und es war wohl höchste Zeit für mich, erwachsen zu werden. Ich habe ja nichts, überhaupt nichts gewußt, bevor ich diese Arbeit bekam. Oh, ich wußte schon allerlei, aber ich wußte nicht einmal die Hälfte und werde wohl auch nie viel mehr wissen. Ich glaube, *niemand* wird mehr wissen. Aber *wenn* jemand es wissen sollte, dann werde *ich* es sein. Alle sagen, ich bin der gescheiteste Junge am Gymnasium von Ithaka – auch Leute, die mich nicht mögen. Aber ich bin nicht so gescheit. Ich glaube, in vielen Dingen bin ich genauso zurück wie alle anderen, noch dazu in wichtigen Dingen. Ich *will* wissen und werde *immer* wissen wollen. Ich werde mich immer bemühen, aber wie kann man jemals wissen? Wie kann man sich wirklich jemals in allem zurechtfinden, daß alles glatt wird und einen Sinn hat?«

»Nun«, sagte der alte Telegrafist, »ich weiß nicht, *wie* jemand jemals dazu gelangen wird, zu wissen, aber es freut mich, daß du dich entschlossen hast, es zu versuchen.«

»Ich *mußte* es versuchen«, sagte der Junge. »Sehen Sie, Mr. Grogan, ich weiß nichts von anderen Menschen, und ich weiß nicht, ob ich Ihnen das sagen darf, aber ich bin nicht nur der Junge, den die Menschen in mir *sehen*, ich bin außerdem noch etwas anderes – etwas Besseres. Manchmal weiß ich selber nicht, was ich damit machen soll.«

Der Telegrafenjunge sprach weiter, weil er müde war, weil mit seinem Bein etwas nicht in Ordnung war, weil er die Todesnachricht in das glückliche Heim gebracht hatte, und weil er wußte, daß der alte Telegrafist ein guter Mensch war. »Es sind die Ideen, die mir gekommen sind«, fuhr er fort. »Eine andere Welt, eine bessere Welt, bessere Menschen, eine bessere Art zu handeln.« Er hielt einen

Augenblick inne und setzte dann fort: »Ich würde mich schämen, dies irgend jemand anderem zu sagen als Ihnen, Mr. Grogan, aber eines Tages werde ich darangehen und irgend etwas machen. Was es sein wird, das weiß ich nicht, aber *etwas* wird es sein. Bisher habe ich nichts gewußt – ich glaube, ich bin die ganze Zeit in einem glücklichen Traum herumgegangen. Meine ganze Familie ist glücklich. Wir sind eine glückliche Art Menschen, aber ich weiß, daß ich nichts wußte. Jetzt fange ich an zu lernen – eben nur ein wenig. Jeden Tag aber ein bißchen mehr. Das und jenes, dies und das und noch etwas.«

Wieder unterbrach sich der Junge und probierte sein Bein, um zu sehen, ob es nicht etwa unterm Sprechen gut geworden sei. »So, wie die Dinge sind, gefallen sie mir nicht, Mr. Grogan«, fuhr er fort.

»Ich weiß nicht, warum, aber ich möchte sie besser haben. Wahrscheinlich deshalb, weil ich denke, sie *sollten* besser sein. Soviel habe ich bis jetzt gelernt, daß ich nichts weiß, aber von nun an werde ich mich bemühen, zu lernen – für alle Zukunft. Ich werde immer die Augen offenhalten. Ich werde immer darüber nachdenken. Es wird mich einsam machen, aber darum kümmere ich mich nicht. Gewiß sind wir glückliche Menschen, aber wir sind auch widerstandsfähig. Ich mache mir nichts daraus, einsam zu sein. Menschen, die Einsamkeit und Schmerzen nicht ertragen können, tun mir leid, und es scheint, als wäre die Welt voll von solchen Menschen. Das hab ich früher nicht gewußt. Jetzt macht es mir nicht einmal etwas aus, wenn mich Helen Eliot nicht mag. Freilich wünschte ich, sie hätte mich gern, aber wenn sie es nicht tut, ist es auch gut. Ich habe *sie* gern. Ich liebe sie von ganzem Herzen, aber wenn sie Hubert Ackley vorzieht, ist es auch gut. Er ist ein braver Junge, und ein feines Mädchen wie Helen Eliot will lieber einen Jungen haben, der feine Manieren hat wie Hubert Ackley der Dritte. Ich habe wahrscheinlich überhaupt keine Manieren. Ich tu einfach, was ich für richtig halte und was ich tun *muß*. In der Schule mache ich eine Menge Ulk, aber ich tu es nicht, um die Lehrer zu ärgern. Ich tu's, weil ich es tun *muß*. Alle sind so traurig und so verstimmt, und alles ist so fad und verkehrt, daß ich eben von Zeit zu Zeit Ulk machen muß. Ich glaube, man muß doch auch seinen Spaß am Leben haben. Mit Vorbedacht fein und höflich zu werden – das brächte ich nicht zustande, selbst wenn ich es wollte. Ich könnte nicht höflich sein, wenn es mir nicht ernst damit wäre.«

Wieder untersuchte Homer sein Bein, von dem er jetzt sprach, als wäre es nicht sein eigenes. »Etwas ist damit los«, sagte er. Er warf ei-

nen Blick nach der Uhr. »Ja, Mr. Grogan, es ist fünf Minuten nach
zwölf. Ich denke, ich gehe nach Hause. Sehr schläfrig bin ich heute eigentlich nicht. Morgen ist Samstag. Der Samstag war immer der
schönste Tag für mich. Jetzt freilich nicht mehr. Ich glaube, ich werde
ins Büro kommen. Vielleicht kann ich aushelfen.« Er nahm die
Schachtel, in der ihm die Schwester das Essen gebracht hatte, vom
Ausgabetisch. »Möchten Sie nicht jetzt ein belegtes Brot haben, Mr.
Grogan?« fragte er.

»Nun«, antwortete der alte Telegrafist, »wenn ich mir's überlege,
Junge: ja! Jetzt habe ich Hunger.« Mr. Grogan nahm ein Brötchen
aus der geöffneten Schachtel und biß hinein. »Bitte, sag deiner Mutter meinen schönsten Dank!«

»Ach, nicht der Rede wert«, sagte der Junge.

»Doch«, sagte Mr. Grogan. »Doch, es ist der Rede wert. Bitte, sag
ihr meinen Dank.«

»Jawohl«, erwiderte Homer und verließ das Büro, um nach Hause
zu fahren.

Es werde Licht!

Im Telegrafenamt allein zurückgeblieben, begann Mr. William Grogan, einst der flinkste Telegrafist der Welt, langsam die Arbeit an seinem Schreibtisch zu erledigen. Dabei summte er leise eine Melodie
vor sich hin, die ihm aus den frühesten Tagen seines Lebens in Erinnerung geblieben war. Während der Alte seine Arbeit tat, kam Thomas Spangler, direkt von Corbett und ein bißchen unter der Einwir-
kung von Alkohol und mit einer Mischung von taumeliger und feierli-
cher Seligkeit, ins Büro und ging an seinen Schreibtisch. Er warf einen
Blick zu dem alten Telegrafisten hinüber, sprach aber nicht. Sie verstanden einander. Sehr oft fanden sie nichts daran, ein, zwei Stunden
zu arbeiten, ohne auch nur ein Wort zu wechseln. Spangler hob das
Glücksei von einem Stoß Telegramme und betrachtete seine erstaunliche Symmetrie. Dann legte er das Ei wieder auf den Stoß Telegramme und spitzte in angenehmer Erinnerung an das Mädchen die Lippen, um in ihrer Art vor sich hinzusprechen:

»Du liebst mich, nicht wahr? Ja, du liebst mich!« Der alte Telegrafist sah ihn einen Augenblick an.

»Was ist das, Tom?« fragte er.

86

»Willie«, sagte Spangler, »was würdest du dir denken, wenn ein junges Mädchen so zu dir spräche: ›Du liebst mich, nicht wahr? Ja, du liebst mich! Du weißt es!‹«

»Ja«, erwiderte Mr. Grogan, »da wüßte ich nicht, was ich mir denken soll.«

»Würde dir ein solches Mädchen gefallen, Willie?« sagte Spangler und fuhr dann in seiner Imitation fort: »Du liebst mich, nicht wahr? Das sagt sie die ganze Zeit.«

Spangler rieb sich das Gesicht, wie um seiner Glückseligkeit Herr zu werden, und sagte dann: »Gibt's was Neues heute?«

»Immer das gleiche«, antwortete Mr. Grogan, »abgesehen vom Regen.«

»Wie ist der neue Junge?« fragte Spangler. »Ist er gut?«

»Der beste, den ich je gesehen habe«, sagte der Telegrafist. »Was hältst *du* von ihm?«

»Mir gefiel er von dem Moment an, da er herkam und nach Arbeit fragte«, erwiderte Spangler. »Du liebst mich, nicht wahr?« Er konnte über die wunderliche Art, wie Diana Steed die paar Worte ausgesprochen hatte, nicht hinwegkommen. »Es freut mich, daß dir der Junge gefällt«, fuhr er fort. »Du brauchst nicht zu warten, um das Büro zu schließen, Willie. Ich mach es schon selber. Ich habe noch einiges zu erledigen. Dieser Junge hat einen aparten Namen, nicht? Homer Macauley. Warum, glaubst du, hat sein Vater ihn Homer genannt statt Thomas oder William oder Henry oder dergleichen?« Spangler wartete die Antwort nicht ab, sondern sagte wiederum: »Ja, du liebst mich.«

»Homers Bruder«, sagte Mr. Grogan, »heißt Ulysses, aber seine Schwester heißt Bess.«

»Homer, Ulysses und Bess«, wiederholte Spangler.

»Und noch ein Bruder«, sagte Mr. Grogan, »heißt Marcus. Er ist beim Militär.«

»Marcus, Homer, Ulysses und Bess«, sagte Spangler. »Weshalb gehst du nicht nach Hause, Willie?«

»Nach Hause?« fragte Mr. Grogan lächelnd. »Wenn es dir nichts ausmacht, Tom, so bleibe ich lieber hier bei dir sitzen. Ich habe nichts, wo ich hingehen und was ich tun könnte nach der Arbeit, außer schlafen, und das Schlafen macht mir kein Vergnügen.«

»Nun, Willie«, sagte Spangler, als spräche er zu einem kleinen Jungen, »ich will nicht, daß du dir Sorgen machst. Ich weiß, du machst dir

Sorgen, aber das hast du nicht nötig. Du bist nicht alt, und niemand auf Erden wird dich in Pension schicken. Du weißt recht gut, daß ich ohne dich in diesem Büro hilflos wäre. Du wirst hundert Jahre alt werden und jeden Tag deines Lebens arbeiten.«

»Ich danke dir«, sagte der alte Telegrafist. Er stockte und fuhr dann mit gedämpfter Stimme fort: »Ich hatte heute abend wieder einen kleinen Anfall. Ach, nichts Ernstes. Ich hatte es schon einige Zeit vorher kommen gefühlt. Der Junge war hier. Ich habe ihn um die Medizin geschickt. Ich soll sie eigentlich nicht nehmen. Ich sollte zum Arzt gehen und sollte Ruhe haben.«

»Die Ärzte wissen auch nicht alles, Willie«, sagte Spangler. »Sie verstehen die Materie und nicht den Geist, und du und ich – wir leben im Geist.« Und dann sagte er wiederum unvermittelt: »Du liebst mich, nicht wahr? Ärzte verstehen nichts außer der Materie. Aber vielleicht solltest du dich wirklich ein bißchen ausruhen.«

»Oh, ich werde mich schon ausruhen«, sagte Mr. Grogan. »Ich werde zur großen Ruhe gehen.«

»Willie«, sagte Spangler, »geh zu Corbett an der Ecke und trink ein Gläschen. Hör dem Pianola zu. Dann komm zurück, und wir wollen uns über die gute alte Zeit unterhalten – über Wolinsky und Tomlison und den alten Davenport. Über den Telegrafisten Harry Bull, den verrückten Fred McIntyre und den wunderbaren Jerry Beattie. Jetzt geh, Willie. Trink ein, zwei Gläschen, und wenn du zurückkommst, werden wir mit der guten alten Zeit Fußball spielen.«

»Ich soll doch nicht trinken, Tom«, sagte Mr. Grogan. »Du weißt, ich soll nicht trinken.«

»Freilich weiß ich, daß du nicht trinken *sollst*«, sagte Spangler, »aber ich weiß auch, daß du *gern* trinkst, und was ein Mensch gern tut, ist unter Umständen wichtiger, als was er tun *soll* – also geh und gönn dir ein Gläschen.«

»Schön, Tom«, sagte Mr. Grogan und verließ das Büro.

Auf dem Gehsteig war seit drei, vier Minuten ein junger Mann auf- und abgegangen und hatte mehrmals in das Telegrafenamt hineingeschaut. Schließlich trat er ein und blieb am Schalter stehen. Spangler bemerkte ihn und kam herbei.

»Wie geht's?« fragte Spangler, der sich des Burschen erinnerte. »Ich dachte, Sie wären längst auf dem Heimweg nach Pennsylvania. Ihre Mutter hat Ihnen das Geld geschickt. Es war nicht nötig, daß Sie zurückkamen, um mir mein Geld wiederzugeben.«

»Ich bin nicht gekommen, um Ihnen Ihr Geld zurückzugeben«, sagte der junge Mann. »Ich bin gekommen, um mir noch Geld zu holen, und zwar beabsichtige ich nicht, darum zu bitten.« Er hustete. »Ich bin gekommen, um es mir zu nehmen.«

»Was ist mit Ihnen los?« fragte Spangler.

»Das ist mit mir los«, antwortete der junge Mann, holte aus seiner rechten Rocktasche einen Revolver hervor und erhob ihn mit unsicherer Hand. Thomas Spangler, der noch immer ein bißchen betrunken und selig war, verstand nicht, was vorging.

»Los«, sagte der junge Mann, »geben Sie mir das Geld – alles Geld, das Sie hier haben. Alle Menschen bringen einander um, und es macht mir gar nichts aus, Sie umzubringen. Es macht mir auch nichts aus, selber umgebracht zu werden. Ich bin aufgeregt und wünsche keine Unannehmlichkeiten, aber wenn Sie mir nicht – und zwar augenblicklich – das ganze Geld geben, dann schieße ich!«

Spangler machte die Kassenlade auf und nahm das Geld aus den verschiedenen Fächern. Er legte alles – Papier, Münzrollen und lose Münzen – auf das Schalterbrett vor den Burschen hin.

»Ich hätte Ihnen das Geld sowieso gegeben«, sagte er, »nicht weil Sie mir einen Revolver unter die Nase halten. Ich würde es Ihnen gegeben haben, weil Sie es brauchen. Nehmen Sie es, gehen Sie zur Bahn und fahren Sie nach Hause. Fahren Sie zurück dorthin, wo Sie hingehören. Ich werde keinen Raubüberfall zur Anzeige bringen. Ich werde das Geld aus meiner Tasche ersetzen. Es sind etwa fünfundsiebzig Dollar.«

Er wartete, daß der Bursche das Geld nehme; der aber wollte es nicht berühren.

»Es ist mein Ernst«, fuhr Spangler fort. »Nehmen Sie das Geld und gehen Sie – Sie brauchen es. Sie sind kein Verbrecher, und Sie sind nicht so krank, daß Sie nicht gesund werden könnten. Ihre Mutter erwartet Sie. Dieses Geld ist ein Geschenk von mir für Ihre Mutter. Nehmen Sie es nur, tun Sie das Schießeisen weg und fahren Sie nach Hause. Werfen Sie die Waffe fort – Sie werden sich besser fühlen.«

Der junge Mann steckte den Revolver wieder in seine Rocktasche. Mit der Hand, die die Waffe gehalten hatte, bedeckte er seinen zitternden Mund. »Ich sollte hinausgehen und mich selber erschießen«, sagte er.

»Reden Sie nicht wie ein Narr«, sagte der Leiter des Telegrafenamts. Er raffte das Geld zusammen und hielt es dem jungen Mann hin. »Hier«, sagte er, »das ist alles, was da ist. Nehmen Sie es und fahren Sie nach Hause. Den Revolver können Sie, wenn Sie wollen, hierlassen. Hier ist Ihr Geld, Ja, *Ihr* Geld – es gehört Ihnen, weil Sie einen Revolver ziehen mußten, um es zu bekommen. Ich weiß, wie es Ihnen geht, denn es ist mir auch schon so gegangen. Es ist uns allen schon so gegangen. Die Kirchhöfe und die Strafanstalten sind voll von braven amerikanischen Kindern, die Unglück und schlimme Zeiten gehabt haben. Es sind keine Verbrecher. Hier«, wiederholte er freundlich, »nehmen Sie das Geld. Fahren Sie nach Hause.«

Der junge Mann holte den Revolver aus der Tasche und schob ihn über das Schalterbrett Spangler hin, der die Waffe in die Kassenlade fallen ließ.

»Ich weiß nicht, wer Sie sind«, begann der Bursche, »aber so wie Sie hat noch nie ein Mensch mit mir gesprochen. Ich brauche den Revolver nicht und nehme auch das Geld nicht. Ich fahre nach Hause. Ich habe mich hierher durchgebettelt, ich werde mich auch auf dem Heimweg durchbetteln.« Er hustete. »Ich weiß nicht, wo meine Mutter die dreißig Dollar hergenommen hat. Ich weiß, daß sie kein übriges Geld hat. Einen Teil des Geldes habe ich vertrunken, einen Teil verspielt und –«

»Kommen Sie herein, und setzen Sie sich«, sagte Spangler. Einen Augenblick später kam der junge Mann zu dem Stuhl bei Spanglers Schreibtisch. Spangler selbst setzte sich auf den Tisch. »Was ist mit Ihnen los?« fragte er den Burschen.

»Ich weiß nicht genau«, sagte der junge Mann. »Ich glaube, ich bin krank – vielleicht Tuberkulose. So wie ich gelebt habe, müßte ich es eigentlich haben. Ich will mich nicht beklagen. Ich hatte sehr viel Pech, aber ich weiß, es ist meine eigene Schuld. Jetzt werde ich gehen. Ich danke Ihnen vielmals – ich werde mich Ihrer gewiß erinnern.« Er machte Anstalten, das Lokal zu verlassen.

»Einen Augenblick!« sagte Spangler. »Setzen Sie sich. Beruhigen Sie sich. Jetzt haben Sie ja Zeit. Von nun an werden Sie nichts mehr übereilt tun. Von nun an werden Sie alles langsamer machen. Was haben Sie für Interessen?«

»Ich weiß nicht«, antwortete der junge Mann. »Ich weiß nicht, wohin ich gehen soll, noch was ich tun soll, wenn ich irgendwohin gekommen bin, noch was ich glauben soll, noch sonst irgend etwas. Mein Vater war Prediger, aber er starb, als ich drei Jahre alt war. Ich weiß einfach nicht, was ich machen soll.« Er sah Spangler an. »Was ist da zu tun?«

»Ach, nichts Besonderes«, erwiderte Spangler. »Irgend etwas. Es spielt keine Rolle, was ein Mensch macht. Irgendeine anständige Arbeit.«

»Ich bin immer unruhig und unbefriedigt gewesen«, sagte der junge Mann. »Ich weiß nicht, woran es liegt. Für mich hat nichts eine Bedeutung. Ich mag die Menschen nicht. Ich bin nicht gern mit Menschen beisammen. Ich habe kein Vertrauen zu ihnen. Ich mag die Art nicht, wie sie leben und sprechen, ich mag die Dinge nicht, an die sie glauben, noch auch die Art, wie sie einander herumstoßen.«

»Jeder Mensch auf Erden hat dann und wann dieses Gefühl«, sagte Spangler.

»Nicht, daß ich mich selber nicht verstehen würde«, fuhr der junge Mann fort. »Ich glaube, ich verstehe mich. Ich habe keine Ausreden. Ich bin für alles verantwortlich. Ich bin bloß müde und überdrüssig und krank. Nichts interessiert mich. Die ganze Welt ist verrückt geworden. So wie ich leben möchte, kann ich nicht leben, und anders zu leben, macht mir keine Freude. Es ist nicht Geld, was ich brauche oder entbehre. Ich weiß, ich könnte Arbeit bekommen, besonders jetzt. Aber ich mag die Menschen nicht, von denen ich die Arbeit nehmen müßte. Es sind keine guten Menschen. Ich mag mich nicht vor ihnen demütigen und will mich von niemandem kommandieren lassen. Ich habe es in York in Pennsylvania mit Arbeit versucht. Jedesmal bekam ich Krach und wurde hinausgeschmissen. Drei, vier Tage, eine Woche oder anderthalb Wochen. Das längste war ein Monat.

Ich habe versucht, mich in York in die Armee aufnehmen zu lassen, weil ich dachte, es wäre ein gutes Werk – irgendwohin zu gehen und vielleicht getötet zu werden. Wenn man beim Militär gehunzt wird, so geschieht es doch um einer Sache willen, die man für halbwegs anständig hält. Ich weiß nicht, ob sie wirklich anständig ist, aber sie gilt wenigstens dafür. Man hat mich abgewiesen. Ich habe die ärztliche Untersuchung nicht bestanden. Es war nicht nur wegen meiner Lunge, es waren auch noch andere Sachen. Ich habe mich nicht bemüht, es herauszukriegen.« Wieder begann der junge Mann zu husten, aber diesmal dauerte es fast eine volle Minute. Spangler holte aus der Schublade eine kleine Flasche.

»Da«, sagte er, »nehmen Sie einen Schluck davon!«

»Danke«, sagte der junge Mann. »Ich trinke zwar ein bißchen zu viel, aber jetzt brauche ich etwas zu trinken.« Er nahm einen Schluck aus der Flasche und reichte sie Spangler zurück. »Danke«, sagte er.

Spangler war entschlossen, den jungen Mann zum Weitersprechen zu ermuntern. »Was lesen Sie?« fragte er.

»Ach, alles«, erwiderte der junge Mann. »Wenigstens zu der Zeit, da ich noch zu Hause war. Mein Vater hatte eine Menge Bücher – nicht nur religiöse –, gute Bücher, von guten Schriftstellern. Mein Lieblingsautor war William Blake. Vielleicht kennen Sie sein Zeug. Shakespeare, Milton, Pope, Donne, Dickens, Thackeray – alle. Ich habe jedes Buch gelesen, das mein Vater besaß, manches zweimal, einige dreimal. Ich habe gern gelesen, aber mehr nicht. Heute schau ich nicht einmal mehr in eine Zeitung. Ich kenne die Neuigkeiten. Alles ist Korruption und Mord, überall, Tag für Tag, und kein Mensch auf Erden regt sich darüber auf.« Er stützte den Kopf in die Hände und fuhr, ohne den Blick zu heben, mit leiser Stimme fort: »Ich kann Ihnen nicht genug danken für das, was Sie getan haben, für Ihre Menschlichkeit. Ich muß Ihnen sagen, daß ich Sie erschossen hätte, wenn Sie Angst gehabt hätten oder zu mir unfreundlich gewesen wären. Jeder Mensch in dieser Welt ist unfreundlich oder hat Angst. Ich weiß jetzt, daß ich nicht wegen des Geldes mit einem Revolver hergekommen bin. Ich weiß nicht, ob Sie mich verstehen werden, aber ich bin mit einem Revolver hierher gekommen, um ein für allemal herauszukriegen, ob der einzige Mensch, der jemals gegen einen anderen Menschen anständig war, anständig ohne besonderen Grund, ob dieser Mensch es *wirklich* ist. Ich bin zu dem Ergebnis gelangt, daß es kein Zufall war. Ich konnte nicht glauben, daß jemand wirklich anständig sein könnte, weil es meine ganze Vorstellung von allem und allen Lügen gestraft hätte – die Vorstellung, die ich seit langem habe, daß nämlich die menschliche Rasse verderbt und hoffnungslos ist, daß es auf der Welt keinen einzigen Menschen gibt, der wirklich menschlich und der Achtung eines anderen Menschen wert wäre. Lange Zeit habe ich für das Pathetische und Würdevolle nur Verachtung gehabt, und dann finde ich plötzlich, tausend Meilen von meiner Heimat, in einem merkwürdigen Städtchen, einen anständigen Menschen. Es quälte mich. Es quälte mich lange. Ich konnte es nicht glauben. Ich mußte es herauskriegen. Ich wollte, es solle wahr sein. Ich wollte es glauben, weil ich mir seit Jahren immer sage: Laßt mich einen Menschen finden, den die Welt nicht verdorben hat, damit auch ich unverdorben sein kann, damit ich glauben und leben kann. Als wir uns das erstemal trafen, war ich meiner Sache nicht sicher, aber jetzt bin ich es. Sonst will ich nichts von Ihnen. Mehr können Sie mir nicht geben. Ich weiß, daß Sie mich verstehen. Wenn ich aufstehe, geschieht es, um Ihnen Adieu zu sagen. Sie brauchen sich meinetwegen keine Sorgen zu machen. Ich fahre nach Hause, wo ich hingehöre. Ich werde an meiner Krankheit nicht sterben. Ich werde leben. Und jetzt werde ich wissen, *wie* ich zu leben habe.« Dann erhob er sich langsam und sah Spangler an: »Ich danke Ihnen vielmals.«

Spangler sah dem jungen Mann nach, wie er aus dem Büro hinausging. Dann ging er zur Kassenlade und legte das Geld an seinen Platz zurück. Den Revolver des jungen Mannes nahm er heraus und entfernte die Patronen. Dann legte er die Waffe wieder in die Lade und steckte die Patronen in seine Rocktasche. Und dann trat er an das Eisengestell, in dem die täglichen Telegramme gebündelt lagen. Aus einem dieser Bündel suchte er das Telegramm heraus, das der Bursche seiner Mutter geschickt hatte. Er nahm ein neues Blankett und schrieb eine Telegramm:

MRS. MARGARET STRICKMAN
1874 BIDDLE STREET
YORK, PENNSYLVANIA
LIEBE MAMA, DANKE FÜR DAS GELD. BIN BALD ZU HAUSE. ALLES IN ORDNUNG.

Er las den Text der Depesche durch und entschloß sich dann, die Worte »Alles in Ordnung« in »Es geht mir gut« zu ändern. Dann dachte er einen Moment an den jungen Mann und fügte hinzu »Innigst John«. Er begab sich zu Mr. Grogans Platz am Telegrafentisch und rief einen Telegrafisten an. Nach ein paar Sekunden war sein Anruf beantwortet, und dann klopfte Spangler die Depesche ab, worauf er sich noch mit dem Telegrafisten am anderen Ende des Drahtes ein bißchen unterhielt und beim Abhören der Punkte und Striche und bei seinen eigenen Antworten vor sich hinlächelte. Nach dieser Zwiesprache erhob er sich und ging an seinen eigenen Schreibtisch.

William Grogan kam zurück und setzte sich auf den Stuhl, auf dem der junge Mann gesessen war.

»Wie fühlst du dich jetzt?« fragte Spangler den alten Telegrafisten.

»Besser natürlich«, erwiderte Mr. Grogan. »*Zwei* Gläschen habe ich getrunken, Tom. Ich habe dem Gesang der Soldaten zugehört. Sie lieben das Pianola und diese alten Lieder – Lieder, die sie nie zuvor gehört haben.«

»Du liebst mich, nicht wahr?« sagte Spangler. »Ja, du liebst mich. Du weißt, daß du mich liebst. Das sagt sie, Willie, und *so* sagt sie es. Ich glaube, ich werde sie heiraten.«

Spangler unterbrach seine Träume von Diana Steed einen Augenblick, um das Gesicht seines alten Freundes zu betrachten. »Die alten Lieder«, sagte er, »die sind schon das Richtige.«

»Tom«, sagte Mr. Grogan, »erinnerst du dich, wie der alte Davenport diese Balladen zu singen pflegte?«

»Freilich«, sagte Spangler, »solange dieses Büro besteht, werde ich ihn hören. Ich höre ihn auch jetzt. Aber nicht nur alte Balladen, sondern auch Kirchenlieder. Denk an die Kirchenlieder, die der alte Davenport jeden Sonntag sang.«

»Ich hab sie nicht vergessen«, sagte Mr. Grogan. »An jedes einzelne erinnere ich mich. Er behauptete allerdings, er sei ungläubig, aber jeden Sonntag sang er seine Hymnen, wobei er Tabak kaute, Telegramme expedierte und den Tabaksaft in einem Strahl in den Spucknapf spritzte. Am Morgen begann er mit ›Willkommen, holder Morgen, geheiligter Ruhetag‹. Er war ein Prachtkerl, Tom. Dann dröhnte er: ›Das ist der Tag des Lichts – es werde Licht!‹«

»Ich erinnere mich«, sagte Spangler, »ich erinnere mich. Es werde Licht! Und dann spie er den Tabaksaft in den Spucknapf.«

»Und dann«, fuhr Mr. Grogan fort, »sang er: ›Herr, Gott des Morgens und der Nacht – wir danken Dir für Dein Geschenk, das Licht!‹ Der große Ungläubige – über alles liebte er Licht und Leben. Und wenn der Tag zu Ende ging, pflegte er sich langsam von seinem Stuhl zu erheben, sich zu recken und ganz leise zu singen: ›Der Tag ist nun vorbei, die Nacht bricht ein.‹ Er kannte all diese schönen alten Lieder und liebte sie alle. ›Erlöser!‹ konnte er brüllen, er, der sich als spöttischen Atheisten ausgab. ›Erlöser, gib den Abendsegen – eh der Schlaf die Lider schließt – unsre Sünden sind vergeben – wenn die Gnade sich ergießt.‹«

Der Telegrafist schwieg, um in Gedanken bei seinem Freund zu verweilen, der nun schon lange, lange Jahre tot war. »Es ist wahr, Tom«, sagte er, »es ist wahr.«

Der Chef des Telegrafenamts lächelte seinem alten Freund zu, klopfte ihm auf die Schulter, verlöschte die Lichter und schloß das Büro für die Nacht ab.

Tod, geh nicht nach Ithaka!

Endlich lag Homer Macauley in seinem Bett, sich wälzend und herumwerfend. Er träumte, daß er wieder im Zweihundertzwanziger Niederen Hürdenrennen mitlief, aber jedesmal, wenn er eine Hürde nehmen wollte, stand Byfield da, um ihn aufzuhalten. Trotzdem sprang er, und beide fielen zu Boden. Bei jeder Hürde stand Byfield da. Schließlich schmerzte ihn die Beinverletzung so sehr, daß er beim Versuch, weiterzulaufen, hinfiel. Er stand auf und schlug Byfield auf den Mund. »Byfield!« schrie er ihn an, »Sie können mich nicht aufhalten! Sie können mich niemals aufhalten – nicht bei niederen, nicht bei hohen Hürden, bei gar keinen Hürden!«

Wieder begann er zu laufen, erst hinkend, dann aber schnell rennend, doch die nächste Hürde war unmenschlich hoch – beinahe drei Meter. Homer Macauley, vielleicht der größte Mann in Ithaka in Kalifornien, nahm die Hürde in allerbester Form.

Gleich darauf war er im Traum in Uniform auf seinem Fahrrad und fuhr rasch durch eine enge Straße. Plötzlich stand ihm Byfield im Weg. Aber Homer fuhr noch schneller auf den Mann los und schrie: »Byfield! Ich sagte Ihnen doch, Sie können mich nicht aufhalten!« Er riß die Lenkstange seines Rades empor, und das Fahrrad begann zu steigen und zu fliegen. Es flog direkt über Byfields Kopf und kam auf der anderen Seite wieder leicht zu Boden. Aber eben als er das Straßenpflaster wieder berührte, stand Byfield abermals vor ihm! Wieder erhob sich das Rad vom Erdboden und flog über den Mann hinweg. Aber diesmal blieb es in der Luft, sechs, sieben Meter über Byfields Kopf schwebend. Erstaunt und verärgert stand der Mann auf der Straße. »Das kannst du nicht tun!« schrie er dem Jungen zu. »Das verstößt gegen das Gesetz der Schwerkraft!«

»Was geht mich das Gesetz der Schwerkraft an?« schrie Homer zu dem Mann auf der Straße hinunter. »Was kümmert mich das Wahrscheinlichkeitsgesetz oder das Gesetz von Angebot und Nachfrage oder irgendein anderes Gesetz? Sie *können* mich nicht aufhalten! Sie können mich nicht aufhalten – das ist alles! Zum Teufel noch einmal, ich habe keine Zeit für Sie!« Der Telegrafenbote fuhr durch den Luftraum und ließ den ekelhaften Menschen allein auf der Straße stehen, als etwas so Untergeordnetes, wie man es sich nur denken kann.

Jetzt flog Homer auf seinem Fahrrad hoch zwischen finsteren Wolken. Wie er so durch die Luft fuhr, bemerkte er einen anderen Radfahrer in der Uniform eines Telegrafenboten, sehr ähnlich seiner eigenen, der rascher als er selbst aus einer schwarzen Wolke hervorschoß. Seltsamerweise schien dieser zweite Telegrafenbote Homer selbst zu sein, gleichzeitig aber jemand, den Homer fürchtete. Deshalb fuhr Homer dem zweiten Telegrafenboten nach, um herauszukriegen, wer es wirklich sei.

Ein hübsch langes Stück fuhren die beiden Radfahrer um die Wette, bis endlich Homer den anderen einzuholen begann. Da drehte sich der andere plötzlich nach Homer um, und Homer bemerkte verwundert, daß ihm der zweite Telegrafenbote auf ein Haar gleichsah, daß er jedoch gleichzeitig – sowohl in seiner Erscheinung wie auch gefühlsmäßig – unverkennbar der Bote des Todes war. Rasch näherten sich die beiden Radfahrer der Stadt. Homer raste, immer schneller fahrend, dem Todesboten nach. In weiter Ferne konnte er schon die einsamen Lichter der Stadt sehen, die herrlich einsamen Straßen und Häuser. Homer war entschlossen, dem anderen Boten den Weg abzuschneiden und ihn von Ithaka fernzuhalten. Es schien ihm das Wichtigste auf der Welt zu sein, zu verhindern, daß der andere Ithaka erreiche.

Die beiden Radfahrer fuhren stramm und anständig, ohne irgendwelche Tricks. Nun begannen beide zu ermüden, aber schließlich hatte Homer ganz aufgeholt und schnitt dem anderen Boten den Weg ab. Da, plötzlich, fuhr dieser mit jäher Geschwindigkeit davon und direkt auf die Stadt zu. Tief enttäuscht, aber noch immer mit aller Macht tretend, mußte Homer zusehen, wie der andere Bote ihn weit zurückließ und nach Ithaka jagte. Nun mußte Homer das Rennen aufgeben. Er hatte keine Kraft mehr, den Todesboten zu verfolgen. Auf seinem Fahrrad fast zusammensinkend, begann er bitterlich zu schluchzen. Das Fahrrad fing zu fallen an, und Homer rief dem anderen Boten aus Leibeskräften zu: »Komm zurück! Geh nicht nach Ithaka! Laß sie in Ruhe! Komm zurück!«

Der Junge schluchzte in namenlosem Schmerz.

In dem Haus an der Santa-Clara-Avenue stand das Brüderchen des Träumers, Ulysses, neben seinem Bett und horchte. Dann ging er durch das dunkle Haus zum Bett seiner Mutter und schüttelte sie. Als sie erwachte, nahm er sie bei der Hand, und sie gingen wortlos zusammen zu Homers Bett. Mrs. Macauley lauschte einen Augenblick auf das Schluchzen ihres Sohnes, dann steckte sie Ulysses wieder in sein Bett, packte ihn gut ein und setzte sich dann neben den weinenden Jungen.

»Sei jetzt ruhig, Homer«, sprach sie ganz leise zu ihm. »Schlaf jetzt. Du bist sehr müde. Du mußt schlafen. Schlaf friedlich.« Der Telegrafenbote hörte allmählich zu schluchzen auf, und bald war sein unruhiger Ausdruck verschwunden. »Schlaf jetzt«, wiederholte die Mutter. »Schlaf friedlich.«

Der Junge schlief wieder ruhig. Die Mutter sah zu dem Kleineren hinüber, der nun auch wieder eingeschlafen war. In der Ecke sah sie Matthew Macauley stehen, der lächelnd zusah. Sie erhob sich lautlos, nahm die Weckuhr und ging in ihr Zimmer.

Aus dem Reich des Schreckens ging der Schlaf des Telegrafenboten nun in das Reich der Wärme, des Lichtes und des Trostes hinüber. Homer sah sich in diesem neuen Schlaf unter einem Feigenbaum am Rand eines Baches liegen. »Das muß«, sagte er im Traum zu sich selbst, »droben bei Riverdale sein, wo ich den Feigenbaum an einem kleinen Bach gesehen habe, und wo die Sonne so lachend herabschien, daß alles andere mitlachen mußte. Ich erinnere mich an die Stelle. Es war im vergangenen Sommer; Marcus und ich, wir kamen hierher, um zu baden, und dann setzten wir uns ans Bachufer und sprachen davon, was wir in der Welt zu tun gedächten.« Und nun, da er sich des erquickenden Zieles, das er erreicht hatte, bewußt geworden war, da er die Wärme in seiner Erinnerung fühlte, nun streckte er sich behaglich auf dem Rasen unter dem Baum aus und vergaß völlig, daß er schlief.

Er steckte wieder in denselben alten Kleidern, die er an jenem Sommertag getragen hatte. Vor sich sah er, in die weiche Erde gesteckt, seine Angelrute – aber die war nicht von jenem Sommertag, sondern aus viel, viel früherer Zeit. Und nun erblickte Homer, weit, weit in der Wildnis, zwischen Zweigen und Halmen, die wunderbare Helen Eliot, barfuß wie er selber und in einem einfachen Baumwollkleid, auf einem schmalen Pfad auf ihn zukommen. »Das ist Helen Eliot«, sagte Homer zu sich selber. »Das ist das Mädchen, das ich liebe.« Lächelnd setzte er sich auf, beobachtete ihren Gang, erhob sich dann und ging ihr entgegen, um sie zu begrüßen. Wortlos und gewissermaßen feierlich. Er ergriff ihre Hand, und sie gingen miteinander zu dem Baum. Dort entledigte er sich seines Hemdes und seiner Hosen und tauchte rasch in den kleinen Bach. Das Mädchen ging hinter ein Gebüsch und zog sich aus. Homer sah, wie sie an den Rand des Wassers kam, einen Augenblick stehenblieb und dann ins Wasser ging. Immer noch feierlich, schwammen sie in dem kleinen Gewässer herum, stiegen nach einer Weile heraus, legten sich miteinander auf den besonnten Sand und schliefen.

Der Aprikosenbaum

Ulysses Macauley war sehr früh auf den Beinen und sprang durch die Morgensonne zum Hof eines Mannes, der eine Kuh besaß. Als Ulysses zu dem Hof kam, erblickte er die Kuh. Der Kleine blieb stehen und sah lange Zeit die Kuh an. Schließlich kam der Mann, dem sie gehörte, aus dem kleinen Häuschen heraus. Er trug einen Eimer und einen Schemel, ging direkt zur Kuh und begann sie zu melken. Ulysses kam immer näher heran, bis er schließlich unmittelbar hinter dem Mann stand. Da er noch nicht genug sehen konnte, kniete er sich, fast unter der Kuh, auf den Boden. Der Mann sah zwar den Jungen, sagte aber nichts. Er melkte ruhig weiter. Die Kuh jedoch drehte den Kopf nach Ulysses und sah ihn an. Ulysses sah seinerseits die Kuh an. Anscheinend hatte die Kuh es nicht gern, daß kleine Jungen ihr so nahe kamen. Ulysses kroch unter der Kuh hervor, ging ein Stück weiter und sah aus der Nähe zu. Die Kuh beobachtete ihrerseits den kleinen Jungen, so daß dieser annehmen mußte, sie seien Freunde.

Auf dem Heimweg blieb Ulysses stehen, um einem Mann zuzusehen, der eine Scheune baute. Der Mann war aufgeregt, nervös und ungeduldig und hätte besser daran getan, die Arbeit bleiben zu lassen. Er arbeitete wie ein Wilder, wobei er alle möglichen Fehler machte, während Ulysses verständnislos zusah.

Ulysses kam in die Santa-Clara-Avenue gerade in dem Augenblick zurück, als Mr. Arena sein Rad bestieg, um zur Arbeit zu fahren. Mary Arena winkte dem Vater von der Tür aus nach und ging dann ins Haus zurück.

Es war der Morgen eines Samstags in Ithaka, der seligste Tag der Schuljungen. Aus einem Haus in der Nähe kam ein Junge von acht oder neun Jahren heraus. Ulysses winkte ihm zu, und der Junge winkte zurück. Es war Lionel Cabot, der geistig zurückgebliebene Junge des Nachbarn, trotzdem aber ein wertvolles menschliches Wesen, treu, edelmütig und gütig. Nach einer Weile sah Lionel wieder nach Ulysses hinüber, und weil er nichts Besseres zu tun wußte, winkte er nochmals. Ulysses winkte zurück. Das wiederholte sich mehrmals, bis

August Gottlieb aus seinem Haus neben Aras Lebensmittelgeschäft herauskam.

Auggie war der Führer der Jungen der Nachbarschaft geworden, nachdem Homer Macauley sich im Alter von zwölf Jahren von dieser Stellung zurückgezogen hatte. Der neue Führer sah sich nach seinen Anhängern um. Lionel lehnte er als zu dumm und Ulysses als zu klein ab, nichtsdestoweniger winkte er jedem von ihnen einen Gruß zu. Dann trat er in die Mitte der Straße und pfiff nach der Art der Zeitungsjungen. Es war ein lauter, befehlender, herrischer Pfiff, sozusagen keinen Widerspruch duldend. Auggie wartete mit der Zuversicht eines Menschen, der weiß, was er tut und welches Resultat er erwarten darf. Sofort öffneten sich ein paar Fenster, und Pfiffe ertönten als Antwort. Bald kamen einige Jungen zur Straßenecke gelaufen. In weniger als drei Minuten war die Bande beisammen: Auggie Gottlieb, der Führer, Nickie Paloota, Alf Rife und Shag Manoogian.

»Wohin gehen wir, Auggie?« fragte Nickie.

»Nachschauen, ob Hendersons Aprikosen reif sind«, sagte Auggie.

»Darf ich mitkommen, Auggie?« fragte Lionel.

»Gut, Lionel«, sagte Auggie. »Wenn sie reif sind – wirst du welche stehlen?«

»Stehlen ist eine Sünde«, erwiderte Lionel.

»Aprikosen stehlen nicht«, sagte Auggie mit einer wichtigen Unterscheidung. »Ulysses, du gehst nach Hause. Das ist nichts für kleine Jungen. Es ist gefährlich.«

Ulysses entfernte sich drei Schritte, blieb stehen und schaute. Er verstand das Gesetz. Er war eben noch nicht alt genug, weiter nichts. Aber obwohl er das Gesetz respektierte, wäre er doch für sein Leben gern in die Bande aufgenommen worden.

Die Jungen zogen los zu Henderson. Anstatt sich der Straßen und Gehsteige zu bedienen, gingen sie durch schmale Durchlässe, querten leere Bauplätze und kletterten über Zäune. Sie wollten natürlich auf einem schwierigen, abenteuerlichen Weg an ihr Ziel gelangen. Nicht weit hinter ihnen folgte Ulysses in sicherem Abstand.

»Reife Aprikosen gehören zu den köstlichsten Früchten der Erde«, erklärte Auggie den Mitgliedern seiner Bande.

»Werden die Aprikosen im März reif?« fragte Nickie Paloota.

»Es ist schon fast April«, sagte Auggie. »Die *frühen* Aprikosen werden im Nu reif, wenn die Sonne stark scheint.«

»Allerdings hat es eben erst geregnet«, wendete Alf Rife ein.

»Woher, glaubst du denn, nehmen die Aprikosen ihren Saft?« belehrte ihn Auggie. »Vom Wasser, vom Regen. Regen ist für die Aprikosen ebenso wichtig wie Sonne.«

»Sonne bei Tag und Regen bei Nacht«, sagte Shag Manoogian. »Erwärmen und ihnen Wasser geben. Ich möchte wetten, daß schon eine Menge reifer Aprikosen auf dem Baum sind.«

»Hoffentlich«, sagte Alf Rife.

»Es ist zu früh für Aprikosen«, sagte Nickie Paloota. »Letztes Jahr waren sie erst im Juni reif.«

»Das war letztes Jahr«, sagte Auggie. »Und jetzt ist dieses Jahr.«

Ungefähr hundert Meter vor ihrem Ziel blieben die Jungen stehen, um den berühmten Aprikosenbaum zu bewundern – einen grünen, schönen, sehr alten und sehr großen Baum. Er stand in der Ecke von Hendersons Hinterhof. Seit zehn Jahren plünderten die Jungen der Nachbarschaft den Aprikosenbaum des alten Henderson. Jeden Frühling hatte Mr. Henderson von seinem altersschwachen Haus aus mit Begeisterung und Vergnügen ihr Kommen beobachtet, und jedesmal bereitete er den Jungen die Genugtuung, im letzten Augenblick aufzutauchen und sie davonzujagen. Nun blickte Mr. Henderson, der in seinem Haus hinter einem verhängten Fenster saß, von seinem Buch auf.

»Ah, seht euch das an!« sagte er zu sich selber. »Im März kommen sie Aprikosen stehlen! Mitten im Winter! Seht euch das an!« Er spähte wieder nach den Jungen hinaus und flüsterte, als wäre er einer von ihnen: »Kommen Aprikosen stehlen vom Baum des alten Henderson! Da kommen sie. Jetzt vorsichtig! Haha«, lachte er, »seht sie euch an! Und seht euch den Kleinen an! Sicher nicht älter als vier Jahre. Kommt, kommt! Kommt zu dem wunderbaren Baum. Wenn ich die Aprikosen reif machen könnte, damit ihr sie stehlen könnt – ich würde es tun!«

Mr. Henderson beobachtete, wie Auggie die Jungen instruierte und den Angriff dirigierte. Vorsichtig umzingelten die Buben den Baum, angstvoll und mit einer Mischung von Hoffnung und Furcht im Herzen. Wenn die Aprikosen auch noch grün waren, so hingen sie doch an Hendersons Baum und gehörten ihm, also war es dasselbe, als wenn sie reif wären, nämlich weil die Jungen doch *hofften,* sie *würden* reif sein. Aber sie fürchteten sich auch. Sie fürchteten sich vor Henderson, sie fürchteten sich vor der Sünde, vor dem Erwischtwerden und vor der Schuld, und sie fürchteten, daß es doch noch ein wenig

100

zu früh sei. Sie fürchteten, die Aprikosen könnten noch nicht reif sein.

»Vielleicht ist er nicht zu Hause«, flüsterte Nickie Paloota, als sie fast an den Baum herangekommen waren.

»Er ist zu Hause«, erklärte Auggie. »Er ist *immer* zu Hause. Er versteckt sich, weiter nichts. Er will uns erwischen. Jetzt vorsichtig, alle! Man kann nie wissen, wo er steckt. Ulysses, du geh nach Hause!«

Gehorsam zog sich Ulysses drei Schritte zurück und blieb stehen, um den grandiosen Zweikampf mit dem Baum mitanzusehen.

»Sind sie reif, Auggie?« fragte Shag. »Siehst du eine Farbe?«

»Nur grün«, sagte Auggie. »Das sind die Blätter. Die Aprikosen sind darunter. Leise jetzt, alle! Wo ist Lionel?«

»Hier«, flüsterte Lionel. Er hatte fürchterliche Angst.

»Schön«, sagte Auggie, »halt dich bereit! Wenn du den alten Henderson siehst, dann renn!«

»Wo ist er?« fragte Lionel, als wäre Henderson unsichtbar oder nicht größer als ein Kaninchen und könnte plötzlich aus dem Gras herausspringen.

»Was meinst du damit: wo ist er?« sagte Auggie. »Wahrscheinlich in seinem Haus. Aber bei Henderson kann man nie wissen. Er könnte sich irgendwo draußen versteckt halten und uns auflauern, um uns zu überrumpeln.«

»Wirst *du* auf den Baum klettern, Auggie?« fragte Alf Rife.

»Wer sonst?« sagte Auggie. »Natürlich werde ich auf den Baum klettern, aber erst wollen wir sehen, ob die Aprikosen reif sind.«

»Reif oder grün«, sagte Shag Manoogian, »ein paar wenigstens wollen wir stehlen, Auggie.«

»Keine Sorge«, erwiderte Auggie. »Das werden wir. Wenn sie reif sind, dann stehlen wir eine ganze Menge.«

»Was wirst du morgen in der Sonntagsschule sagen, Auggie?« fragte Lionel.

»Aprikosen stehlen ist kein Stehlen wie das Stehlen in der Bibel, Lionel«, belehrte ihn Auggie. »Das ist etwas anderes.«

»Warum fürchtet ihr euch dann?« fragte Lionel.

»Wer fürchtet sich?« sagte Auggie. »Wir müssen bloß vorsichtig sein, das ist alles. Welchen Zweck hat es, sich erwischen zu lassen, wenn man davonlaufen kann?«

»Ich sehe keine reifen Aprikosen«, sagte Lionel.

»Du siehst doch einen Baum, nicht?« fragte Auggie.

»Ja, einen Baum sehe ich«, antwortete Lionel. »Das ist aber auch alles – nur einen großen, ganz grünen Baum. Gewiß ist er auch schön, Auggie.«

Nun befand sich die Bande fast unter dem Baum. Ulysses folgte in einiger Entfernung. Er war völlig unerschocken. Er verstand nicht das geringste, war aber überzeugt, daß es eine höchst wichtige Sache war – etwas wegen der Bäume und der Aprikosen. Die Jungen studierten die Zweige des alten Aprikosenbaums, die grün waren von zartem, jungem Laub. Die Aprikosen waren alle sehr klein, sehr grün und offensichtlich sehr hart.

»Noch nicht reif«, erklärte Alf Rife.

»Ja«, gab Auggie zu. »Ich glaube, sie brauchen noch ein paar Tage. Vielleicht nächsten Samstag.«

»Nächsten Samstag *bestimmt*!« sagte Shag.

»Jedenfalls gibt es eine ganze Menge«, sagte Auggie.

»Wir können nicht mit leeren Händen zurückkommen, Auggie«, sagte Shag. »Wir müssen wenigstens *eine* nehmen – grün oder reif – *eine* unter allen Umständen!«

»Gut«, sagte Auggie. »Ich werde sie holen. Ihr müßt euch bereit halten, zu rennen.« Auggie lief schnell zum Baum und schwang sich auf einen niedrigen Ast, während die Bande, Mr. Henderson und Ulysses mit Staunen und Bewunderung fasziniert zusahen. Dann trat Mr. Henderson aus seinem Haus auf die Stufen des Hofeingangs. Die Jungen stoben davon wie eine Schar erschreckter Fische.

»Auggie!!« schrie Sha Manoogian. »*Henderson!!*«

Auggie hüpfte wie ein geängstigter Orang-Utan im Dschungel auf dem Baum umher, hängte sich an einen Ast und ließ sich zu Boden fallen. Fast ehe noch seine Füße den Grund berührt hatten, rannte er schon, aber da bemerkte er Ulysses und blieb jählings stehen, indem er dem Kleinen zurief:

»Ulysses, lauf – lauf!!«

Aber Ullysses rührte sich nicht. Er verstand nicht, was los war. Da lief Auggie zu dem Kleinen zurück, hob ihn auf und rannte mit ihm davon, während Henderson zusah. Als alle Jungen verschwunden waren und alles wieder still war, lächelte der Alte und schaute zum Baum hinauf. Dann machte er kehrt und ging in sein Haus zurück.

Sei glücklich, sei glücklich!

Nach ihrem glücklichen Entrinnen aus dem Hof des alten Henderson kamen die Mitglieder der geheimen Gesellschaft August Gottliebs einer nach dem anderen zurück und sammelten sich vor Aras Lebensmittelgeschäft, um die Rückkunft ihres Führers zu erwarten. Schließlich sahen die Anhänger des großen Mannes ihn um die Ecke biegen, den kleinen Ulysses an der Hand. Die Mitglieder der Bande warteten schweigend auf ihren Häuptling, der dann auch bald bei ihnen war. Seine Getreuen forschten in seinem Gesicht, und dann fragte Alf Rife: »Hast du eine Aprikose gekriegt?«

Der Führer sah den Zweifler an und sagte: »Das darfst du nicht fragen. Du hast mich auf dem Baum gesehen. Du *weißt*, daß ich eine Aprikose gekriegt habe.«

Jetzt sprachen alle Mitglieder durcheinander. (Alle, das heißt, mit Ausnahme Lionels, der eigentlich gar kein Mitglied war.) Mit großer Bewunderung riefen sie: »Laß sie anschauen, Auggie! Laß uns die Aprikose anschauen!«

Dem kleinen Ulysses entging nichts; er stand der geheimnisvollen Bedeutung der Dinge, um die es sich da handelte, völlig verständnislos gegenüber, war aber überzeugt, daß diese Dinge, mochten sie sein was immer, bestimmt von größerer Wichtigkeit waren als sonst irgend etwas auf Erden – wenigstens in diesem Augenblick. Als angemessene Stille und Andacht eingetreten war, öffnete August Gottlieb seine Faust.

Da lag auf seiner Handfläche eine kleine grüne Aprikose von der Größe eines Kiebitzeis.

Die Anhänger des großen, heiligen Häuptlings betrachteten lächelnd den wundersamen Gegenstand auf seiner Handfläche, und Lionel – der Getreueste von allen, obgleich er kein richtiges Mitglied der religiösen Sekte war –, hob Ulysses auf, damit auch er den kleinen grünen Gegenstand sehen könne. Als Ulysses die grüne Aprikose gesehen hatte, entwand er sich Lionels Händen, um auf den Boden zu kommen, und lief dann nach Hause, keineswegs enttäuscht, sondern nur aus dem dringenden Wunsch, das Erlebnis jemandem mitzuteilen.

Nun kam Ara persönlich aus seinem Geschäft heraus, der Mann, der vor sieben Jahren in diesem Viertel Ithakas Aras Lebensmittelhandlung begründet hatte. Er war ein großer, schmalgesichtiger, melancholischer und doch komischer Mensch in einer weißen Kaufmannsschürze. Er blieb eine Weile unter dem kleinen Vorbau des Ladens stehen, um sich den neuen Messias und seine Jünger anzusehen und den entzückten Ausdrücken ihrer Anbetung des heiligen Objektes zuzuhören.

»Du, Auggie!« rief er. »Du, Shag! Nickie! Und du, Alfo! Lionel! Was soll das heißen? Ist das Kongreß Vereinigte Staaten Washington? Sucht euch anderen Platz aus für eure wichtigen Versammlungen. Hier ist Lebensmittelgeschäft, nicht Kongreß.«

»Ach, gewiß, Mr. Ara«, sagte August Gottlieb. »Wir gehen hinüber auf den Bauplatz. Wollen Sie eine Aprikose sehen?«

»Du hast Aprikose?« fragte der Händler. »Woher hast du Aprikose?«

»Von einem Baum«, erwiderte Auggie. »Wollen Sie sie sehen?«

»Jetzt ist nicht Aprikose«, sagte der Kaufmann. »Aprikose kommt erst in zwei Monaten. Im Mai.«

»Das ist eine Märzaprikose«, sagte August Gottlieb, der Häuptling der tanzenden Derwische, zu dem Händler. »Da, schauen Sie her!« Wieder öffnete er die Faust und enthüllte den kleinen harten, grünen Gegenstand. »Schauen Sie her, Mr. Ara«, wiederholte Auggie und machte eine Pause. »Schön?«

»Jawohl, jawohl«, sagte Mr. Ara. »Schön. Sehr feine Aprikose. Jetzt geht und haltet Kongreßsitzung Vereinigte Staaten Washington anderswo. Heute Samstag. Lebensmittelhandlung ist für Geschäft da. Verstopft mir nicht in aller Frühe den kleinen Laden. Laßt kleinen Laden leben. Kleiner Laden fürchtet sich und wird davonlaufen.«

»Schön, Mr. Ara«, sagte Auggie, »wir wollen Ihr Geschäft nicht behindern. Wir gehen jetzt über die Straße hinüber. Kommt, Burschen!«

Mr. Ara beobachtete die Wanderung der religiösen Fanatiker. Er wollte eben in den Laden zurückgehen, als ein kleiner Junge, der ihm ähnlich sah, herauskam und neben ihm stehenblieb.

»Papa?« sagte der Kleine.

»He, John?« sagte der Vater zu seinem Sohn. Sie bedienten sich ihrer Muttersprache.

»Gib mir Apfel«, sagte der Sohn zum Vater. Er sprach mit ernster, fast trauriger Stimme.

Der Vater nahm seinen Sohn bei der Hand, und sie gingen miteinander in den Laden, wo auf dem Ladentisch frisches Obst aufgetürmt lag.

»Apfel?« wiederholte der Vater und nahm einen Apfel von dem Haufen, den besten Apfel, den er hatte, und reichte ihn dem Buben. »Schön«, sagte er. »Apfel.«

Der Vater ging hinter den Ladentisch seines Geschäftes, um auf Kunden zu warten, und betrachtete inzwischen seinen Jungen, der ebenso melancholisch war wie er selber, obgleich zwischen beiden ein Altersunterschied von mindestens vierzig Jahren bestand. Der Sohn biß ein riesiges Stück von dem Apfel ab, kaute bedächtig, schluckte und schien dann eine Weile darüber nachzudenken, während auch der Vater sich darüber seine Gedanken machte. Der Apfel machte den Buben nicht glücklich. Er legte ihn vor den Vater auf den Ladentisch und schaute dann zu dem Mann hinauf. Da waren sie nun, in Ithaka in Kalifornien, wahrscheinlich zehntausend Kilometer von dem Land entfernt, das Jahrhunderte ihre Heimat gewesen war. Kein Wunder, daß beide sich verlassen fühlten, aber niemand konnte mit Sicherheit behaupten, daß sie sich weniger verlassen gefühlt hätten, wenn sie wieder daheim, zehntausend Kilometer weit, gewesen wären. Da stand nun auf den Fliesen des Lebensmittelgeschäftes der Sohn des Vaters, und der Vater sah seinen Sohn an – sah in sein eigenes Gesicht, in seine eigenen Augen und sah sicherlich hinter diesen Augen sein eigenes Elend. Da stand derselbe Mensch, bloß jünger. Der Vater nahm den zurückgewiesenen Apfel und attackierte ihn mit einem gewaltigen Biß, was ein krachendes Geräusch verursachte, und stand dann da, kauend und schluckend. Aus seinem schnellen und geräuschvollen Kauen zu schließen, ärgerte sich der Mann. Ein Apfel war etwas viel zu Gutes, als daß man ihn hätte verkommen lassen dürfen; wenn ihn also sein Sohn nicht essen wollte, dann mußte er ihn selber essen, auch wenn er keine Vorliebe für Äpfel und ihren Geschmack hatte. Er wußte eben, daß es unrecht war, etwas verkommen zu lassen. Und er biß weiter in den Apfel, kaute und schluckte. Es war freilich etwas zu viel – zu viel Apfel. Etwas davon mußte man wohl verkommen lassen. Er warf den Rest des Apfels achtlos, wenn auch mit einer Spur von Bedauern, in die Abfallkiste.

Jetzt ließ sich der Kleine wieder hören. »Papa?« sagte er.

»He, John?« fragte der Vater.

»Gib mir Orange«, sagte der Kleine.

Der Vater suchte die größte Orange aus dem Orangenstapel und reichte sie dem Jungen. »Orange? Schön, Orange.«

Der Kleine biß in die Orangenschale und begann dann, die Frucht mit den Fingern abzuschälen, wobei er erst langsam und gründlich zu Werke ging, dann aber seine Bemühungen in einem solchen Maße beschleunigte, daß sogar der Vater dasselbe Gefühl bekam wie sicherlich der Sohn, daß nämlich unter der Schale dieser Baumfrucht nicht einfach eine Orange, sondern des Herzens endgültige Glückseligkeit verborgen sei. Der Kleine legte die Orangenschalen vor den Vater auf den Ladentisch, teilte die Orange in zwei Hälften, trennte eine Spalte ab, steckte sie in den Mund, kaute und schluckte. Aber – leider! – nein. Es war wirklich eine Orange, des Herzens endgültige Glückseligkeit war es nicht. Der Sohn wartete eine Weile und legte dann den Rest der Orange vor den Vater hin. Wieder nahm der Vater das begonnene Werk auf und versuchte es zu beenden. Bald jedoch erreichte er die Grenze des Möglichen, und etwas mehr als die halbe Orange flog in die Abfallkiste.

»Papa?« sagte der Kleine nach einer Weile, und wieder antwortete der Vater: »He, John?«

»Gib mir Konfekt«, sagte der Junge.

»Konfekt?« wiederholte der Vater. »Schön, Konfekt.« Aus dem Glaskasten suchte der Vater eine der beliebtesten Konfektstangen zu fünf Cent heraus und reichte sie dem Jungen. Der Kleine betrachtete die künstlich hergestellte Substanz, biß ein großes Stück von dem schokoladeüberzogenen Konfekt herunter und kaute und schluckte wieder bedächtig. Aber es war wieder nichts – nur Konfekt, süß, ja, aber sonst nichts, nichts. Und wieder gab der Sohn dem Vater einen Erdenstoff zurück, der ihm keine Glückseligkeit bringen konnte. Geduldig übernahm der Vater die Verantwortung, um Verschwendung zu vermeiden. Er nahm die Konfektstange, wollte hineinbeißen, überlegte sich's aber anders. Er drehte sich um und warf sie in die Abfallkiste. Aus irgendeinem Grunde war er bitterböse, und in seinem Herzen verfluchte er irgendwelche Menschen, zehntausend Kilometer weit weg, die ihm einst unmenschlich oder doch unwissend vorgekommen waren. Diese Hunde! sagte er bei sich.

Wieder begann der kleine Junge zu seinem Vater zu sprechen.

»Papa?«

»He, John?«

»Gib mir Banane«, sagte der Kleine.

Diesmal seufzte der Vater, gab aber noch nicht alle Hoffnung auf. »Banane?« wiederholte er. »Schön, Banane.« Er prüfte einen Bund Bananen, der über den Obstpyramiden hing, und entdeckte schließlich eine, die er für die allerbeste hielt – die reifste und süßeste des Bundes. Er riß diese Banane ab und gab sie dem Kind.

Endlich kam ein Kunde in den Laden. Es war ein Fremder, ein Mann, den Mr. Ara zum erstenmal im Leben sah. Kaufmann und Käufer grüßten einander durch Kopfnicken und dann fragte der Mann: »Haben Sie Kuchen?«

»Kuchen?« sagte der Händler dienstfertig. »Was für Kuchen wollen Sie?«

Inzwischen war eine zweite Kundschaft in das Geschäft gekommen. Es war Ulysses Macauley. Er blieb beiseite stehen, sah zu und wartete, bis er an die Reihe käme.

»Haben Sie Kuchen mit Rosinen drin?« fragte der Mann den Händler.

»Kuchen, Rosinen drin?« wiederholte der Kaufmann. Das war ein Problem. »Kuchen, Rosinen drin«, wiederholte er nochmals mit flüsternder Stimme. »Kuchen, Rosinen drin«, sagte er wiederum. Er sah sich im Laden um. Sein Söhnchen legte die Banane vor den Vater auf den Ladentisch. Abgelehnt.

»Papa?« sagte der Kleine.

Der Vater sah den Jungen an und sagte dann sehr schnell: »Du willst Apfel, ich gebe dir Apfel. Du willst Orange, ich gebe dir Orange. Du willst Konfekt, ich gebe dir Konfekt. Du willst Banane, ich gebe dir Banane. Was willst du jetzt?«

»Kuchen«, sagte der Kleine.

»Was für Kuchen willst du?« fragte der Vater den Knaben, wobei er den Kunden nicht vergaß, ja, in Wirklichkeit zu ihm sprach, zugleich aber zu seinem Sohn und zugleich auch zu allen Menschen, zu allen Menschen überall auf der Welt, die etwas haben wollten.

»Kuchen, Rosinen drin«, sagte der Junge.

Mit kaum beherrschter Wut zischte der Vater seinen Sohn an, sah aber dabei nicht ihn, sondern den Kunden an: »Ich habe keine Kuchen. Keinerlei Kuchen. Warum gerade Kuchen? Ich habe alles, nur keine Kuchen. Wozu Kuchen?«

»Kuchen«, sagte der Mann geduldig, »für kleinen Jungen.«

»Ich habe keine Kuchen«, wiederholte der Kaufmann. »Kleinen Jungen habe ich auch.« Er zeigte auf sein Söhnchen. »Ich gebe ihm Apfel, Orange, Konfekt, Banane, lauter gute Suchen.« Er schaute dem Kunden gerade ins Auge und sagte beinahe böse: »Was wollen Sie?«

»Der Kleine meines Bruders«, erwiderte der Käufer, »hat Grippe. Er weint – er will Kuchen. ›Kuchen mit Rosinen drin‹, sagt er.«

Aber jeder Mensch lebt sein eigenes Leben, und jedes Leben hat seinen eigenen Zweck. So schaute der Kleine des Kaufmanns wieder zu seinem Vater auf und sagte: »Papa?«

Aber jetzt lehnte es der Vater ab, seinen Sohn anzusehen. Statt dessen sah er den Mann an, dessen Neffe krank war und Kuchen mit Rosinen drin haben wollte. Er sah den Mann mit Verständnis, mit Sympathie und mit einer sozusagen einfältigen Wut an, nicht gegen den Mann, sondern gegen die Welt selbst, gegen Krankheit, gegen Verlassenheit und gegen das Herz, das etwas will, was es nie bekommen kann. Auch auf sich selber war der Händler böse, weil er, obgleich er dieses Lebensmittelgeschäft in Ithaka in Kalifornien, zehntausend Kilometer von seiner Heimat entfernt, gegründet hatte, keine Kuchen mit Rosinen drin hatte, weil er nicht hatte, was das kranke Kind wollte.

»Apfel«, sagte der Kaufmann, »Orange, Konfekt, Banane – keine Kuchen. Es ist mein Junge. Drei Jahre alt. Nicht krank. Er will viele Sachen. Er will Apfel. Er will Orange. Er will Konfekt. Er will Banane. Ich weiß nicht, was er will. Niemand weiß, was er will. Er will eben. Er schaut auf Gott. Er sagt: ›Gib mir dies, gib mir das‹, aber nie zufrieden. Immer will er. Immer ist unzufrieden. Armer Gott hat nichts für Traurigkeit. Er gibt alles – Welt – Sonne – Mutter – Vater – Bruder – Schwester – Onkel – Vetter – Haus, Hof, Herd, Tisch, Bett – armer Gott gibt alles – aber niemand glücklich – jeder wie kleiner Bub mit Grippe – jeder sagt: ›Gib mir Kuchen, Rosinen drin.‹« Der Händler hielt inne, um tief Atem zu schöpfen. Als er ausgeatmet hatte, sagte er sehr laut zu dem Kunden: »Gibt nicht Kuchen, Rosinen drin!«

Mit einer Ungeduld und einer Heftigkeit, die beinahe majestätisch wirkten, begann der Kaufmann hin- und herzugehen. Erst nahm er einen Papiersack und riß ihn auf. Dann begann er allerlei hereinzuwerfen. »Da ist Orange«, sagte er, »sehr schön. Da ist Apfel. Wunderbar. Da ist Banane. Schmeckt sehr gut.« Dann reichte er dem Fremden liebenswürdig, mit großer Höflichkeit und mit aufrichtiger Sympathie für ihn und seinen kranken Neffen den Sack. »Nehmen Sie für kleinen Jungen«, sagte er. »Vielleicht wird nicht weinen. Da, nehmen Sie gute Sachen für kleinen Jungen. Nicht bezahlen. Ich will kein Geld.« Und dann sagte er ganz weich:

108

»Gibt nicht Kuchen, Rosinen drin.«

»Er weint«, sagte der Mann. »Fühlt sich sehr schlecht. Sagt: ›Kuchen mit Rosinen drin‹. Ich danke Ihnen vielmals, aber wir haben dem Kleinen schon Äpfel, Orangen und anderes gegeben.« Der Mann stellte den Sack auf den Ladentisch. »Krankes Kind sagt: ›Gib mir Kuchen mit Rosinen drin.‹ Apfel, Orange nicht gut. Kuchen. Entschuldigen Sie, ich werde in einem anderen Geschäft fragen. Vielleicht gibt es dort Kuchen mit Rosinen drin.«

»Gut, gut, mein Freund«, flüsterte der Kaufmann. »Gut, gut. Versuchen Sie es in einem anderen Geschäft – aber dort gibt's auch keine Kuchen, Rosinen drin. Niemand hat.«

Beinahe verlegen verließ der Fremde den Laden. Eine volle Minute stand der Händler hinter dem Ladentisch und starrte seinen Jungen an. Plötzlich begann er – in seiner Muttersprache, Armenisch – zu sprechen.

»Die Welt ist verrückt geworden«, sagte er zu dem Kleinen. »In Rußland allein, so nahe unserer Heimat, unserem schönen kleinen Volk, hungern täglich Millionen Menschen, Millionen Kinder. Sie frieren, sie leiden, sie gehen barfuß. Sie gehen umher und haben keine Stelle, wo sie schlafen könnten. Sie beten um ein Plätzchen, wo sie sich hinlegen und ruhen könnten, sie beten um eine einzige Nacht friedlichen Schlafes. Und wie ist es mit uns? Was tun wir? Wir hier in Ithaka in Kalifornien, in diesem großen Amerika? Was tun wir? Wir tragen gute Kleider. Wir ziehen jeden Morgen, wenn wir vom Schlaf erwachen, gute Schuhe an. Wir gehen in den Straßen umher, ohne daß jemand mit einem Gewehr kommt oder unsere Häuser niederbrennt oder Kinder, Brüder oder Väter ermordet. Wir machen Autofahrten in die herrliche Umgebung. Wir haben das beste Essen. Jede Nacht gehen wir zu Bett und schlafen – und was sind wir dann? Wir sind unzufrieden. Wir sind noch immer unzufrieden.«

Der Händler schrie diese erstaunliche Wahrheit seinem kleinen Sohn ins Gesicht, mit einer erschütternden Liebe für den Jungen. »Apfel«, sagte er, »Orange, Konfekt, Banane, um Himmels willen, Bürschchen, tu das nicht! Wenn auch ich es tue – du bist mein Sohn, besser als ich, und deshalb darfst du es nicht tun. Sei glücklich, sei glücklich! Ich bin unglücklich, aber *du* mußt glücklich sein.« Er deutete auf die Hintertür des Ladens, die ins Haus führte, und gehorsam, mit ernstem Gesicht, verließ der Kleine den Laden und ging ins Haus.

Nun ließ sich der Kaufmann einen Augenblick Zeit, um sich zu sammeln. Schließlich glaubte er sich hinreichend beruhigt zu haben, um mit dem Käufer, der noch im Geschäft stand, ruhig sprechen zu können. Er wandte sich Ulysses Macauley zu und versuchte heiter zu sein. Er lächelte sogar.

»Was willst du, kleiner Ulysses?«

»Haferflocken«, sagte Ulysses.

»Was für Haferflocken willst du?« fragte der Kaufmann.

»H-O«, sagte Ulysses.

»Gibt zweierlei H-O, kleiner Ulysses«, sagte der Händler, »gewöhnliche Sorte und schnell weiche Sorte. Zwei Sorten. Langsam, schnell. Alt, neu. Welche Sorte will deine Mama, kleiner Ulysses?«

Ulysses dachte eine Weile nach und sagte dann:

»H-O.«

»Alte Sorte oder neue Sorte?« fragte der Kaufmann.

Aber der Kleine wußte es nicht, und so traf der Händler für ihn die Entscheidung. »Gut«, sagte er, »neue Sorte, moderne. Achtzehn Cent, bitte, kleiner Ulysses.«

Ulysses öffnete sein Fäustchen und streckte den Arm dem Kaufmann hin, der den Vierteldollar aus der Hand des Kleinen nahm. Er gab ihm den Rest zurück und sagte dazu: »Achtzehn Cent, neunzehn, zwanzig und ein Nickel – macht fünfundzwanzig. Danke bestens, kleiner Ulysses.«

»Bitte«, sagte Ulysses. Er nahm das Paket mit den Haferflocken und ging aus dem Laden. Es war sehr schwer, alles zu verstehen. Erst waren es Aprikosen auf einem Baum, dann waren es Kuchen mit Rosinen drin, dann war es der Kaufmann, der zu seinem Sohn in einer fremden Sprache redete – aber trotzdem war es wunderbar. Auf der Straße begann der Junge wieder zu hüpfen wie immer, wenn er vergnügt war, und lief mit dem Paket vom Kaufmann nach Hause.

Es wird immer Leiden in der Welt geben

Mrs. Macauley hatte den Küchentisch für eine Person gedeckt und wartete nun mit dem Frühstück auf ihren Sohn Homer. Als er in die Küche kam, stellte sie eine Schüssel Haferflocken auf den Tisch. Sie streifte Homer mit einem flüchtigen Blick und bemerkte, daß das seltsame Traumerlebnis der vergangenen Nacht ihn noch beherrschte. Obzwar er selbst nicht wußte, daß er im Schlaf geweint hatte, war er doch bedrückt wie ein Mensch, der einen großen Kummer erfahren hat. Auch seine Stimme schien tiefer und weicher.

»Ich wollte nicht so lange schlafen«, sagte er. »Es ist fast halb zehn. Was ist mit der Weckuhr geschehen?«

»Du arbeitest schwer«, sagte Mrs. Macauley. »Du mußt auch schlafen.«

»Ich arbeite nicht so schwer«, sagte Homer. »Außerdem ist morgen Sonntag.« Er sprach sein Morgengebet, das doppelt so lang zu sein schien wie gewöhnlich. Dann nahm er seinen Löffel und wollte eben zu essen beginnen, hielt aber inne und betrachtete aufmerksam den Löffel. Er sah nach der Mutter hin, die sich beim Ausguß zu schaffen machte. »Mama?« sagte er.

»Ja, Homer?« antwortete Mrs. Macauley, ohne sich umzuwenden.

»Ich habe gestern abend, als ich von der Arbeit nach Hause kam, nicht gesprochen, weil es so war, wie du sagtest. Ich *konnte* nicht sprechen. Auf dem Heimweg gestern abend habe ich ganz plötzlich angefangen zu weinen. Du weißt, ich habe nie geweint, als ich noch ein kleiner Schuljunge war, wenn mir etwas passierte. Ich habe mich immer geschämt, zu weinen. Auch Ulysses weint nie, weil – nun, welchen Zweck sollte es haben? Aber gestern abend konnte ich mir ganz einfach nicht helfen. Ich habe geweint, aber ich erinnere mich nicht, ob ich mich geschämt habe. Ich glaube nicht. Nachdem ich zu weinen angefangen hatte, konnte ich nicht direkt nach Hause fahren. Ich fuhr zu Ithaka Wein hinaus und dann, weil ich noch immer weinte, quer durch die Stadt zum Gymnasium. Unterwegs kam ich an einem Haus vorbei, in dem am selben Abend große Gesellschaft war – das Haus war jetzt dunkel. Ich hatte den Leuten ein Telegramm gebracht. Du weißt, was für ein Telegramm. Dann fuhr ich in die Stadt zurück und kreuz und quer durch die Straßen und schaute nach allem – nach all den Gebäuden und Wohnungen, die ich kenne, seit ich lebe, alle von Menschen bewohnt. Und da sah ich Ithaka wirklich, kannte die Leute, die in Ithaka leben, wirklich, all die guten Menschen. Sie taten mir alle leid, und ich betete sogar, es möge ihnen nichts geschehen. Dann hörte ich auf zu weinen. Ich dachte, ein Bursche weint nicht mehr, wenn er erwachsen ist, aber wenn ein Bursche weint, so tut er es, weil er hinter Verschiedenes gekommen ist.« Er schwieg eine Weile, und dann wurde seine Stimme noch schwermütiger. »Fast alles, wohinter er kommt, ist schlecht oder traurig.« Er wartete einen Augenblick, ob die Mutter nicht etwas sa-

111

gen würde, aber sie sprach nicht und wandte sich nicht von ihrer Arbeit ab. »Warum ist das so?« fragte Homer.

Nun begann Mrs. Macauley zu sprechen, ohne sich jedoch ihm zuzuwenden. »Du wirst selbst daraufkommen«, sagte sie. »Das kann dir niemand sagen. Jeder Mensch findet die Antwort auf seine eigene Weise. Ob etwas traurig, edel oder dumm ist, immer ist es der Mensch, der es dazu macht. Wenn etwas tieftraurig oder wunderschön ist, dann ist der Mensch selber so und nicht die Dinge um ihn. Ob etwas schlecht, häßlich oder rührend ist – immer ist es der Mensch selbst, denn jeder Mensch *ist* seine Welt. Jeder Mensch ist die ganze Welt, die er nach seinem Willen neu schaffen kann, die er mit einem liebenswerten Menschengeschlecht erfüllen kann, wenn Liebe in ihm ist, oder mit einem hassenswerten, wenn Haß in ihm ist. Die Welt ist bereit, von jedem ihrer Bewohner neu geschaffen zu werden, und sie *wird* jeden Morgen neu geschaffen, so wie man täglich das Bett macht und das Haus bestellt, in dem dieselben Menschen leben – immer dieselben und doch immer wieder anders.« Jetzt war die Mutter im hinteren Flur beschäftigt, aber obgleich sie nicht sichtbar war, fuhr ihr Sohn fort, mit ihr zu sprechen.

»Weshalb habe ich gestern abend auf dem Heimweg geweint?« fragte er. »Ein solches Gefühl habe ich nie zuvor gehabt. Ich verstehe es nicht. Und weshalb konnte ich, nachdem ich zu weinen aufgehört hatte, nicht sprechen? Warum wußte ich nichts zu sagen, weder dir noch mir selber?«

Aus dem Flur kam die Stimme der Mutter sehr deutlich, so daß Homer jedes Wort verstehen konnte. »Was dich weinen machte, war Mitleid«, sagte sie. »Mitleid nicht mit einer bestimmten leidenden Person, sondern mit allen Dingen – mit dem eigentlichen Wesen aller Dinge. Wenn ein Mensch kein Mitleid hat, ist er unmenschlich und kein wirklicher Mensch, denn vom Mitleid kommt der heilende Balsam. Nur gute Menschen weinen. Der Mensch, der über das Leiden der Welt nie geweint hat, ist weniger als die Erde, auf der er geht, denn die Erde ernährt Samen, Wurzeln, Stengel, Blätter und Blüten, aber die Seele eines Menschen ohne Mitleid ist unfruchtbar und wird nie etwas hervorbringen – oder nur Stolz, der früher oder später einen Mord irgendwelcher Art begehen wird – Mord an guten *Dingen* oder sogar Mord an Menschenleben.« Nun kehrte Mrs. Macauley in die Küche zum Ausguß zurück, wo sie eine neue Arbeit begann – eine Arbeit, von der selbst Homer wußte, daß sie überflüssig war.

»Es wird immer Leiden in der Welt geben«, sagte Mrs. Macauley.
»Diese Erkenntnis bedeutet nicht, daß der Mensch verzweifeln soll.
Der gute Mensch wird versuchen, die Welt von den Leiden zu befrei-
en. Der dumme Mensch wird sie nicht einmal wahrnehmen, außer an
sich selbst. Und der schlechte Mensch wird die Leiden noch tiefer in
die Dinge hineintreiben und sie verbreiten, wo immer er geht. Aber
jeder Mensch ist schuldlos, denn weder der schlechte, noch der dumme, noch der gute Mensch wünschte hierher zu kommen und ist auch
nicht von selber gekommen – aus dem Nichts, sondern er ist aus vielen Welten und aus einer großen Mannigfaltigkeit gekommen. Die
Schlechten wissen nicht, daß sie schlecht sind, und deshalb sind sie
schuldlos. Dem schlechten Menschen muß man täglich vergeben.
Man muß ihn lieben, denn etwas von uns ist in den meisten schlechten
Menschen auf Erden, und etwas von ihm ist in jedem von uns. Er ist
unser, und wir sind sein. Keiner von uns ist von irgendeinem anderen
geschieden. Das Gebet des Bauern ist mein Gebet, das Verbrechen
des Mörders ist mein Verbrechen. Gestern abend hast du geweint,
weil du begonnen hast, diese Dinge zu verstehen.«

Homer Macauley goß Milch über die Haferflocken in der Schüssel
und fing an, sein Frühstück zu essen. Mit einem Male fühlte er, daß es
ganz in der Ordnung sei, zu essen.

All diese wunderbaren Fehler

Ulysses Macauley und sein bester Freund, Lionel Cabot – der große
Lionel –, kamen miteinander in die Küche der Macauleys. Diese
Freundschaft war nicht zu verkennen, obwohl Lionel um gut sechs
Jahre älter war als Ulysses. Sie gingen und standen miteinander, wie
es nur die besten Freunde tun. Das will sagen: unbefangen und ohne
das unbedingte Bedürfnis, miteinander zu sprechen.

»Mrs. Macauley«, sagte Lionel, »ich komme, um Sie um Erlaubnis
zu bitten – darf Ulysses mit mir in die Bibliothek gehn? Ich muß für
meine Schwester Lillian ein Buch zurücktragen.«

»Schön, Lionel«, sagte Mrs. Macauley. »Aber warum geht ihr nicht
mit den anderen – mit Auggie und Alf und Shag und den anderen
Jungen?«

»Die –« begann Lionel und schwieg verlegen. Nach einem
Augenblick fuhr er fort: »Die haben mich fortgejagt. Die mögen mich

nicht, weil ich dumm bin.« Er unterbrach sich wieder und sah zur Mutter seines besten Freundes auf. »Ich bin nicht dumm, nicht wahr, Mrs. Macauley?«

»Nein, gewiß nicht, Lionel«, sagte Mrs. Macauley. »Du bist der netteste Junge in der Nachbarschaft. Aber du sollst auf die anderen Jungen nicht böse sein, denn es sind alle auch nette Jungen.«

»Ich bin nicht böse«, erwiderte Lionel. »Ich habe sie alle gern. Aber jedesmal, wenn ich bei einem Spiel einen kleinen Fehler mache, jagen sie mich fort. Sie fluchen sogar über mich, Mrs. Macauley. Bei jedem kleinen Fehler, den ich mache, werden sie wütend. ›Schluß, Lionel!‹ sagen sie. Und wenn sie das sagen, dann weiß ich, es ist Zeit für mich zu gehen. Manchmal bin ich nicht einmal fünf Minuten dabei. Manchmal mach ich schon beim ersten Mal einen Fehler. Und dann sagen sie: ›Schluß, Lionel!‹ Ich weiß nicht einmal, was für einen Fehler ich gemacht habe. Was wollen sie, daß ich tun soll? Mehr will ich nicht wissen, aber keiner will es mir sagen. Jeden Samstag jagen sie mich fort. Ulysses ist der einzige, der zu mir hält. Er ist mein einziger Kamerad. Aber den anderen wird es eines Tages leid tun. Wenn sie einmal zu mir kommen werden und mich bitten werden, ich soll ihnen helfen – nun, Mrs. Macauley, dann werde ich ihnen helfen, und dann wird es ihnen leid tun, daß sie mich immer fortgejagt haben. Kann ich ein Glas Wasser bekommen?«

»Selbstverständlich, Lionel«, sagte Mrs. Macauley. Sie ließ ein Glas vollaufen, und er trank es durstig aus.

Lionel wandte sich seinem Freund zu: »Willst du auch Wasser trinken, Ulysses?«

Ulysses deutete durch Kopfnicken an, daß auch er gern ein Glas Wasser haben wolle, und Mrs. Macauley gab ihm auch ein Glas. Dann sagte Lionel: »Ja, jetzt werden wir wohl in die Bibliothek gehen, Mrs. Macauley.« Und die beiden Freunde gingen aus dem Haus.

Homer Macauley hatte während seines Frühstücks seinen kleinen Bruder beobachtet. Als die beiden Jungen fort waren, fragte er Mrs. Macauley: »War Marcus ähnlich wie Ulysses, als er klein war?«

»Wie meinst du das?« erwiderte Mrs. Macauley.

»Weißt du«, sagte Homer, »so wie Ulysses ist – an allem interessiert, immer beobachtend. Sagt nie etwas, aber alles gibt ihm zu denken. Scheint jeden gern zu haben, und auch ihn scheint jeder gern zu haben. Er kennt noch nicht viele Wörter. Er kann nicht lesen, aber man versteht ihn, wenn man ihn bloß anschaut. Man versteht

114

sogar, was er sagt, ohne daß er ein Wort spricht. War Marcus auch so?«

»Nun«, antwortete Mrs. Macauley, »Marcus und Ulysses sind Brüder, also ist Ulysses wohl Marcus ein bißchen ähnlich, aber absolut gleich sind sie einander nicht.«

»Ulysses wird einmal ein großer Mann werden, nicht wahr, Mama?« sagte Homer.

»Nein.« Mrs. Macauley lächelte. »Nein, das glaub ich nicht – jedenfalls nicht in den Augen der Welt –, aber er wird natürlich etwas Besonderes werden, denn er ist schon heute etwas Besonderes.«

»Marcus war auch etwas Besonderes, als er klein war, nicht wahr?« fragte Homer.

»Ihr habt natürlich alle etwas Gemeinsames«, sagte Mrs. Macauley, »aber nicht sehr viel. Marcus war nicht so ruhelos wie ihr. Er war freilich ruhelos, aber auf seine eigene Art. Er war schüchtern und wollte lieber allein sein als draußen unter Menschen wie Ulysses. Marcus liebte es, zu lesen, Musik zu hören, zu Hause zu sitzen oder lange Spaziergänge zu machen.«

»Ulysses hat Marcus sicher gern«, sagte Homer.

»Ulysses hat jedermann gern«, sagte Mrs. Macauley.

»Sicher«, bestätigte Homer, »aber Marcus hat er besonders gern, und ich weiß auch, warum – weil nämlich Marcus noch ein Kind ist, wenn er auch beim Militär ist. Ich glaube, ein Kind sucht in jedem anderen wieder das Kind. Und wenn es in einem Erwachsenen das Kind findet, so liebt es ihn wahrscheinlich mehr als die anderen. Ich wollte, ich könnte in der Art erwachsen werden, wie Ulysses als Kind ist. Ich glaube, ich bewundere ihn mehr als irgend jemand anderen auf der Welt, außer unserer Familie. Hat er dir erzählt, was ihm gestern passiert ist?«

»Nicht ein Wort hat er gesagt«, antwortete Mrs. Macauley. »Auggie hat es uns erzählt.«

»Was hat er denn gesagt, als er nach Hause kam, nachdem ich ihn vom Telegrafenamt heimgebracht hatte?« fragte Homer.

»Er sagte gar nichts«, erwiderte Mrs. Macauley. »Er setzte sich bloß nieder und hörte der Musik zu, und dann gingen wir zum Abendessen. Als ich ihn ins Bett steckte, sagte er: ›Big Chris‹. Weiter nichts, und dann schlief er ein. Ich hatte keine Ahnung, wer Big Chris ist, bis Auggie es mir erzählte.«

»Big Chris kriegte Ulysses aus der Falle heraus«, sagte Homer.

»Und dann bezahlte er Covington zwanzig Dollar für die tolle Erfindung, weil sie kaputt war. Es *sollte* eine Falle sein, aber ich glaube, es ist keine. Ich glaube, es könnte sich nichts damit fangen lassen außer Ulysses. Kein Tier würde einem so komplizierten Zeug in die Nähe gehen. Wem ist Ulysses am meisten ähnlich?«

»Seinem Vater«, sagte Mrs. Macauley.

»Hast du Papa als kleinen Jungen gekannt?« fragte Homer.

»Mein Gott, nein!« sagte Mrs. Macauley. »Wie könnte ich? Dein Vater war um sieben Jahre älter als ich. Ulysses ist deinem Vater ähnlich, so wie dein Vater sein ganzes Leben war.« Mit einem Male überkam Mrs. Macauley ein überschwengliches Glücksgefühl, trotz allem, was je gewesen war oder jemals sein würde. »Oh, ich habe viel Glück gehabt«, sagte sie, »und ich bin dankbar dafür. Meine Kinder sind nicht nur Kinder, sie sind Menschen. Es hätte ja sein können, daß sie nur Kinder geworden wären, und dann wäre ich nicht ganz so glücklich. Gestern abend hast du geweint, weil du ein *Mensch* bist, weil du einer von den Millionen Menschen auf Erden bist, weil das volle Abenteuer des Lebens für dich angefangen hat, in einer Welt, die bedrängt voll ist von schwerverständlichen Dingen – von guten und schlechten, schönen und häßlichen, edlen und brutalen Dingen, die aber alle zusammen nur *ein* Ding sind: die Welt und das Leben der Menschen in ihr.« Sie hielt inne und sah ihren Sohn an. Dann sagte sie sehr weich: »In der vergangenen Nacht hast du auch im Schlaf geweint.«

»So?« sagte Homer. Es wunderte ihn, daß er davon nichts wußte.

»Ja«, sagte Mrs. Macauley. »Du hast Ulysses damit geweckt, und er kam, um mich zu wecken. Ich hörte dich weinen, aber in Wirklichkeit warst nicht du es.«

»Was meinst du damit?« fragte Homer.

»Ich kenne dieses Schluchzen«, erwiderte Mrs. Macauley. »Ich habe es schon früher einmal gehört. Es ist nicht das deine. Es ist nicht das Schluchzen eines bestimmten Menschen. Es ist das der ganzen Welt. Da du den Jammer der Welt kennengelernt hast, bist du jetzt auf deinem Weg, und nun warten all die Fehler auf dich – all diese wunderbaren Fehler, die du machen mußt und machen wirst. Ich will dir beim Frühstück, in vollem Tageslicht, sagen, was im tröstenden Dunkel der Nacht zu sagen jeder von uns zögern würde, denn du kommst frisch von Schlaf und Kummer, und ich *muß* es dir sagen. Gleichgültig, welche Fehler es sind, die du machen mußt, laß dich

116

nicht dadurch beunruhigen, daß du sie begangen hast, und fürchte dich nicht davor, neue zu begehen. Vertrau deinem Herzen – es ist ein gutes Herz und wird das Rechte tun. Geh vorwärts und bleib nicht stehen. Wenn du fällst, weil andere dich betrügen oder dir ein Bein stellen, oder weil du selber strauchelst, steh auf und dreh dich nicht um. Oft wirst du lachen und weinen zugleich. Du wirst in deinem ganzen Leben nie einen Augenblick Zeit haben, gemein, niedrig oder kleinlich zu sein. Das wird unter deiner Würde sein, zu gering für den Flug deines Geistes, zu unbedeutend, um in deinen Gesichtskreis zu treten.«

Mrs. Macauley stand lächelnd neben ihrem Jungen und fühlte sich ein wenig unbeholfen und verlegen. »Es tut mir leid«, schloß sie, »daß ich dir immer, bei Nacht und bei Tag, Dinge sagen muß, die sich jeder Mensch eigentlich selber sagen müßte, aber ich weiß, du verzeihst mir.«

Alles, was Homer darauf erwidern konnte, war: »Aber, Mama!« Dabei stand er vom Tisch auf und humpelte ans Fenster. Dort schaute er auf den Bauplatz hinaus, wo August Gottlieb mit seinen Kameraden mitten in einem Fußballmatch war.

»Was ist mit deinem Bein los?« fragte Mrs. Macauley.

»Nichts«, erwiderte Homer. »Ich bin hingeflogen.« Und ohne sich nach der Mutter umzuwenden, fuhr er fort: »Weißt du, Mama, ich glaube, du bist der wunderbarste Mensch, den es je gegeben hat.« Da sah er etwas in dem Fußballmatch da draußen und mußte lachen. »Jetzt hat Auggie zum ersten Mal übers Goal geschossen«, sagte er. »Für mich gibt's kein Spiel mehr. Ich geh ins Telegrafenamt. Ich habe gesagt, ich würde hinkommen, für den Fall, daß man mich brauchen sollte.« Er wandte sich zum Gehen, blieb aber stehen. »Ja, richtig, Mama! Ich hätt' es beinahe vergessen, Mr. Grogan – du weißt ja, der Nachttelegrafist – also, er hat eines von den belegten Broten gegessen, die du mir gestern durch Bess geschickt hast. Er läßt dir bestens danken. Also: danke, Mama, in Mr. Grogans Namen.«

Dann ging er fort. Die Mutter hörte, wie er das Fahrrad mehrmals gegen den Boden stieß, um zu prüfen, ob die Reifen genügend Luft hatten, und dann sah sie ihn um die Hausecke herum- und zum Telegrafenamt davonfahren. Nun wandte sie sich nach seinem Stuhl am Tisch um, und da sah sie Matthew Macauley. Er betrachtete den Löffel genau so, wie Homer es zuvor getan hatte. Nach einer Weile blickte er auf. »Katey?« sagte er.

»Ja, Matthew?« sagte Katey.

»Katey«, sagte Matthew, »Marcus wird zu mir kommen.«

Es entstand eine Pause.

»Ich weiß, Matthew«, sagte Katey, und dann ging sie wieder an ihre Arbeit.

In der Bibliothek

Lionel und Ulysses, die beiden guten Freunde, gingen zur Bibliothek. Einen Häuserblock vor dem Ziel kam aus der Ersten Presbyterianerkirche von Ithaka ein Leichenzug heraus. Leichenträger trugen einen einfachen Sarg zu einem alten Leichenauto. Hinter dem Sarg sahen die beiden Jungen ein Häufchen Trauergäste kommen.

»Komm, Ulysses«, sagte Lionel, »ein Leichenbegängnis! Jemand ist gestorben.« Sie liefen, wobei Lionel Ulysses bei der Hand hielt, und sehr bald waren sie im Mittelpunkt des Geschehens.

»Das ist der Sarg«, flüsterte Lionel. »Da ist ein Toter drin. Ich möchte wissen, wer es ist. Schau, die Blumen! Man gibt ihnen Blumen, wenn sie sterben. Schau, wie sie weinen. Das sind die Leute, die ihn gekannt haben.«

Lionel wandte sich an einen Herrn, der nicht besonders heftig weinte. Der Herr hatte sich eben geschneuzt und betupfte mit dem Taschentuch seine Augenwinkel.

»Wer ist gestorben?« fragte Lionel den Herrn.

»Der arme kleine Johnny Merryweather, der Bucklige«, antwortete der Herr.

Lionel drehte sich zu Ulysses um: »Der arme kleine Johnny Merryweather, der Bucklige.«

»Siebzig Jahre«, sagte der Herr.

»Siebzig Jahre«, gab Lionel die Auskunft an Ulysses weiter.

»Hat an der Ecke von Mariposa und Broadway dreißig Jahre lang gerösteten Mais verkauft«, sagte der Herr.

»Hat an der Ecke« – Lionel stockte plötzlich und sah den Herrn an. »Sie meinen den Kukuruzmann?« sagte er fast schreiend.

»Jawohl«, bestätigte der Herr. »Johnny Merryweather ist zur ewigen Ruhe eingegangen.«

»Den hab ich gekannt!« schrie Lionel. »Ich habe oft Kukuruz bei ihm gekauft! Ist er gestorben?«

»Ja«, erwiderte der Herr. »Er ist friedlich gestorben. Er starb im Schlaf. Ist zu seinem Schöpfer heimgegangen.«

»Ich habe Johnny Merryweather gekannt!« sagte Lionel mit Tränen in den Augen. »Ich habe nicht gewußt, daß er Johnny Merryweather geheißen hat, aber ich habe ihn gekannt.«

Er drehte sich nach Ulysses um, legte den Arm um seinen Freund und sagte unter Tränen: »Es ist Johnny, Johnny Merryweather, der zu seinem Schöpfer heimgegangen ist. Einer meiner besten Freunde ist zur ewigen Ruhe eingegangen.«

Der Leichenwagen fuhr fort, und bald war niemand mehr vor der Kirche außer Lionel und Ulysses. Lionel hatte das unbestimmte Gefühl, daß es unrecht sei, den Ort zu verlassen, an dem er erfahren hatte, daß der Mann, der gestorben war, der Mann im Sarg, ein alter Bekannter gewesen sei, obgleich er nicht gewußt hatte, daß er Johnny Merryweather geheißen hatte. Schließlich kam er jedoch zu dem Entschluß, daß er doch nicht ewig vor der Kirche stehenbleiben könne, auch wenn er bei Johnny Merryweather oft Kukuruz gekauft hatte. Er ging also, an den Kukuruz denkend, ja ihn sogar in der Erinnerung wieder schmeckend, mit seinem Freund Ulysses weiter, die Straße entlang in der Richtung der Bibliothek.

Als die beiden Jungen das bescheidene, aber eindrucksvolle Gebäude betraten, kamen sie in ein Gebiet tiefen, fast erschreckenden Schweigens. Es schien, als wären auch die Wände sprachlos, der Fußboden und die Tische, als hätte das Schweigen alles in diesem Gebäude verschluckt. Da saßen alte Männer und lasen Zeitungen. Da saßen die Stadtphilosophen. Da waren Gymnasiasten und Gymnasiastinnen, die in Büchern studierten, aber alle waren mäuschenstill, denn sie suchten Weisheit. Sie waren den Büchern nahe. Sie bemühten sich, zu ergründen. Lionel sprach nicht nur im Flüsterton, er ging auch auf Zehenspitzen. Er flüsterte aus Respekt für die Bücher, nicht aus Rücksicht auf die Lesenden. Ulysses folgte ihm, auch er auf den Fußspitzen, und sie erforschten die Bibliothek, wobei jeder von ihnen viele Schätze entdeckte, Lionel Bücher und Ulysses Menschen. Lionel las keine Bücher und war nicht in die Bibliothek gekommen, um sich ein Buch zu holen. Er deutete auf eine ganze Reihe von Büchern auf einem Regal und flüsterte seinem Freund zu: »Die vielen Bücher! Da – diese! Und diese! Da ist ein rotes. Die vielen Bücher! Da ist ein grünes. So viele!«

Schließlich bemerkte Mrs. Gallagher, die alte Bibliothekarin, die beiden Jungen und kam auf sie zu. Sie sprach mit normaler Stimme, als wäre sie gar nicht in einer Bibliothek. Das gab Lionel einen Stoß und veranlaßte ein paar Leute, von ihren Buchseiten aufzuschauen.

»Was suchst du, Junge?« fragte Mrs. Gallagher Lionel.

»Bücher«, flüsterte Lionel.

»Was für Bücher suchst du?« fragte die Bibliothekarin.

»Alle«, antwortete Lionel.

»Alle?« wiederholte die Bibliothekarin. »Was willst du damit sagen? Man kann auf eine Karte nicht mehr als vier Bücher entleihen.«

»Ich will gar keines entleihen«, sagte Lionel.

»Was willst du dann mit den Büchern?« fragte die Bibliothekarin.

»Bloß anschauen«, sagte Lionel.

»Anschauen?« sagte die Bibliothekarin. »Dazu ist die Bibliothek nicht da. *Hineinschauen,* das kannst du, du kannst dir die Bilder ansehen, aber welchen Sinn soll es haben, die Bücher von außen anzuschauen?«

»Ich möchte es gern«, flüsterte Lionel. »Darf ich?«

»Nun«, sagte die Bibliothekarin, »es ist in keinem Gesetz verboten.« Sie blickte Ulysses an: »Und wer ist das?«

»Das da ist Ulysses«, sagte Lionel. »Er kann nicht lesen.«

»Und kannst *du* lesen?« fragte die Bibliothekarin Lionel.

»Nein«, antwortete Lionel, »aber er auch nicht. Deswegen sind wir Freunde. Er ist der einzige Mensch, den ich kenne, der nicht lesen kann.«

Die alte Bibliothekarin sah sich die beiden Freunde einen Augenblick an und sagte im stillen etwas, das einem saftigen Fluch ziemlich nahekam. Das war etwas vollkommen Neues, etwas, das in den vielen Jahren ihrer Praxis in der Bibliothek noch nicht vorgekommen war. »Na«, sagte sie schließlich, »vielleicht ist es gerade gut, daß ihr nicht lesen könnt. *Ich* kann lesen. Die letzten sechzig Jahre habe ich Bücher gelesen, und ich merke keinen großen Unterschied. Lauft jetzt weiter und schaut euch die Bücher nach Belieben an.«

»Jawohl, Madame«, sagte Lionel.

Die beiden Freunde begaben sich in noch größere Reiche des Geheimnisses und Abenteuers. Lionel zeigte Ulysses noch mehr Bücher. »Die da«, sagte er. »Und die da drüben! Und diese hier! Lauter Bücher, Ulysses.« Er hielt einen Moment nachdenklich inne. »Ich möchte wissen, was in all diesen Büchern steht.« Er wies auf eine ganz ungeheure Menge hin – fünf Regale voll. »All die Bücher! Ich möchte

wissen, was drin steht.« Schließlich entdeckte er ein Buch, das von außen sehr hübsch aussah. Sein Einband war grün wie frisches Gras.
»Und das da«, sagte Lionel, »das ist ein schönes Buch, Ulysses.«

Mit einem leisen Gruseln nahm Lionel das Buch aus dem Regal,
hielt es eine Weile in den Händen und öffnete es dann. »Da, Ulysses!« sagte er. »Ein Buch! Da ist es! Siehst du? Es steht etwas drin.«
Nun zeigte er auf eine Stelle im Druck: »Das ist ein A«, sagte er.
»Gerade hier ist ein A. Hier ist ein anderer Buchstabe. Ich weiß nicht,
was für einer es ist. Alle Buchstaben sind verschieden, Ulysses, und
jedes Wort ist verschieden.« Er seufzte und ließ seinen Blick in der
Runde über die Bücher gleiten. »Ich glaube, ich werde nie lesen lernen, aber ich möchte so gern wissen, was drin steht. Schau, hier ist ein
Bild, ein Bild von einem Mädchen. Siehst du sie? Hübsch, nicht?« Er
blätterte in dem Buch weiter und sagte: »Siehst du? Noch Buchstaben
und Worte, immerfort bis ans Ende des Buches. Das ist die Bibliothek, Ulysses. Bücher und Bücher überall.« Sozusagen ehrfürchtig
betrachtete er den Druck des Buches, wobei er die Lippen bewegte,
als versuchte er zu lesen. Dann schüttelte er den Kopf: »Man kann
nicht wissen, was in einem Buch steht, Ulysses, außer man kann lesen,
und ich kann nicht lesen.«

Langsam schloß er das Buch, stellte es auf seinen Platz zurück, und
auf den Zehenspitzen gingen die beiden Freunde aus der Bibliothek.
Draußen begann Ulysses zu hüpfen, weil er sich wohlfühlte und etwas
Neues gelernt zu haben glaubte.

Im Damenklub

Vor dem Diskutier- und Vortrags-Klub von Ithaka, einem weißen
Gebäude, das eine architektonische Kreuzung zwischen einem Kolo-
nialhaus und einer neuenglischen Kirche war, stieg Homer von seinem Fahrrad. Es war halb drei Uhr nachmittag, und der samstägliche
Nachmittagsvortrag sollte eben beginnen. Demgemäß betraten schöne, beleibte, unbestimmte, jüngere und ältere Damen, meistens Mütter, in bester Laune das Gebäude. Der Telegrafenbote nahm eine Depesche aus seiner Mütze und studierte sie. Das Telegramm war an
Rosalie Simms-Peabody, c/o Diskutier- und Vortrags-Klub Ithaka,
Kalifornien, adressiert – abzugeben zu eigenen Händen.

Als der Bote den Saal betrat, war die Präsidentin des Klubs, eine freundliche, rundliche Dame anfangs der Fünfziger, eben im Begriff, die Vortragende, die nirgends sichtbar war, vorzustellen. Die Präsidentin klopfte mit einem kleinen Nußknacker auf den Tisch, und im Auditorium trat Stille ein. Homer konnte es jedoch nicht vermeiden, dadurch, daß er Rosalie Simms-Peabody suchte, etwas Geräusch zu machen, weshalb eine freundlich lächelnde Dame von etwa achtzig Kilogramm »Schsch!« machte.

»Ich habe ein Telegramm für Rosalie Simms-Peabody«, flüsterte Homer. »Es ist an sie persönlich abzuliefern.«

»Rosalie Simms-*Pibity*«, korrigierte die Dame. »Jawohl, Rosalie Simms-Pibity erwartet das Telegramm. Du mußt es ihr übergeben, wenn sie auf dem Podium erscheint.«

»Wann wird das sein?« fragte Homer.

»In einem Augenblick«, antwortete die Dame. »Setz dich nur nieder und warte. Wenn Rosalie Simms-Pibity erscheint, dann lauf direkt aufs Podium und rufe klar und deutlich: ›Ein Telegramm für Rosalie Simms-Pibity!‹ Nicht Peabody, mein Junge!«

»Jawohl, Madame«, sagte Homer. Er setzte sich nieder, und die Dame entfernte sich auf den Fußspitzen, stolz lächelnd über die wichtige Arbeit, die sie getan hatte.

»Mitglieder des Diskutier- und Vortrags-Klubs von Ithaka!« begann die Präsidentin. »Wir haben heute einen großen Genuß für Sie vorbereitet. Unsere Rednerin ist Rosalie Simms-Pibity.« Die Präsidentin machte nach dieser Ankündigung eine Pause für den üblichen Applaus. Nach dem Applaus fuhr sie fort: »Ich brauche Ihnen nicht zu sagen, wer Rosalie Simms-Pibity ist. Sie besitzt internationalen Ruf – sie ist eine der großen Frauen unserer Zeit. Wir alle kennen ihren Namen, und wir alle wissen, wie berühmt sie ist. Aber, so muß ich mich fragen, wissen wir auch, *weshalb* sie berühmt ist?« Die Präsidentin des Klubs beantwortete diese Frage selber. »Ich fürchte, nein.« Und dann begann sie, nachdem sie sich unter ihren Freundinnen im Auditorium, den Frauen von Ithaka, umgesehen hatte, die märchenhafte Geschichte dieser großen Gestalt zu berichten. »Die Geschichte Rosalie Simms-Pibitys«, sagte sie, als erzählte sie eine Sage, die ebenso unwahrscheinlich, aber auch ebenso großartig war wie die Odyssee selbst, »ist eine Geschichte, die für Frauen *besonders* aufregend ist. Simms-Pibity – denn unter diesem Namen wünscht sie bekannt zu sein – hat ein Leben gelebt, das zum Überfließen voll ist von Abenteuer, Romantik, Gefahr und Schönheit, und doch ist sie heute kaum

122

mehr als ein schneidiges, hübsches englisches Mädel, gleichzeitig freilich ein Mädel, hart wie Stahl und stärker als mancher Mann. Tatsächlich haben wenige Männer ein so abenteuerliches Leben hinter sich wie sie.«

Nun kam eine zärtlich-melancholische Note in die Stimme der Präsidentin des Diskutier- und Vortrags-Klubs von Ithaka, als sie die Legende der großen Heldin weiterspann. »Für uns«, sagte sie schwermütig, »die Stubenhocker, die Mütter, sozusagen die Kindererzieherinnen, ist das Leben der Simms-Pibity wie ein Traum – *unser* Traum –, der unerfüllte Traum jeder von uns, die wir immer zu Hause sitzen, Kinder zur Welt bringen und uns ums Haus kümmern. Sie hat das herrliche Leben geführt, das wir alle gern geführt hätten, wenn wir den Mut dazu gefunden hätten. Aber das Schicksal hat uns solche Abenteuer nicht bestimmt, und auf der ganzen Erde gibt es nur *eine* Simms-Pibity. Nur eine einzige!«

Wieder machte die Präsidentin des Klubs eine Pause, um den Blick über die Gesichter ihrer alten Freundinnen im Auditorium schweifen zu lassen. »Was hat«, fuhr sie dann fort, »diese Simms-Pibity getan, das sie zu einer solchen Seltenheit unter den Frauen gemacht hat? Nun, die Liste ihrer Abenteuer ist verblüffend, und wenn ich sie Ihnen vorlese, so werden Sie kaum glauben, daß eine Frau solche Dinge vollbracht hat und dennoch am Leben ist – aber sie *ist* am Leben und wird hier zu uns sprechen. Simms-Pibity wird in einer einfachen Sprache zu uns sprechen, in einer Sprache, die manche von uns vielleicht schockieren wird. Doch erst lassen Sie mich ganz kurz die Abenteuer rekapitulieren – ganz kurz, denn ein erschöpfender Bericht würde den ganzen Tag und vielleicht auch noch die ganze Nacht in Anspruch nehmen, denn für die Simms-Pibity ist *jeder* Tag ein neues Abenteuer. Sie *schafft* Abenteuer, wo immer sie geht, und wir dürfen gewiß sein, daß sie auch hier in unserer unbekannten kleinen Stadt Ithaka Dinge entdecken wird, von denen wir keine Ahnung haben. Doch nun zu den Abenteuern.

Von 1915 bis 1917 leitete Simms-Pibity eine Ambulanz – im Ersten Weltkrieg. In den Jahren 1917 und 1918 machte sie mit einem anderen Mädchen eine Reise um die Erde – auf Frachtdampfern, mit Viehtransportern, zu Fuß und zu Pferd, hielt sich in den merkwürdigsten Gegenden auf und wohnte zuweilen sogar in den Hütten von Eingeborenen. Sie besuchte dabei alles in allem siebenundzwanzig verschiedene Länder. Sie wurde in China von der Südarmee gefangengenommen, als sie auf Flußdschunken und in Sänften über Land von Kanton nach Hankau zu reisen versuchte.« Die Präsidentin machte eine kurze Pause, um bei den magischen Worten zu verweilen, und wiederholte dann flüsternd. »Kanton und Hankau. Simms-Pibity entkam ihren Ergreifern, indem sie sich in einem Kahn über die Katarakte des Sian-Flusses hinuntergleiten ließ, und zwar in der Regenzeit, weil kein anderes Boot sich auf eine solche Fahrt wagen wollte.

Im Jahre 1919 wanderte sie quer durch Afrika, von Marokko bis Abessinien. 1920 war sie beim Secret Service in Syrien angestellt. In Damaskus lernte sie König Feisal kennen, der ihr bei der Erforschung von Kufara behilflich war, das vorher noch nie von einem Weißen betreten wurde. Es ist die geheime und geheiligte Hauptstadt der fanatischen Sekte der Senussi und liegt tief im Herzen der Libyschen Wüste. Simms-Pibity reiste, als Ägypterin verkleidet, sechzehnhundert Kilometer auf dem Rücken eines Kamels, und ihre einzige Begleitung waren rauhe Eingeborene, die kein Wort Englisch sprachen.« Hier erhob die Präsidentin des Diskutier- und Vortrags-Klubs von Ithaka die Augen und richtete den Blick auf zwei ihrer intimsten Freundinnen. Homer fragte sich, was dieser Blick wohl zu bedeuten hätte und wie lange sie noch über diese unglaubliche und herrliche Person, die Simms-Pibity, zu reden gedächte.

»Im Jahre 1923«, fuhr die Rednerin fort, »segelte die Simms-Pibity auf einem Kauffahrteischiff von zwanzig Tonnen, mit einer arabischen Besatzung, vierzehn Tage lang das Rote Meer hinunter, um in dem verbotenen Hafen von Dschisan an Land zu gehen. Diesmal war sie als Araberin verkleidet. 1925 erstieg sie das Atlasgebirge in Marokko. 1925 wanderte sie siebzehnhundert Kilometer durch Abessinien – vielleicht ein Weltrekord.« Und dann sagte die Präsidentin des Diskutier- und Vortrags-Klubs von Ithaka mit fürchterlicher Verachtung für sich und ihre Freundinnen: »Machen wir, ich frage Sie, machen wir jemals mit Vergnügen auch nur eine so kurze Wanderung wie von Gottschalks bis zum Roeding-Park?« Sie seufzte, und da sie auf ihre eigene Frage keine Antwort wußte, begnügte sie sich mit der Ermahnung: »Es würde uns vielleicht guttun.« Dann kehrte sie zu ihrem Gegenstand, der Vorstellung der Rednerin des Tages zurück, wobei sie in dem Notizbüchlein, das sie in der Hand hielt, nachsah, wo sie stehengeblieben war.

»Gehen wir weiter«, sagte sie. »1928 durchquerte die Simms-Pibity

124

für eine Londoner Zeitung den Balkan, einmal als Eingeborene des einen, dann wieder des anderen Landes verkleidet.«

Homer, der sich langweilte und ungeduldig wurde, weil er ins Telegrafenamt und zu seiner Arbeit zurück mußte, fragte sich im stillen: »Weshalb verkleidet sie sich immer?«

Die Präsidentin des Diskutier- und Vortrags-Klubs von Ithaka setzte ihre Einführung fort. »Im Jahre 1930 machte Simms-Pibity eine aufregende Reise durch die Türkei, wobei sie Mustapha Kemal, einen Türken, kennenlernte. Dort war sie als junges Türkenmädchen aus den Bergen verkleidet. Sie ritt auf einem Pferd fast fünfzehnhundert Kilometer und kam dabei durch den ganzen Nahen Orient. In Aserbeidschan war sie Zeugin der Kämpfe zwischen der kommunistischen Roten Armee und den kaukasischen Bauern. 1931 reiste sie durch Südamerika und durchforschte die brasilianische Wildnis, begleitet ausschließlich von Eingeborenen, von denen einer, wie ich von Simms-Pibity persönlich erfuhr, Max hieß.« Die Präsidentin des Diskutier- und Vortrags-Klubs von Ithaka näherte sich dem Ende ihrer Einführungsrede. Mit einem Seufzer fuhr sie fort: »Aber die Abenteuer der Simms-Pibity sind zahllos, und nun wünschen Sie wohl, sie selber zu sehen und zu hören, und nicht *mich*.«

Diese reizende Bescheidenheit rief bei der prächtigen Präsidentin des prächtigen Klubs ein nervöses Kichern und bei ihren Freundinnen im Auditorium ein sympathisierendes, herzhaftes Gelächter hervor. Als wieder einigermaßen Ruhe eingetreten war, sagte die Präsidentin mit fester und dramatischer Stimme: »Es gereicht mir zu großem Stolz, Ihnen als Präsidentin des Diskutier- und Vortrags-Klubs von Ithaka vorstellen zu dürfen: Rosalie Simms-Pibity!«

Diesmal gestaltete sich der Applaus beinahe zur Ovation. Die Präsidentin des Klubs wandte sich gegen die seitlichen Stufen des Podiums, um den geehrten Gast zu begrüßen, aber leider war der Gast nirgends zu sehen. Das Auditorium benutzte die Verzögerung, um seinen Beifall zu verdoppeln, und nach vielleicht zwei vollen Minuten unausgesetzten Klatschens, während derer mehrere Damen erklärten, sie hätten schon wunde Hände, erschien endlich die große Dame.

Homer Macauley hatte erwartet, er würde eine Frau zu sehen bekommen, wie er sie nie zuvor im Leben gesehen hatte. Er konnte sich keine genaue Vorstellung davon machen, welche Gestalt dieses Wesen annehmen würde, aber er hatte das Gefühl, daß es sicherlich zumindest interessant sein würde – und so war es auch. Rosalie Simms-

Pibity war, kurz gesagt, ein altes Schlachtroß mit einem Pferdegesicht, geschlechtslos, vertrocknet, lang, mager, knochig, ledern, grotesk – ein Scheusal. Da also für Homer der Moment gekommen war, das Telegramm abzuliefern, erhob er sich, war aber nicht sicher, ob er nicht vor Überraschung aufgestanden war, und merkwürdigerweise lief er nicht, wie man ihn instruiert hatte, aufs Podium hinauf, um die Depesche abzugeben.

Da kam die nette Dame, die ihm die Instruktionen gegeben hatte, rasch auf ihn zu, schob ihn, ehe er sich dessen versah, in den Mittelgang und flüsterte, laut genug, daß es alle hören konnten: »Jetzt! Jetzt, mein Junge! Gib das Telegramm ab!«

Die große Dame auf dem Podium tat, als merkte sie nichts von dieser Aufregung. »Meine Damen«, begann sie, »Mitglieder des Diskutier- und Vortrags-Klubs von Ithaka . . .« Ihre Stimme gab ihrer äußeren Erscheinung an Reizlosigkeit nichts nach.

Homer Macauley lief aufs Podium und meldete mit sehr deutlicher Stimme: »Ein Telegramm für Rosalie Simms-Pibity!«

Die große Dame unterbrach ihre Rede und wandte sich dem Telegrafenboten zu, als wäre sein Erscheinen eine reine Zufälligkeit: »Hier, mein Junge! Ich bin Simms-Pibity!« Und dann, mit einem raschen Blick auf das Auditorium: »Entschuldigen Sie, meine Damen.« Sie unterschrieb, nahm das Telegramm und reichte Homer ein Zehncentstück: »Das ist für dich, mein Junge.«

Das war ihm peinlich, aber gleichzeitig war alles so komisch und verwirrend, daß er nicht daran dachte, das Trinkgeld abzulehnen. Er nahm die kleine Münze, stieg in größter Verlegenheit rasch vom Podium herab und verließ das Gebäude. Im Hinauslaufen konnte er noch hören, wie die Frau zu sprechen begann:

»Also, im Jahre 1939, knapp vor Ausbruch dieses neuen Krieges, befand ich mich zufällig in geheimem Auftrag in Bayern, als elsässisches Milchmädchen verkleidet . . .«

Auf der Straße sah Homer Henry Wilkinson, der als junger Mensch bei einer Eisenbahnkatastrophe beide Beine verloren hatte, auf dem Gehsteig sitzen. Jetzt, dreißig Jahre nach dem Unglück, hielt er auf seinem Schoß einen Hut, in dem Bleistifte lagen. Homer wußte nicht, wie der Mann hieß, kannte ihn aber von jeher. Bisher hatte er aus irgendeinem Grunde nie Gelegenheit gefunden, einen Bleistift zu kaufen oder eine Münze in den Hut zu werfen. Das Zehncentstück der Rosalie Simms-Pibity war bereits zu einem Gegenstand geworden,

den er loswerden wollte. Darum ließ Homer es, als er Henry Wilkinsons ansichtig wurde, in den Hut des Krüppels fallen und lief zu seinem Fahrrad. Er hatte sich bereits in den Sattel geschwungen und war etwa zwanzig Meter weit gefahren, als ihm klar wurde, daß das, was er getan hatte, nicht ganz richtig war. Er kehrte also um und fuhr rasch zurück, warf sein Rad am Rand des Gehsteigs hin und lief zu dem Mann hin, der vor dreißig Jahren seine Beine verloren hatte. Diesmal ließ er einen Vierteldollar – seinen eigenen – in den Hut fallen.

Im Seemannsheim

Eine halbe Stunde später stieg der Telegrafenbote vor dem Eingang zum Seemannsheim an der Eye-Street vom Rad und kletterte die steile Treppe empor. Es gab kein Empfangspult, sondern bloß einen Schalter in einem Winkel der geräumigen Halle. Auf dem Schalterbrett stand eine einsame elektrische Klingel, und an der Wand darüber hing ein Schild, auf dem stand: »Bitte läuten!« Der Bote sah sich ein wenig um und bemerkte die vielen geschlossenen Zimmertüren des kleinen Hotels. Dann warf er einen Blick auf das Telegramm, das an Dolly Hawthorne adressiert war. In einem der Zimmer lief ein Grammophon, und er konnte zwei junge Mädchen und zwei Männer reden und lachen hören. Einen Augenblick später kam ein Mann von etwa vierzig Jahren aus einem der Zimmer und blieb an der Tür stehen, im Gespräch mit einer jungen Person, von der für Homer bloß der Kopf sichtbar war. Dann wurde die Tür rasch geschlossen, und der Mann ging die Treppe hinunter. Homer drückte auf den Klingelknopf auf dem Schalterbrett. Nun öffnete sich die Tür, die eben geschlossen worden war, wieder, und das Mädchen rief, scheinbar beinahe fröhlich, heraus: »Ich komme in einer Minute!« Als das Mädchen erschien, war Homer von ihrer Schönheit und Jugend überrascht.

»Ein Telegramm für Dolly Hawthorne«, sagte der Telegrafenbote zu dem jungen Frauenzimmer.

»Sie ist eben ausgegangen«, sagte das junge Mädchen. »Kann ich für sie unterschreiben?«

»Jawohl, Madame«, sagte Homer. Die junge Person bestätigte den Empfang der Depesche und sah dann Homer neugierig an.

»Wollen Sie eine Minute warten, ja?« sagte sie plötzlich, wandte sich um und lief quer durch die ganze Halle in ein anderes Zimmer.

Während sie fort war, kam ein Herr die Treppe herauf und blieb neben Homer am Schalter stehen. Die beiden sahen einander mehrmals an; als das Mädchen zurückgelaufen kam und den Herrn sah, rief sie Homer und ging mit ihm in das Zimmer, aus dem sie das erste Mal herausgekommen war. Das Zimmer hatte einen merkwürdigen, unangenehmen Geruch, der dem Telegrafenboten ganz fremd war.

Die junge Person übergab dem Boten einen Brief und sagte: »Wollen Sie mir diesen Brief zur Post geben?« Dabei sah sie dem Jungen gerade in die Augen: »Er ist sehr wichtig. Er ist an meine Schwester. Bringen Sie ihn ans Postamt – Luftpost, expreß, eingeschrieben. Es ist Geld drin. Meine Schwester braucht Geld. Ich habe keine Briefmarken.« Das junge Mädchen machte eine Pause, damit Homer Zeit habe, zu erfassen, welch wichtiges Geschäft ihm mit der Beförderung dieses Briefes anvertraut wurde. »Wollen Sie mir die Gefälligkeit tun?« fragte sie.

Aus einem Grunde, über den Homer sich keine Rechenschaft geben konnte, fühlte sich der Junge unbehaglich. »Jawohl, Madame«, sagte er. »Ich bringe den Brief sofort zum Postamt – Luftpost, expreß, eingeschrieben. Ich trage ihn sofort hin«, wiederholte er.

»Da ist ein Dollar«, sagte die junge Person. »Stecken Sie den Brief in Ihre Mütze. Lassen Sie ihn niemanden sehen. Sagen Sie *niemandem* etwas davon!«

»Jawohl, Madame«, sagte Homer. »Ich werde es niemandem sagen.« Er steckte den Brief in seine Mütze. »Ich bringe ihn direkt zum Postamt. Dann komm ich mit dem Rest zurück.«

»Nein«, erwiderte das junge Mädchen, »Sie brauchen nicht zurückzukommen. Jetzt schnell! Und denken Sie daran: niemand darf es wissen!«

»Nein«, sagte Homer und verließ das Zimmer.

Er war eben bis zur Treppe gekommen, als das Mädchen zu dem Herrn am Schalter trat. Auf dem ersten Absatz der Treppe begegnete Homer einer mächtigen, elegant gekleideten Dame von fünfzig bis fünfundfünfzig Jahren. Als sie den Telegrafenboten sah, blieb sie stehen und sagte lächelnd:

»Ein Telegramm für mich? Dolly Hawthorne?«

»Jawohl, Madame«, antwortete Homer. »Ich habe es oben gelassen.«

»Braver Junge«, sagte Dolly Hawthorne. Sie sah Homer einen Augenblick an und sagte dann: »Du bist ein neuer Telegrafenbote, nicht wahr? Ich kenne alle Jungen. Sind alle liebe, nette Jungen, die von der Western Union wie die von der Post. Sind alle nett zu mir, und ich bin auch nett zu ihnen.« Dolly Hawthorne öffnete eine mit kostbaren Juwelen besetzte Handtasche und holte ein paar Geschäftskarten heraus. »Da«, sagte sie. Sie überreichte Homer etwa zwanzig Karten.

»Wozu ist das?« fragte Homer.

»Du kommst doch überall hin mit deinen Telegrammen«, sagte Dolly Hawthorne. »Du kommst doch in Kaffeehäuser und dergleichen, also laß bloß überall eine Karte liegen – beim Hinausgehen, auf dem Pult. Laß sie in der Nähe von Reisenden liegen, von Soldaten oder Seeleuten, die ein Zimmer zum Übernachten brauchen. Solange dieser schreckliche Krieg dauert, müssen wir alles tun, um unsere Jungen glücklich zu machen, wenn wir sie in der Nähe haben. Niemand weiß besser als ich, wie einsam ein Soldat sein kann, der nicht weiß, was kommen wird, ob er morgen noch leben oder schon tot sein wird.«

»Jawohl, Madame«, sagte Homer. Er ging die Treppe hinunter auf die Straße, und Dolly Hawthorne stieg hinauf ins Seemannsheim.

Mr. Mechano

Nach ihrem Abenteuer in der Bibliothek setzten Lionel und Ulysses die Erforschung von Ithaka fort. Bei Sonnenuntergang standen sie ganz vorne in einer kleinen Gruppe von Müßiggängern und Passanten, die einen Mann im Schaufenster einer drittklassigen Drogerie beobachteten. Der Mann bewegte sich wie eine Maschine, obwohl er ein wirklicher Mensch war. Er sah jedoch aus, als wäre er aus Wachs und nicht aus Fleisch. Er machte nicht den Eindruck eines lebenden Menschen, vielmehr den eines aufrecht stehenden, nicht begrabenen Leichnams, der noch die Fähigkeit besaß, sich zu bewegen. Dieser Mann war das Unglaublichste, was Ulysses in den vier Jahren seines Erdenlebens gesehen hatte. Kein Blick kam aus den Augen des Mannes, und seine Lippen waren geschlossen, als würden sie sich niemals öffnen.

Der Mann hatte die Aufgabe, für Dr. Bradfords Lebenselixier Reklame zu machen. Er arbeitete zwischen zwei Staffeleien. Auf der einen stand ein Schild, worauf folgende Mitteilung gedruckt war: »Mr.

Mechano – der Maschinenmensch – halb Maschine, halb Mensch. Mehr tot als lebendig. Fünfzig Dollar, wenn Sie ihn zum Lachen bringen können.« Auf die andere Staffelei stellte Mr. Mechano Papptafeln, die er auf höchst mechanische Weise von einem Tischchen nahm, das vor der Staffelei stand. Auf diesen Papptafeln standen allerlei gedruckte Mitteilungen an das Publikum, womit dieses zum Kauf der von Dr. Bradford erfundenen Patentmedizin eingeladen wurde. Jedesmal, wenn Mr. Mechano eine Papptafel auf die Staffelei gestellt hatte, wies er mit einem Stab auf die gedruckten Worte. Wenn alle zehn Tafeln auf die Staffelei gestellt waren, nahm er sie wieder fort, legte sie auf das Tischchen und begann das Ganze von vorne.

»Es ist ein Mensch, Ulysses«, sagte Lionel zu seinem Freund. »Ich sehe es. Es ist keine Maschine, Ulysses. Es ist ein Mensch! Siehst du seine Augen? Er lebt. Siehst du?«

Auf der Papptafel, die Mr. Mechano eben auf die Staffelei gestellt hatte, war zu lesen: »Schleppen Sie sich nicht halbtot umher! Genießen Sie das Leben! Nehmen Sie Dr. Bradfords Lebenselixier und werden Sie ein neuer Mensch!«

»Wieder eine neue Tafel!« sagte Lionel. »Es steht etwas drauf.« Plötzlich war er müde geworden und wollte nach Hause. »Komm, Ulysses«, sagte er, »gehen wir. Gehen wir nach Hause. Es ist beinahe Nacht.« Er faßte seinen Freund bei der Hand, aber Ulysses zog sie weg.

»Komm, Ulysses!« wiederholte Lionel. »Ich muß jetzt nach Hause. Ich bin hungrig.« Aber Ulysses wollte nicht gehen. Es schien, als hörte er überhaupt nicht, was Lionel sagte.

»Ich gehe, Ulysses«, drohte Lionel. Er wartete, ob Ulysses nicht mit ihm gehen würde, aber der Kleine rührte sich nicht. Ein wenig verletzt und verwundert über den Verrat an ihrer Freundschaft, begann Lionel heimwärts zu gehen, wobei er sich alle drei, vier Schritte umdrehte, um zu sehen, ob sein Freund nicht schließlich doch mitkomme. Aber nein. Ulysses wollte stehenbleiben und Mr. Mechano zusehen. Tief verwundet setzte Lionel seinen Heimweg fort. »Ich glaubte, er sei mein bester Freund auf der ganzen Welt«, sagte er zu sich.

Ulysses blieb zwischen den paar Menschen, die Mr. Mechano zusahen, stehen, bis zuletzt außer ihm nur noch ein alter Mann da war. Mr. Mechano fuhr unablässig fort, die Papptafeln vom Tischchen zu nehmen und sie auf die Staffelei zu stellen. Er fuhr fort, auf jedes

130

Wort jeder Tafel zu zeigen. Bald entfernte sich auch der alte Mann, und dann stand Ulysses allein auf dem Gehsteig und schaute zu dem seltsamen Lebewesen im Schaufenster der Drogerie hinauf. Es dunkelte. Als die Straßenbeleuchtung aufflammte, erwachte Ulysses aus der Trance, in die ihn der Anblick des Mr. Mechano versetzt hatte. Es war beinahe, als wäre er von diesem Anblick hypnotisiert worden. Aus diesem Zustand wieder zu sich gekommen, sah er sich um. Der Tag war zu Ende, und alle waren fort. Das einzige, was noch da war, war etwas, wofür er kein Wort kannte: der Tod.

Plötzlich blickte der Kleine wieder auf den Maschinenmenschen. Und da schien es, als ob dieser auch ihn ansähe. Ein jäher, wilder Schreck, fuhr ihm in die Glieder, und mit einem Male lief er davon. Die wenigen Leute, die er auf der Straße sah, schienen ihm jetzt auch tot zu sein wie Mr. Mechano. Sie erschienen ihm plötzlich häßlich und gar nicht schön, wie sie ihm sonst erschienen waren. Ulysses lief, bis er beinahe erschöpft war. Dann blieb er stehen, schwer atmend und dem Weinen nahe. Er sah sich um und spürte in allem ein tiefes, schweigendes, regloses Grauen – das Grauen vor Mr. Mechano – dem Tod! Nie zuvor hatte er Angst gehabt, geschweige denn *solche* Angst, und er wußte absolut nicht, was er tun sollte. Sein Gleichmut war dahin, vernichtet von Angst und Grauen, die ihn gepackt hatten, und er begann wieder zu laufen. Und im Laufen sagte er zu sich selber, fast unter Tränen: »Papa, Mama, Marcus, Bess, Homer! Papa, Mama, Marcus, Bess, Homer!«

Sicherlich war die Welt wunderbar und sicherlich voller sehenswerter und schöner Dinge, aber jetzt war sie zum Davonlaufen, nur wußte er nicht, welche Richtung er einschlagen sollte. Er wollte möglichst schnell zu einem Mitglied seiner Familie. Schreckerfüllt blieb er stehen, lief dann ein paar Schritte in der einen Richtung und dann wieder ein paar in der anderen, rings um sich die Gegenwart eines unfaßbaren Unglücks fühlend, eines Unglücks, dem er nur dadurch entrinnen könnte, daß er seines Vaters, seiner Mutter oder eines von seinen Geschwistern habhaft würde. Und dann sah er, statt eines von diesen, weit draußen auf der Straße den Führer der nachbarlichen Bande, August Gottlieb. Der Zeitungsjunge stand an einer verlassenen Straßenecke und rief die Überschriften aus, als wäre der Raum um ihn voller Menschen, denen man erzählen mußte, was an diesem Tag in der Welt geschehen sei. Überschriften zu brüllen, hatte für August Gottlieb immer etwas leicht Komisches, erstens, weil diese Überschriften immer von einem Mord dieser oder jener Art handelten, und zweitens, weil es gewissermaßen geschmacklos war, unter den Einwohnern von Ithaka umherzugehen und seine Stimme zu erheben. Infolgedessen war es dem Zeitungsjungen angenehm, wenn er schließlich bemerkte, daß die Straßen verlassen waren. Ohne sich seiner Handlungsweise bewußt zu werden, erhob August Gottlieb, sobald sich die Straßen geleert hatten, seine Stimme mächtiger denn je, um die erbärmlichen Tagesneuigkeiten auszurufen, als wäre er dafür dankbar, sozusagen der einzige Einwohner der Stadt zu sein. Was konnte ein Mensch mit den Neuigkeiten machen? Eine Zeitung verkaufen und ein paar Cent verdienen? War das alles, was er damit machen konnte? War es nicht verrückt, die täglichen Nachrichten von Fehlern und Irrtümern auszurufen, als wären es frohe Botschaften? War es nicht schändlich von den Menschen, so empfindungslos an dem eigentlichen Wesen der täglichen Neuigkeiten vorüberzugehen? Manchmal träumte der Zeitungsjunge sogar im Schlaf, daß er die Überschriften der Weltneuigkeiten ausrief, aber hier, in diesem inneren Erlebnisraum, fühlte er Verachtung und Hohn für das Wesen der Nachrichten, und wenn er sie ausschrie, so geschah es immer von großer Höhe, und tief unter ihm waren die Massen, verwickelt in die Beschäftigung mit Irrtümern und Verbrechen. Aber in dem Augenblick, da sie seine dröhnende Stimme vernahmen, blieben sie auf ihrer Bahn stehen und schauten zu ihm auf. Da rief er jedesmal: »Jetzt geht zurück, zurück, wo ihr hingehört! Hört auf zu morden! Pflanzt lieber Bäume!« Den Gedanken, Bäume zu pflanzen, hatte er immer geliebt.

Als Ulysses August Gottlieb an der Straßenecke sah, begann das Grauen aus seinem Herzen zu weichen und machte dem Gefühl Platz, daß es nicht Jahre und Jahre dauern würde, bis er in der Welt wieder Liebe und Güte fände. Der kleine Junge wollte schreien, daß August Gottlieb ihn höre, konnte aber keinen Ton hervorbringen. Er lief vielmehr aus allen Kräften zu dem Zeitungsjungen hin und flog ihm mit solcher Heftigkeit in die Arme, daß er ihn beinahe umwarf.

»Ulysses!« rief der Zeitungsjunge aus. »Was ist geschehen? Warum weinst du?«

Ulysses sah dem Jungen in die Augen, konnte aber noch immer nicht sprechen.

»Du fürchtest dich, Ulysses«, sagte Auggie. »Na, fürchte dich nicht – es gibt nichts, wovor man sich fürchten müßte. Jetzt wein nicht, Ulysses. Du brauchst dich nicht zu fürchten.« Aber der Kleine hörte

nicht auf zu schluchzen. »Jetzt wein nicht mehr«, wiederholte Auggie
und wartete, daß Ulysses sich beruhigen würde. Ulysses bemühte sich
sehr, nicht zu weinen, und bald kam das Schluchzen nur mehr in größeren Abständen, jedesmal wie ein Schlucken. Dann sagte Auggie:
»Komm, Ulysses, wir gehen zu Homer.«

Beim Klang dieses Namens, des Namens seines Bruders, lächelte
Ulysses, und dann sagte er nach einem neuerlichen Schlucken: »Homer?«

»Freilich«, sagte Auggie, »zu deinem Bruder. Komm.«

Es war beinahe zu wunderbar, als daß er's hätte glauben können:
»Wir gehen zu Homer?«

»Freilich«, sagte Auggie. »Das Telegrafenamt ist gleich um die Ek-
ke.«

August Gottlieb und Ulysses Macauley gingen miteinander um die
Ecke zum Telegrafenamt. Dort fanden sie Homer am Ausgabetisch
sitzen. Als Ulysses seinen Bruder erblickte, geschah mit seinem Gesicht eine wundersame Veränderung. Aller Schrecken wich aus seinen
Augen, denn jetzt war er zu Hause.

Als Homer seinen Bruder sah, stand er auf, ging zu dem Kleinen
und nahm ihn auf den Arm. »Was ist los?« fragte er. »Was macht
Ulysses zu dieser Stunde in der Stadt?«

»Ich glaube, er hat sich verlaufen«, antwortete Auggie. »Er hat geweint.«

»Geweint?« wiederholte Homer und umarmte seinen Bruder gerade in dem Augenblick, als Ulysses wieder von einem Schluchzen ge-
stoßen wurde. »Na schön«, sagte er, »wein nicht mehr. Ich bring dich
auf meinem Rad nach Hause. Jetzt wein nicht.«

Von seinem Schreibtisch aus beobachtete Thomas Spangler, der
Chef des Telegrafenamtes, die drei Buben, und auch der alte Telegrafist William Grogan unterbrach seine Arbeit, um zuzusehen. Sie warfen einander mehrmals Blicke zu. Homer stellte sein Brüderchen wieder auf den Boden. Als Ulysses sich dem Ausgabetisch näherte, um
sich die verschiedenen Dinge dort anzusehen, wußte Homer, daß alles
wieder in Ordnung war. Ulysses war immer in Ordnung, wenn er sich
für Dinge interessierte. Homer legte den Arm um Auggies Schultern
und sagte: »Danke, Auggie. Es wäre schrecklich gewesen, wenn er
dich nicht gefunden hätte.«

Spangler erhob sich und kam auf die beiden Jungen zu: »Hallo,
Auggie, gib mir eine Zeitung!«

133

»Bitte sehr«, sagte Auggie, faltete die Zeitung mit gewohnter Routine und wollte sie geschäftsmäßig überreichen, aber Spangler fiel ihm in den Arm, so daß der Junge ihm die Zeitung vor die Augen halten mußte. Der Chef des Telegrafenamtes überflog die Schlagzeilen und warf die Zeitung in den Papierkorb. »Wie geht's, Auggie?« fragte er.

»Nicht schlecht, Mr. Spangler«, antwortete Auggie. »Bis jetzt habe ich heute fünfundfünfzig Cent gemacht, aber ich habe schon um ein Uhr mittags begonnen, Zeitungen zu verkaufen. Wenn ich fünfundsiebzig Cent beisammen habe, geh ich nach Hause.«

»Warum?« fragte Spangler. »Warum müssen es gerade fünfundsiebzig Cent sein?«

»Ich weiß nicht«, erwiderte Auggie. »Ich dachte nur, es sollten an einem Samstag fünfundsiebzig Cent sein. Es ist fast niemand in der Stadt, aber ich glaube, ich werde den Rest meiner Zeitungen in ein bis zwei Stunden loswerden. Ziemlich bald kommen die Leute nach dem Abendessen wieder in die Stadt – bei den Kinos gibt's immer eine Menge Menschen.«

»Na«, sagte Spangler, »der Teufel soll die Kinos holen. Gib mir den Rest deiner Zeitungen und geh *gleich* nach Hause. Da hast du einen Vierteldollar.«

Obwohl der Zeitungsjunge dem Leiter des Telegrafenamtes für seine Handlungsweise tief dankbar war, hatte er doch das unbestimmte Gefühl, daß es nicht recht sei. Zeitungen muß man Stück für Stück und jedesmal an jemand anderen verkaufen, man muß an einer Straßenecke stehen, die Schlagzeilen hinausbrüllen und in den Menschen den Wunsch erwecken, die Neuigkeiten zu lesen. Immerhin, er war müde, er wollte zum Abendessen nach Hause gehen. So einen Menschen wie Spangler hatte er noch nie getroffen, und vielleicht war es die beste Neuigkeit des ganzen Tages, daß Spangler alle Zeitungen auf einmal kaufte und sie sofort in den Papierkorb warf. Es schien ihm jedoch nicht richtig zu sein, daß es gerade ein so guter Mensch wie Spangler war, statt des Gesindels in den Straßen – also, vielleicht nicht gerade Gesindel, aber was es eben sonst war. Der Zeitungsjunge hatte die Empfindung, er müsse gegen ein Geschäft solcher Art protestieren: »Ich wollte den Vierteldollar nicht gerade bei Ihnen einnehmen, Mr. Spangler.«

»Das ist egal«, sagte Spangler, »gib mir die Blätter und geh nach Hause.«

»Danke sehr«, erwiderte Auggie. »Aber vielleicht werden Sie mir einmal Gelegenheit geben, mich für diesen Vierteldollar zu revanchieren.«

»Gewiß, gewiß«, sagte Spangler und warf die Zeitungen in den Papierkorb.

Auggie wandte sich zu Ulysses, der mit dem Studium des Telegrafenapparates auf dem Ausgabetisch beschäftigt war. »Ulysses hatte sich verlaufen«, sagte er zu Mr. Spangler.

»Na schön«, erwiderte Spangler, »jetzt ist er wieder da. Ulysses!« rief er dem Kleinen zu, der sich umdrehte und den Chef des Telegrafenamtes anschaute. Nach einer Weile sagte Spangler, dem nichts Passendes eingefallen war, was er zu dem Kleinen hätte sagen können: »Wie geht's?« Und wieder nach einer Weile sagte Ulysses, dem keine passende Antwort auf diese Frage einfiel: »Gut.« Beide wußten, daß mit diesen Worten etwas anderes gemeint war.

Und Homer, der auch wußte, daß es das Unrichtige war, sagte: »Es geht ihm gut.«

Schließlich wiederholte Auggie aus reiner Verlegenheit die paar Worte, als hätten sie eine ganz neue, wunderbare Bedeutung. Alle waren verlegen, aber sehr glücklich, besonders Spangler.

Nach diesem Gedankenaustausch holte William Grogan, der Telegrafist, seine Flasche hervor, schraubte die Kapsel ab und nahm einen langen, guten Zug.

Auggie wollte gehen, aber Homer hielt ihn auf: »Wart eine Minute. Ich radle dich nach Hause. Geht das, Mr. Spangler? Ich hab was bei der Ithaka Wein abzuholen, die liegt auf meinem Heimweg. Wenn ich darf, bringe ich Ulysses und Auggie nach Hause und hol dann die Depesche von der Ithaka Wein. Geht das?«

»Freilich, freilich«, erwiderte Spangler und ging an seinen Schreibtisch zurück. Dort nahm er das harte Ei auf, das ihm seiner Meinung nach Glück brachte oder ihn wenigstens vor äußerem Unglück bewahrte.

»Nein«, sagte Auggie zu Homer, »du brauchst mich nicht nach Hause zu radeln. Zwei Personen auf einem Rad mitzunehmen, das ist zu viel. Ich bin zu Fuß im Nu zu Hause.«

»Ich fahr dich nach Hause«, wiederholte Homer. »Im Nu kannst du nicht zu Hause sein. Es sind wenigstens fünf Kilometer. Ich kann euch beide sehr gut mitnehmen. Du sitzt auf dem Rahmen und Ulysses auf der Lenkstange. Jetzt komm.«

Die drei Jungen gingen hinaus zu Homers Fahrrad. Es war eine schwere Belastung, besonders für einen Menschen mit einem verletzten Bein, aber Homer brachte seine Passagiere glücklich nach Hause. Erst hielten sie vor dem kleinen Haus neben Aras Lebensmittelgeschäft, vor Auggies Haus. Ara stand vor seinem Laden und hielt seinen kleinen Jungen an der Hand. Sie schauten zum Himmel hinauf. Ein wenig weiter, nächst dem Bauplatz, stand Mrs. Macauley im Hof unter dem alten Nußbaum und nahm die Wäsche von der Leine. Mary und Bess waren in der Wohnstube, spielten und sangen, und man hörte gedämpft den Klang des Klaviers und Marys Stimme.

Auggie kletterte vom Rad und ging in sein Haus. Homer blieb einen Augenblick auf der Straße stehen, die Hand auf seinem Fahrrad und die Augen zuerst hinauf zum Himmel und dann zum Haus der Macauleys gerichtet. Jetzt kam Auggie wieder aus dem Haus heraus und ging zu Ara, dem Lebensmittelhändler.

»Haben Sie heute gute Geschäfte gemacht, Mr. Ara?« fragte er den Kaufmann.

»Ich danke dir, Auggie«, sagte der Händler. »Ich bin zufrieden.«

»Ich habe fünfundsiebzig Cent verdient, die möchte ich ausgeben«, sagte Auggie. »Ich brauche eine Menge Sachen für morgen.«

»Schön, Auggie«, sagte der Kaufmann, aber ehe er Miene machte, wieder in seinen Laden zu gehen, wies er auf die Wolken am Himmel und sah dann seinen Sohn an. »Siehst du, John?« sagte er zu ihm. »Jetzt wird es Nacht, bald gehen wir zu Bett, um zu schlafen. Die ganze Nacht schlafen. Wenn es Tag wird, stehen wir wieder auf. Neuer Tag.«

Der Kaufmann, sein Kleiner und der Nachbarjunge gingen in den Laden. Inzwischen beobachtete Ulysses, auf der Lenkstange von seines Bruders Fahrrad sitzend, seine Mutter. Nun stieg Homer wieder aufs Rad und fuhr zu seinem Haus hinüber.

»Mama«, sagte Ulysses zu seinem Bruder, indem er sich umwandte und in sein Gesicht hinaufschaute.

»Freilich«, sagte Homer, »das ist Mama dort drüben im Hof unter dem Baum. Siehst du sie?«

Als sie sich der Frau im Hof unter dem Baum näherten, erfüllte sich das Gesicht des kleineren Bruders mit einem sonnigen Lächeln, aber zu gleicher Zeit lag nun auf dem Gesicht des Bruders, der die Lenkstange hielt und dabei den Kleinen beinahe umarmte, tiefe Traurigkeit.

Homer fuhr direkt über den Bauplatz in den Hinterhof, unter den

136

Nußbaum. Dort stieg er vom Rad und stellte Ulysses auf die Füße. Ulysses blieb stehen und sah seine Mutter an. Für immer war das Grauen von ihm gewichen, das ihm Mr. Mechano eingeflößt hatte.

»Er hatte sich verlaufen, Mama«, sagte Homer. »Auggie hat ihn gefunden und ihn zum Telegrafenamt gebracht. Ich kann nicht dableiben, ich will bloß hineingehen und Bess und Mary guten Abend sagen.«

Homer ging ins Haus und blieb im dunklen Eßzimmer stehen, um zuzuhören, wie seine Schwester und das Mädchen, das sein Bruder liebte, musizierten. Als das Lied zu Ende war, trat er in die Wohnstube und sagte: »Hallo.«

Die beiden Mädchen wandten sich um. »Hallo, Homer«, sagte Mary und setzte sehr schnell und mit seligem Ausdruck hinzu: »Ich habe heute einen Brief von Marcus bekommen.«

»Wirklich, Mary?« sagte Homer. »Wie geht's ihm?«

»Sehr gut«, antwortete Mary. »Sie gehen bald fort, wissen aber nicht, wohin. Er schreibt, wir sollen uns keine Sorgen machen, wenn wir eine Zeitlang keine Nachricht von ihm bekommen.«

»Er hat an jeden von uns geschrieben«, sagte Bess, »an Mama, an mich und sogar an Ulysses.«

»Wirklich?« sagte Homer. Er wartete einen Augenblick, ob man ihm nicht mitteilen würde, daß auch für ihn ein Brief gekommen sei, und fürchtete im stillen, daß eine solche Mitteilung ausbleiben könnte. Schließlich sagte er ganz ruhig: »Hat er mir nicht auch einen Brief geschrieben?«

»Aber natürlich!« sagte Mary. »Dein Brief ist der dickste von allen. Ich dachte, du würdest verstehen, daß er, wenn er an uns alle geschrieben hat, auch an dich geschrieben hat.«

Homers Schwester nahm einen Brief vom Tisch und reichte ihn ihm. Lange betrachtete Homer den Brief; schließlich sagte seine Schwester: »Na, warum öffnest du den Brief nicht? Lies ihn uns vor.«

»Nein, Bess«, erwiderte Homer. »Jetzt muß ich gehen. Ich nehme ihn ins Büro mit und lese ihn dort, wenn ich viel Zeit habe.«

»Wir haben den ganzen Tag damit verbracht, uns nach Arbeit umzusehen«, sagte Bess, »aber wir haben keine gefunden.«

»Immerhin haben wir eine Menge Spaß gehabt«, sagte Mary. »Es war ein großer Spaß, bloß hineinzugehen und nachzufragen.«

»Also – Spaß oder nicht Spaß«, sagte Homer, »ich bin froh, daß ihr keine Arbeit gefunden habt. Kümmert euch nicht um Arbeit. Ich verdiene so viel, wie wir brauchen, und Marys Vater hat eine gute Stellung bei der Ithaka Wein. Ihr beide braucht euch nicht um Arbeit umzusehen.«

»Doch«, sagte Bess, »freilich brauchen wir es. Und wir werden auch morgen oder übermorgen etwas finden. An zwei Stellen hat man uns gesagt, wir sollten noch einmal kommen.«

»Kümmert euch nicht um Arbeit«, wiederholte Homer. Er ärgerte sich. »Du brauchst keine Arbeit zu suchen, Bess, und du auch nicht, Mary. Was notwendig ist, das können Männer machen. Mädchen gehören ins Haus. Sie haben für die Männer zu sorgen, weiter nichts – Klavier spielen und singen und hübsch aussehen, wenn der Bursche nach Hause kommt. Das ist alles, was ihr zu tun habt.«

Er unterbrach sich einen Moment, und als er fortfuhr, sprach er freundlich, zu Mary gewandt: »Wenn Marcus zurückkommt, könnt ihr euch ein eigenes Häuschen mieten und eine Familie gründen, ganz nach eurem Geschmack.« Und dann zu Bess: »Und du wirst auch früher oder später einen Burschen finden, der dir gefällt. Das ist das einzige, woran du denken solltest. Weil gerade zufällig Krieg ist, das ist doch kein Grund, den Kopf zu verlieren. Bleib nur schön zu Hause, wo du hingehörst, und hilf Mama, und du, Mary, hilf deinem Vater.«

Er war so großartig, daß seine Schwester Bess fast stolz auf ihn war; nie zuvor hatte sie ihn sich über irgend etwas so erhitzen sehen.

»Merkt euch das«, sagte Homer abschließend zu seiner Schwester und dem Nachbarmädchen. »Und jetzt, bevor ich gehe, singt noch ein Lied.«

»Was möchtest du denn gern hören?« fragte Bess.

»Irgendein Lied«, sagte Homer.

Homers Schwester Bess schlug eine Melodie an, und Mary begann zu singen. Der Telegrafenjunge stand im Dunkel der Wohnstube und hörte zu. Aber ehe noch das Lied zu Ende war, ging er leise aus dem Haus. Im Hof fand er Ulysses, der vor dem Nest der Henne stand und auf ein Ei hinabschaute.

»Mama«, sagte Homer. Die Mutter drehte sich nach ihm um. »Morgen gehen wir doch alle in die Kirche? Alle miteinander – mit Mary.«

»Was willst du damit sagen, Homer?« fragte Mrs. Macauley. »Wir gehen doch fast jeden Sonntag in die Kirche, und Mary geht beinahe immer mit uns.«

138

»Ich weiß«, antwortete Homer ein wenig ungeduldig. »Aber morgen gehen wir bestimmt. Und Mary geht bestimmt mit.« Er wandte sich seinem Brüderchen zu: »Was hast du da in der Hand, Ulysses?«
»Ei«, sagte Ulysses, als wäre dieses Wort auch das Wort für Gott. Homer bestieg sein Fahrrad und fuhr los, zur Ithaka Wein.

Vertrauend auf die ewige Wehr

Während Homer auf seinem Fahrrad zur Weinhandlung fuhr, sauste weit, weit weg, so weit, daß selbst die Uhr eine andere Stunde zeigte als in Ithaka, ein amerikanischer Eisenbahnzug durch die amerikanische Nacht über amerikanische Erde. Der Zug war voll von amerikanischen Jungen, darunter Marcus und sein Freund Tobey, alle in Soldatenuniform und für den Krieg ausgebildet. Aber aus ihrem Blick, ihrer guten Laune, ihrem Lachen und Schreien und Singen konnte man erkennen, daß dies nicht nur eine Armee, sondern eine Nation war, und sicherlich eine gute und große Nation. Man konnte erkennen, daß sie, obgleich man sie gelehrt hatte, in Reih und Glied zu stehen und sich nach dem Reglement zu benehmen, das über die Erfordernisse der Truppe hinaus keinerlei persönliche Rechte einräumte, doch nicht zu Maschinen geworden und noch immer gute menschliche Wesen geblieben waren, Menschen mit zumindest durchschnittlichen Anlagen. Man konnte erkennen, daß sie, wenn auch etwas geräuschvoll und vielleicht zu wenig auf ihre Bedeutung bedacht, doch nicht würdelos waren. Man konnte gewiß auch erkennen, daß sie, obzwar ihr lärmendes Benehmen einer tiefen inneren Furcht entsprang, äußerlich noch höchst unerschrocken waren. Man konnte erkennen, daß sie sich, und zwar nicht aus großartigen oder verlogenen Gründen, mit der Notwendigkeit abgefunden hatten, ihre Furcht zu vergessen und, wenn es sich so traf, zu sterben. Man konnte erkennen, daß es amerikanische Jungen waren, manche freilich schon über vierzig, die meisten aber Kinder, Kinder aus großen Städten und aus kleinen Flecken, aus Bauerhöfen und Büros, aus reichen Familien und armen Familien, Kinder, die aus großen Welten herausgenommen worden waren, und Kinder aus kleinen Welten, manche von großartigen Kampfträumen und manche von bescheidenen Friedensträumen losgerissen, hochbegabte, aufgeweckte Kinder und einfältige, schwerfällige Kinder. Mitten in Geschrei, Gelächter, Aufregung, Durcheinander und Hitze, mitten in der herrlichen Mischung von tiefer Unwissenheit und tiefer Weisheit sprachen Marcus Macauley und sein Freund Tobey George ruhig miteinander.

»Ja«, begann Tobey, »mir scheint, es geht los.«

»Allerdings«, antwortete Marcus.

»Weißt du, Marcus«, sagte Tobey, »ich bin glücklich, denn wenn dieser Krieg nicht gekommen wäre, hätte ich dich nicht getroffen und nie etwas von deiner Familie erfahren.«

Marcus wurde verlegen. »Danke«, sagte er, »es geht mir genauso mit dir.« Er stockte und stellte dann die Frage, die sich jeder Mensch, der einer unbekannten Gefahr entgegengeht, immer wieder stellen muß: »Sag mir die Wahrheit: Fürchtest du dich sehr vor dem Sterben?«

Der andere vermochte nicht sofort zu antworten, sagte aber schließlich: »Ich könnte ja wahrscheinlich bluffen und behaupten, daß ich mich nicht fürchte. Aber natürlich fürchte ich mich. Und du?«

»Ja«, sagte Marcus. »Ich werde große Angst haben. Ich wollte es bloß wissen.« Und nach einer Pause: »Woran denkst du? Was zieht dich zurück?«

»Ich weiß nicht«, erwiderte Tobey, denn er wußte es wirklich nicht. »Ich glaube, ich möchte zurück zu – nun, zu allem, egal, was es gerade ist. Eine Familie wie du hab ich nicht. Ich habe niemanden, zu dem ich zurückgehen könnte, aber wer immer es ist, es soll mir recht sein. Ich möchte zurück zu – was es eben zufällig sein wird. Ich habe kein Mädel, das auf mich wartet, wie deine Mary auf dich, aber trotzdem möchte ich wieder zurückkommen – wenn es geht.«

»Freilich«, sagte Marcus.

Wieder saßen sie eine Weile schweigend, und dann sagte Marcus: »Wie kommt es, daß du so gerne singst?«

»Wie soll ich das wissen?« antwortete Tobey. »Ich singe eben gern, weiter nichts.« Sie lauschten auf das Rattern des Zuges und auf den Lärm im Waggon, und dann sagte Tobey: »Woran denkst denn du?«

Marcus ließ sich Zeit, die Frage zu beantworten. »Ich denke an meinen Vater und an meine Mutter, an meine Schwester Bess, an meinen Bruder Homer und an meinen Bruder Ulysses. Und dann denke ich an Mary und ihren Vater, Mr. Arena. Ich denke an die ganze Nachbarschaft, an den leeren Bauplatz, an die Kinder, an die Häuser, an Aras Lebensmittelgeschäft und an Ara selbst. An das Eisenbahngeleise, wo ich mir die vorbeifahrenden Züge anzusehen pflegte,

140

an die Sonntagsschule, die Kirche, an den Garten des Gerichtsgebäudes, an die Bibliothek, an die alten Lehrer, an die Kameraden, mit denen ich verkehrt habe – ein paar von ihnen sind schon gestorben, nicht in diesem Krieg – eben gestorben.«

»Es ist komisch«, sagte Tobey. »Du wirst so etwas vielleicht nicht verstehen, aber ich habe das Gefühl, als wäre Ithaka auch meine Heimat.« Er wartete einen Moment und fuhr dann fort: »Wenn wir glücklich durchkommen, wenn wir aus dieser Sache heil herauskommen – wirst du mich dann nach Ithaka mitnehmen? Wirst du mir dann all die bekannten Stellen zeigen und mir erzählen, was da und was dort geschehen ist?«

»Gewiß«, sagte Marcus, »gewiß, ich wünsche es mir. Und ich wünsche mir auch, daß du meine Familie kennenlernst. Wir sind arm, sind immer arm gewesen, aber mein Vater war ein *großer* Mann. Er war kein erfolgreicher Mann. Er hat nie mehr verdient, als wir brauchten.«

»Matthew Macauley?« fragte Tobey.

»Ja«, sagte Marcus. »Matthew Macauley, mein Vater. Er arbeitete in Weinbergen, in Packhäusern und in Kellereien. Er machte einfache, gewöhnliche Alltagsabeit. Wenn man ihn auf der Straße sah, konnte man denken, er wäre niemand. Er sah aus wie jeder andere und benahm sich wie jeder andere, und trotzdem war er ein großer Mann. Er war mein Vater, und ich weiß, daß er groß war. Das einzige, worum er sich kümmerte, war seine Familie – meine Mutter und seine Kinder. Monatelang sparte er Geld zusammen und machte dann die Anzahlung auf eine Harfe – ja, eine Harfe. Ich weiß, heutzutage spielt niemand mehr Harfe, aber meine Mutter wünschte sich eine Harfe, und so sparte mein Vater das Geld zusammen und erlegte die Anzahlung auf eine Harfe für die Mutter. Fünf Jahre lang hat er daran gezahlt. Es war die teuerste Harfe, die man bekommen konnte. Wir glaubten immer, jedes Haus habe eine Harfe, bloß weil wir eine hatten. Dann kaufte er ein Klavier für meine Schwester Bess; das hat nicht so viel gekostet. Ich dachte, jeder Mensch sei groß wie mein Vater, bis ich ein paar von den anderen kennenlernte. Sie sind brav, sie sind nett – aber groß, glaube ich, sind sie nicht. Übrigens, vielleicht sind sie es, und ich kenn sie bloß nicht gut genug. Man muß Menschen wirklich sehr gut kennen, um sagen zu können, ob sie groß sind oder nicht. Viele sind groß, von denen es niemand glauben würde.«

»Ich wollte, ich würde einen Menschen wie deinen Vater kennen«,

141

sagte Tobey. »Es müßte natürlich nicht *mein* Vater sein. Es könnte irgend jemand sein, den ich bloß *kenne*. Ich glaube, in einem gewissen Sinn ist es ein Glück, daß ich nicht weiß, wer mein Vater war, denn da ich ihn nicht kenne, kann ich *glauben*, daß er groß war, genau wie dein Vater.«

»Vielleicht *war* er groß«, sagte Marcus.

»Vielleicht«, sagte Tobey. »Hoffentlich. Weißt du, ich habe nicht gewußt, daß Kinder Vater und Mutter haben, bis ich in die Schule kam und die anderen Kinder von ihren Eltern reden hörte.« Tobey lachte verlegen. »Ich hab es nicht verstanden. Ich hatte geglaubt, daß jeder Mensch in der Welt allein sei – so wie ich – und ganz aus sich allein herauskomme. Nach dieser Erfahrung habe ich mich lange Zeit sehr elend gefühlt. Sie hat mich einsam gemacht – ich meine: einsamer. Das ist vielleicht der Grund, weshalb ich so gern singe. Man fühlt die Einsamkeit nicht so stark, wenn man singt.« Dann fragte er schüchtern, beinahe zaghaft: »Was für ein Mädel ist Bess?«

Marcus wußte, daß es seinem Freund Verlegenheit bereitete, diese Frage zu stellen, und das wollte er nicht. »Nur los!« sagte er. »Du kannst mich schon wegen meiner Schwester fragen. Ich möchte, daß du sie kennenlernst. Ich glaube, du wirst ihr gefallen.«

»Ich?« fragte Tobey.

»Ja. Ich stelle mir vor, daß du ihr sehr gut gefallen wirst«, erwiderte Marcus. »Ich möchte dich nach Hause mitnehmen, ich möchte, daß du bei uns bleibst. Wenn ihr einander gefallt – nun, Bess ist, glaube ich, eben daran – na, egal, auch wenn sie meine Schwester ist – also, ich glaub eben, du wirst ihr sehr gut gefallen, das ist alles.«

Jetzt begann Marcus sehr schnell zu sprechen, denn obgleich er wußte, daß es beinahe unmöglich ist, überhaupt von einer solchen Sache zu reden, war es ihm klar, daß er es zumindest *versuchen* müsse. Deshalb wollte er so rasch wie möglich die Worte ausgesprochen und ihren Inhalt festgelegt haben, damit seine Verlegenheit nicht allzu lang dauere: »Heirate sie und bleib in Ithaka. Es ist eine gute Stadt. Du wirst dort glücklich werden. Schau her – ich gebe dir ihr Foto – du kannst es behalten.« Er gab Tobey eine kleine Momentaufnahme seiner Schwester Bess. »Heb's bei deiner Identitätskarte auf – dort hab ich auch Marys Bild – siehst du?«

Tobey George nahm das Foto der Schwester seines Freundes und sah es lange an, während Marcus ihn anschaute. Schließlich sagte Tobey: »Bess ist sicher sehr schön. Ich weiß nicht, ob sich ein Bursche in

142

ein Mädel verlieben kann, ohne es zu kennen, aber ich spüre, daß ich schon jetzt in Bess verliebt bin. Ich sehne mich nach ihr. Ich will dir die Wahrheit sagen. Bis heute habe ich mich gefürchtet, mit dir von Bess zu sprechen. Aber ich dachte mir, wenn wir ins Feld gehen, und das ist wohl keine Frage, nun – daß du dann nichts dabei finden wirst. Ich kann's nicht ändern, aber ich hab immer das Gefühl, daß ich nicht die gleichen Rechte habe wie andere Menschen – du mußt wissen, ich bin ein Bursche, der seinen Namen im Waisenhaus bekommen hat und nicht von Mutter und Vater – der nicht einmal weiß, wer seine Eltern waren – der nicht einmal weiß, welcher Nation sie angehörten, welcher Nation er selber angehört. Manche Leute sagen, ich sei Spanier und Franzose, andere wieder, ich sei Italiener und Grieche, andere, ich sei Engländer und Ire. Jeder schreibt mir eine andere Nationalität zu.«

»Du bist Amerikaner«, sagte Marcus. »Fertig. Das kann jeder sehen.«

»Gewiß«, sagte Tobey. »Ich glaube, das ist richtig, ganz richtig. Ich glaube, ich bin ein richtiger Amerikaner. Aber ich möchte doch wissen, was für ein Amerikaner ich bin.«

»Du bist der Amerikaner Tobey George«, sagte Marcus. »Das muß jedermann genügen. Jetzt verwahre das Bild. Wir werden nach Ithaka zurückgehen, *du* wirst eine Familie gründen, *ich* werde eine Familie gründen, und wir werden einander von Zeit zu Zeit besuchen, wir werden musizieren und singen – werden uns die Zeit des Lebens vertreiben.«

»Weißt du, Marcus«, sagte Tobey, »ich *glaube* dir. Ich schwöre bei Gott, daß ich dir glaube. Ich glaube nicht, daß du das nur sagst, weil wir zufällig Freunde sind und miteinander ins Feld gehen. Ich glaube dir, und ich wünsche mir über alles in der Welt, mit dir nach Ithaka zu gehen. Ich wünsche mir, dort zu leben und all das zu tun, wovon du gesprochen hast.« Er hielt einen Augenblick inne und versuchte sich vorzustellen, was alles schiefgehen müßte, um ihn zu hindern, all das zu tun, und fuhr dann fort: »Wenn ich Bess nicht gefalle – wenn sie sich in einen anderen verliebt – wenn sie schon verheiratet ist, wenn wir hinkommen – ich bleibe jedenfalls in Ithaka. Ich weiß nicht, Ithaka kommt mir jetzt auch wie meine Heimat vor. Zum ersten Mal im Leben habe ich die Empfindung, daß ich irgendwo zu Hause bin und – hoffentlich nimmst du mir's nicht übel – daß die Familie Macauley auch meine Familie ist, denn es ist die Familie, die ich haben möchte, wenn ich wählen dürfte. Ich hoffe zu Gott, daß ich Bess gefalle und sie sich nicht in einen anderen verliebt, denn ich *weiß*, daß ich *sie* liebe.« Jetzt sprach er sehr leise, und obgleich der Zug voller Lärm war, konnte Marcus jedes Wort verstehen. »Wenn Bess es auch noch nicht weiß, so ist sie doch mein. Und von jetzt an werde ich bei jedem Atemzug daran denken, mich am Leben zu erhalten, bis ich nach Ithaka und zu ihr komme. Ithaka ist meine Heimat. Dort lebe ich. Dort wünsche ich zu sein, bis ich sterbe – wenn es möglich ist.«

»Wir werden zurückkommen«, sagte Marcus. »Eines schönen Tages werden wir in Ithaka sein, Bess und du, Mary und ich, meine Mutter und Homer und Ulysses. Warte nur, du wirst es sehen.«

Nun sprachen die beiden Freunde lange Zeit nicht. Sie wurden von anderen Jungen im Zug angerufen, lärmten mit den anderen und sangen sogar ein Lied mit, das die Jungen sich selber ausgedacht hatten, ein Lied von den Frauen auf der Straße und wozu sie gut wären. Und dann fragte Tobey, mitten in diesem Lied und als ob es dazu gehörte, ganz schlicht: »Betest du?« Und Marcus beeilte sich zu antworten: »Immer – immer.«

»Im Waisenhaus«, sagte Tobey, »wurden wir gezwungen, zu beten. Das war Vorschrift. Ob wir beten wollten oder nicht, wir mußten beten.«

»Das ist vielleicht keine gar so schlechte Vorschrift«, sagte Marcus, »aber Beten ist etwas, wozu man einen nicht zwingen kann. Es ist kein Gebet, wenn es erzwungen ist.«

»Ich weiß«, sagte Tobey. »Deshalb habe ich aufgehört zu beten, als ich das Waisenhaus verließ. Ich glaube, seit meinem dreizehnten Lebensjahr habe ich kein Gebet mehr gesprochen. Aber ich werde wieder von vorne anfangen – gleich jetzt – und das ist mein Gebet.« Er wartete einen Augenblick und begann, ohne die Augen zu schließen, ohne den Kopf zu neigen, ohne die Hände zu falten, ein Gebet zu sprechen – denn, was er sagte, war unverkennbar ein Gebet: »Laß mich bloß nach Ithaka kommen, wenn Du kannst. Alles, was Du willst – aber wenn Du kannst, laß mich nach Ithaka kommen. Laß mich in die Heimat kommen. Behüte alle Menschen. Behüte alle Menschen vor Leid. Gib ein Heim den Heimatlosen. Führe den Wanderer nach Hause und mich nach Ithaka.« Er schwieg und begann dann wieder das ausgelassene Lied mitzusingen. Plötzlich hörte er auf zu singen und sagte laut: »Amen!«

»Ein gutes Gebet«, sagte Marcus. »Hoffentlich wird es erhört.«

144

Der Elternlose besann sich, daß er ein paar Dinge aus dem Gebet ausgelassen hatte. Er fuhr daher fort: »Behüte die Stadt dort. Laß mich durch ihre Straßen gehen. Behüte die Macauleys dort – alle. Behüte Bess. Laß sie wissen, daß ich sie liebe. Behüte Marcus und Mary. Behüte seine Mutter, seinen Bruder Homer und seinen Bruder Ulysses. Behüte das Haus und den leeren Grund daneben. Behüte die Harfe und das Klavier und die Lieder. Behüte das Eisenbahngeleise, damit ich die Züge vorüberfahren sehen kann. Laß das alles stehen, wo es ist, und gib mir die Chance, hinzukommen – dorthin, wo ich sein möchte – nach Ithaka. Bring mich hin – nach Ithaka –, wenn es Dir möglich ist. Das ist alles.« Und wieder sagte er ganz laut: »Amen!«

Jetzt sangen die Soldaten ein anderes Lied, auch eines, das sie sich selber gemacht hatten. Dieses Lied handelte von der Vergänglichkeit aller Dinge, insbesondere der Frauenliebe, und die Jungens ergötzten sich an der zynischen Weisheit des Textes. Tobey und Marcus beteiligten sich an dem Chor. Plötzlich unterbrach Tobey seinen Gesang und fragte: »Worum betest denn du, Marcus?«

Marcus hörte auf zu singen, um ihm zu antworten: »Ich bete um dieselben Dinge wie du – um ganz genau dieselben.« Und die beiden Freunde stimmten wieder in das Lied mit der zynischen Weisheit ein.

Nach diesem Lied wurde es im ganzen Waggon still. Das Schweigen hatte keinen besonderen Grund, und doch schwiegen alle, ja, das Schweigen nahm sogar einen Augenblick lang einen feierlichen Charakter an. Schließlich kam ein Soldat namens Joe Higgins zu Marcus und Tobey und sagte: »Was ist los? Warum sind auf einmal alle so still geworden? Wie wär's mit einem Lied, Tobey? Willst du uns nicht etwas auf der Harmonika vorspielen, Marcus?«

»Was möchtest du denn hören, Joe?« fragte Marcus.

»Ach, ich weiß nicht«, sagte Joe. »Wir haben alle diese dreckigen Lieder gesungen – vielleicht sollten wir etwas Altes singen – du weißt ja, etwas, na, etwas Gutes! Warum singen wir nicht ein gutes, altes Kirchenlied – eines, das wir alle kennen, das wir als Kinder gesungen haben?«

»Weshalb nicht?« sagte Marcus. »Welches Kirchenlied hast du denn gern, Joe?«

»Ja –«, sagte Joe, »aber ihr dürft mich nicht auslachen – ich möchte gern hören ›Vertrauend auf die ewige Wehr‹.«

Marcus wandte sich an Tobey: »Kennst du den Text dieses Liedes, Tobey? Wenn nicht, kann ich dir aushelfen.«

»Ob ich den Text kenne?« erwiderte Tobey. »Ich glaube, ich hab das Lied zehn Jahre lang fast jeden Sonntag gesungen.«

»Na schön«, sagte Marcus, »singen wir's Joe vor.« Und zu Joe: »Wenn es dich juckt, mitzusingen, Joe – du brauchst nicht zu wissen, wie es geht – sing einfach mit! Fertig!«

»Freilich«, sagte Joe, »freilich werde ich mitsingen.«

Marcus intonierte den alten Choral, und Tobey fiel ein:

> »Ihr Brüder, freuet euch mit mir,
> Vertrauend auf die ewige Wehr,
> Genießet Glück und Frieden hier,
> Vertrauend auf die ewige Wehr.«

Jetzt begann Joe mit einer kräftigen, unmusikalischen, aber nichtsdestoweniger angenehmen Stimme mitzusingen, und bald hörten alle im Wagen zu. Nach und nach versammelten sich alle um Marcus, Tobey und Joe, um der Musik und dem wundervollen alten Choral näher zu sein. Joe und Tobey sangen:

> »Vertrauend, vertrauend – kein Ding, das sich'rer wär',
> Vertrauend, vertrauend, vertrauend auf die ewige Wehr.«

Nun sangen alle, die sich um die Musikanten geschart hatten, mit.

Ein Brief von Marcus
an seinen Bruder Homer

Dieser Samstag war einer der längsten und ereignisreichsten Tage in Homers Leben. Kleinigkeiten begannen erneut Wichtigkeit und eine Bedeutung anzunehmen, die er nicht begreifen konnte. Der unruhige und schmerzliche Traum der vergangenen Nacht blieb nun für immer ein Teil seines Wachens. Mit all seinen Kräften hatte er sich bemüht, den Todesboten von Ithaka und seinen Menschen fernzuhalten. Das hatte er geträumt, aber nun war es kein Traum mehr.

Der Brief seines Bruders war bei ihm, ungeöffnet, und wartete darauf, gelesen zu werden.

Homer kam humpelnd, müde und ruhebedürftig ins Telegrafenamt. Er blickte auf die Vormerktafel – es war nichts abzuholen. Er blickte auf den Haken, an dem die zu bestellenden Telegramme zu hängen pflegten – es waren keine Telegramme zu bestellen. Seine Arbeit war getan. Alles war erledigt. Er ging zu dem alten Telegrafisten und sagte: »Mr. Grogan, wollen Sie heute mit mir zwei gestrige Kuchen teilen – Apfel und Kokoscreme?«

Der alte Telegrafist war um diese Zeit schon mehr als halbbetrunken. »Ich will mit dir teilen, Junge«, sagte er, »aber keine Kuchen. Jedenfalls danke ich dir.«

»Wenn *Sie* keine Kuchen haben wollen, Mr. Grogan«, sagte Homer, »dann will ich auch keine. Ich dachte, Sie könnten hungrig sein. Ich bin gar nicht hungrig. Ich hatte den ganzen Tag keine Gelegenheit, mich auszuruhen. Aber hungrig bin ich nicht. Es klingt komisch. Man würde denken, wenn ein Bursche den ganzen Tag und die ganze Nacht arbeitet, müßte er hungrig werden – aber nein. Ich hatte um sechs Uhr abends einen Teller Bohnen, das war alles.«

»Was macht dein Bein?« fragte Grogan.

»Ganz gut«, antwortete Homer. »Ich habe es ganz vergessen. Ich komme tadellos vorwärts.« Dann sah er den alten Telegrafisten fragend an und sagte: »Sind Sie betrunken, Mr. Grogan?« Er sagte es mit ernstem Ton, und der Alte war weder beleidigt noch schockiert.

»Jawohl, mein Junge«, antwortete er. Er ging zu seinem Stuhl und ließ sich nieder. Nach einer Weile schaute er über den Schreibtisch zu dem Jungen hinüber. »Ich fühle mich bedeutend wohler, wenn ich betrunken bin«, sagte der alte Telegrafist. Dann holte er die Flasche hervor und nahm einen tüchtigen, langen Zug. »Ich werde dir nicht sagen, daß du nie trinken sollst«, sagte er. »Ich werde dir nicht, wie es so viele alte Narren tun, sagen: ›Laß dir mein Schicksal als Warnung dienen! Schau, was das Trinken aus mir gemacht hat!‹ – das wäre ein gewaltiger Blödsinn. Du kommst jetzt herum, du siehst eine Menge Dinge – Dinge, die du nie zuvor gesehen hast. Schön. Ich will dir etwas sagen: In allem, was Menschen betrifft, mußt du sehr vorsichtig sein. Wenn du etwas siehst, das du sicher für schlecht hältst, sei nicht zu sicher! Wenn es Menschen sind, sei sehr vorsichtig! Na, du wirst mir verzeihen, aber ich muß es dir sagen, denn du bist ein Mensch, den ich achte, und ich geniere mich nicht, dir zu sagen, daß es ein Unrecht, daß es eine Dummheit ist, die Art, in der andere Menschen zufällig leben, zu kritisieren. Ich habe nicht die leiseste Ahnung, wer du

bist – woher du kommst – wie du hergekommen bist – was dich zu
dem gemacht hat, was du bist – aber ich freue mich über diese Dinge
und bin dankbar. Wenn sich ein Mensch seinem Ende nähert, wird er
immer dankbarer für die guten Menschen, die weiterleben werden,
wenn er selbst nicht mehr lebt. Das alles hätte ich dir nicht gesagt,
wenn ich nicht betrunken wäre, das allein ist also schon ein gutes Beispiel dafür, daß es falsch ist, Vorstellungen von Menschen zu haben,
die Dinge tun, die alle anderen für schlecht halten. Es ist mir sehr
wichtig, dir das alles zu sagen, und für dich ist es wichtig, es zu erfahren. Deshalb ist es gut, daß ich betrunken bin und es dir sage. Verstehst du, was ich sage?«

»Nicht ganz, Mr. Grogan«, erwiderte Homer.

»Ich werde dir«, fuhr der alte Telegrafist fort, »etwas sagen, das
dich vielleicht verlegen machen wird. Und ich könnte es dir nicht sagen, wenn ich nicht betrunken wäre. Ich sage dir dies: Sei dir selber
dankbar. Ja, dir selber! Sei dankbar. Begreife, daß der Mensch für
das, was er ist, dankbar sein *kann* und dankbar sein *soll*, denn wenn er
gut ist, dann gehört seine Güte nicht ihm allein, sie gehört auch mir
und den anderen Mitmenschen. Sie gehört ihm nur, damit er sie mir
und allen Menschen der Erde zuwende. Was du hast, ist gut, also sei
dankbar dafür. Wen immer du heute oder morgen kennenlernst – er
wird es mit Freuden aufnehmen. Und jeder wird es in demselben
Augenblick wissen, da er dich sieht.«

Jetzt mußte Homer aus irgendeinem Grunde an das Mädchen im
Seemannsheim denken und wie sie mit ihm gesprochen hatte, und
während seine Gedanken noch damit beschäftigt waren, fuhr der alte
Telegrafist fort:

»Jeder wird wissen, daß du ihn weder verraten noch verletzen wirst.
Er wird wissen, daß du ihn nicht verachten wirst, wenn auch die ganze
Welt ihn verachtet. Er wird wissen, daß du in ihm das sehen wirst, was
die ganze Welt in ihm nicht zu sehen vermochte. Das mußt du wissen.
Es darf dich nicht verlegen machen. Du bist trotz deiner vierzehn Jahre ein großer Mensch. Wer dich groß gemacht hat, das weiß niemand,
aber da es wahr ist, sollst du auch wissen, *daß* es wahr ist. Beuge dich
vor dieser Wahrheit und behüte sie. Verstehst du mich?«

Der Telegrafenbote war außerordentlich verlegen und brachte
mühsam die Worte hervor: »Ich glaube, Mr. Grogan.«

Der alte Telegrafist fuhr fort: »Ich danke dir. Ich habe dich – nüchtern oder betrunken – beobachtet, seit du hier zu arbeiten anfingst,

und – nüchtern oder betrunken – ich habe dich erkannt. Ich habe in Städten aller Weltteile gearbeitet. In meiner Jugend wollte ich viele Städte sehen, und ich habe sie gesehen. Mein ganzes Leben habe ich dich beobachtet, wo immer ich war, und ich habe dich an vielen Orten gefunden, an vielen entlegenen Orten, unter vielen unbekannten Menschen. *Etwas* von dir habe ich in jedem Menschen, den ich kennenlernte, gefunden, aber meistens war es nicht genug. Jetzt, in Ithaka, auf der Heimreise, habe ich dich wiedergefunden, besser als je, größer als je. Wenn du mich also verstehst, so bin ich dir dafür dankbar. Was hast du da in der Hand – einen Brief? Ich bin zu Ende. Vorwärts, Junge, lies deinen Brief!«

»Es ist ein Brief von meinem Bruder Marcus«, sagte Homer. »Ich hatte noch keine Gelegenheit, ihn zu öffnen.«

»Also öffne ihn«, sagte der alte Telegrafist. »Lies den Brief von deinem Bruder. Lies ihn mir vor!«

»Würden Sie ihn gerne hören?« fragte Homer.

»Ja, wenn ich darf, würde ich ihn sehr gerne hören«, sagte der alte Telegrafist und tat wieder einen Zug aus der Flasche.

Homer Macauley riß das Kuvert des Briefes von seinem Bruder Marcus auf, nahm den Brief heraus und begann sehr langsam zu lesen:

»Lieber Homer! Vor allen Dingen, all meine Sachen zu Hause gehören dir – du kannst sie Ulysses geben, wenn du sie nicht mehr brauchst: meine Bücher, mein Grammophon, meine Platten, meine Kleider (sobald sie dir passen werden), mein Fahrrad, mein Mikroskop, mein Fischgerät, meine Mineraliensammlung und alles andere zu Hause, das mir gehört. Die Sachen eignen sich besser für dich als für Bess, denn du bist ja nun der Mann in der Familie Macauley in Ithaka. Das Geld, das ich im letzten Jahr im Packhaus verdiente, habe ich natürlich Mama gegeben, um ihr zu helfen. Freilich reicht es nicht annähernd, und bald werden Mama und Bess sich um Arbeit umsehen müssen. Ich kann von dir nicht verlangen, daß du ihnen nicht erlauben sollst, zu arbeiten, aber ich hoffe, du wirst es ihnen von selber nicht erlauben. Ich glaube, du wirst es ebensowenig erlauben, wie ich es ihnen nicht erlaubte. Mama wird selbstverständlich arbeiten gehen wollen, und Bess auch. Das ist ein Grund mehr, es ihnen nicht zu erlauben. Ich weiß nicht, wie du es anstellen wirst, die Familie zu erhalten und zugleich ins Gymnasium zu gehen, aber ich glaube, du wirst einen Weg finden. Meine Löhnung geht bis auf ein paar Dollar, die ich haben muß, an Mama, aber dieses Geld reicht nicht aus. Es fällt mir schwer, so viel von dir zu erwarten, da ich doch selber erst in meinem neunzehnten Jahr zu arbeiten anfing, aber irgendwie glaube ich, daß du imstande sein wirst, etwas zu machen, das ich selbst nicht machen konnte.

Du fehlst mir natürlich sehr, und ich denke die ganze Zeit an euch alle. Ich bin glücklich, und obwohl ich nie an Kriege geglaubt habe und weiß, daß sie verrückt sind, auch wenn sie notwendig sind, bin ich doch stolz, meinem Land dienen zu können, denn es bedeutet für mich Ithaka, unser Heim und alle Macauleys. Ich erkenne in keinem Menschen meinen Feind, denn kein Mensch kann mein Feind sein. Wer immer er sein mag, welche Hautfarbe er hat, wie falsch er auch denkt und was immer er glaubt – er ist mein Freund, nicht mein Feind, denn er ist nicht anders als ich selbst. Mit *ihm* habe ich keinen Streit, wohl aber mit dem, was in ihm ist und was ich vor allem in mir selbst zu zerstören suche.

Ich fühle mich nicht als Held. Für solche Empfindungen habe ich kein Talent. Ich hasse niemanden. Ich fühle mich auch nicht als Patriot, denn ich habe mein Land, seine Menschen, seine Städte, meine Heimat und meine Familie stets geliebt. Lieber wäre es mir freilich, ich wäre nicht in der Armee. Lieber wäre es mir, es wäre kein Krieg, aber da ich nun einmal in der Armee *bin*, und da nun einmal Krieg *ist*, so habe ich mich längst entschlossen, ein so guter Soldat zu sein, wie es mir nur möglich ist. Ich habe keine Ahnung, was mir bevorsteht, aber was immer es auch sein mag, ich bin ergeben und bereit. Ich habe schreckliche Angst – das muß ich dir sagen –, aber ich weiß, daß ich, wenn der Augenblick gekommen sein wird, tun werde, was man von mir erwartet, und vielleicht noch mehr, als man von mir erwartet, aber du sollst wissen, daß ich keinem anderen Befehl gehorchen werde als dem Befehl meines Herzens. Und dasselbe werden Jungen aus ganz Amerika, aus Tausenden Städten wie Ithaka, tun. Es ist möglich, daß ich in diesem Krieg ums Leben komme. Ich muß dir das geradeheraus sagen. Die Vorstellung ist mir keineswegs angenehm. Viel, viel lieber möchte ich nach Ithaka zurückkommen und noch viele lange Jahre mir dir und mit Mutter und mit meinen Geschwistern leben. Ich möchte wegen Mary zurückkommen, möchte mein eigenes Heim, meine eigene Familie haben. Höchstwahrscheinlich gehen wir bald ins Feld. Niemand weiß, wo es losgehen wird, aber es ist sicher, daß wir bald abgehen. Deshalb wird dies vielleicht für längere Zeit mein letz-

150

ter Brief an dich sein. Hoffentlich nicht überhaupt der letzte. Wenn doch, so bleiben wir trotzdem beisammen. Glaub nicht daran, daß ich tot bin. Laß auch die anderen nicht daran glauben. Mein Freund hier ist Waise, ein Findling – es ist seltsam, daß unter all den Jungen hier gerade er mein Freund werden sollte. Er heißt Tobey George. Ich habe ihm von Ithaka und von unserer Familie erzählt. Ich werde ihn nach Ithaka mitbringen. Wenn du diesen Brief liest, sei nicht unglücklich. Ich bin froh, daß ich der Macauley bin, der in den Krieg gegangen ist, denn es wäre jammerschade, wenn du es wärest.

Was ich mit Worten nie sagen könnte, das kann ich dir schreiben: Du bist der beste der Macauleys. Du mußt weiterhin der beste bleiben. Nichts darf dich daran hindern. Du bist erst vierzehn Jahre alt, aber du mußt leben, um zwanzig und dann dreißig und vierzig und fünfzig und sechzig zu werden. Du mußt leben, Jahr für Jahr deines Lebens. Ich glaube daran. Ich werde dir immer zusehen. Du bist es, für den dieser Krieg geführt wird. Ja, du – mein Bruder. Wie hätte ich dir jemals so etwas sagen können, wenn wir beisammen wären? Du würdest auf mich losgehen und mit mir raufen und mich einen Narren nennen, aber trotzdem ist alles, was ich geschrieben habe, wahr. Nun will ich deinen Namen hierherschreiben, um dich zu erinnern: Homer Macauley. Das bist du. Du fehlst mir sehr. Ich kann es nicht erwarten, dich wiederzusehen. Wenn ich dieses Glück habe, wenn wir wieder beisammen sind, dann darfst du mit mir raufen und mich vor den Augen Mamas und Bess' und Ulysses' und vielleicht auch Marys in der Wohnstube auf den Boden werfen – ich werde es geschehen lassen, weil ich so froh sein werde, dich wiederzusehen. Gott segne dich. Leb wohl. Dein Bruder Marcus.«

Während des Lesens hatte sich der Telegrafenbote niedergesetzt. Er las sehr langsam, oft mußte er schlucken, und oft wurde ihm übel, wie ihm zum ersten Mal im Haus der mexikanischen Mutter und dann in der Nacht übel geworden war, in der er nach der Arbeit weinend in Ithaka umhergefahren war. Nun erhob er sich. Seine Hände zitterten. Er biß sich auf die Lippen und sah nach dem alten Telegrafisten hinüber, der von dem Brief kaum weniger erschüttert war als der Junge selbst. »Wenn mein Bruder in diesem blödsinnigen Krieg fällt«, sagte Homer, »spucke ich auf die Welt. Ich werde sie hassen – ewig hassen! Ich werde nicht gut sein. Ich werde der Schlechteste von allen sein, der schlechteste Mensch, der je gelebt hat!«

Plötzlich hielt er inne, und Tränen traten ihm in die Augen. Er ging rasch zum Kleiderschrank hinter dem Repetierapparat, zog seine Uniform aus und schlüpfte in seine eigenen Kleider. Und noch ehe er sie richtig anhatte, lief er aus dem Büro.

Der alte Telegrafist blieb lange unbewegt sitzen. Als er sich schließlich aufrüttelte, war es ganz still um ihn; er trank den Rest der Flasche aus, stand auf und blickte sich im Büro um.

Innigste Küsse

Der Lebensstil der Leute von Ithaka folgte, wie der aller Menschen auf Erden, einem Muster, das zunächst sinnlos und verrückt erscheinen mochte, in dem man aber, wie sich Tage und Nächte aneinanderreihten und zu Monaten und Jahren wurden, Formschönheit erkannte. Die Linie des Häßlichen kleidet sich in Grazie durch die Linie der Barmherzigkeit. Die Kräfte der Brutalität werden gemildert und gedämpft durch die Kräfte der Nächstenliebe. Die abscheuliche Farbe des Bösen verliert sich in dem hellen Glanze des Rechten, und miteinander bekommen beide eine Farbe, die schöner ist als die Farbe des Rechten allein.

Oft und oft klapperte der Telegraf, und Mr. Grogan saß an der Schreibmaschine und tippte die Botschaften von Liebe und Hoffnung und Leid und Tod, die die Welt an ihre Kinder schickte. »Ich komme nach Hause.« »Glückwünsche zum Geburtstag.« »Das Kriegsministerium bedauert, Ihnen mitteilen zu müssen, daß Ihr Sohn . . .« »Wir treffen uns am Bahnhof.« »Innigste Küsse.« »Es geht mir gut.« »Gott schütze dich.« Oft und oft lieferte Homer Macauley diese Botschaften ab.

In der Wohnstube der Macauleys wurde die Harfe gezupft, und manches Lied ging als Botschaft in die Ferne. Die Soldaten zogen weiter, über Land, über Wasser, durch die Luft, nach neuen Ländern, zu neuen Tagen und neuen Nächten, zu neuen Träumen und zu unbekannten Stunden, die erfüllt waren von unfaßbarem Lärm, von unfaßbaren Problemen und unfaßbaren, unmenschlichen Gefahren. Das Antlitz des Lebens veränderte sich, wenn auch unmerklich. Es veränderten sich Marcus, Tobey, Homer, Spangler, Grogan, Mrs. Macauley, Ulysses, Diana, Auggie, Lionel, Bess, Mary, das Mädchen im Seemannsheim, Rosalie Simms-Peabody, Mr. Ara, sein Sohn John, Big Chris, Miss Hicks, ja sogar Mr. Mechano.

Der Lastzug mit dem Neger, der sich über das Geländer des Perronwagens beugte, fuhr weiter. Das Erdhörnchen guckte aus seinem Loch hervor. Die Aprikosen auf Mr. Hendersons Baum nahmen die lachende Farbe der Sonne an, wie die Sommersprossen der Jungen, die sie zu stehlen kamen. Die brütende Henne brachte ihr Völkchen von Küken hervor. Homers lahmendes Bein heilte. Ulysses beobachtete. Der Ostersonntag kam nach Ithaka. Und dann der Sonntag nach Ostern. Und dann noch ein Sonntag und dann noch ein Sonntag, und dann noch einer und noch einer.

An *diesem* Sonntag saßen alle Macauleys mit Mary Arena in der Ersten Presbyterianerkirche von Ithaka. Ulysses saß neben dem Mittelgang. Genau vor ihm saß – es war ein frommer Zufall – ein Mann mit einer Glatze. Das war ein fesselndes Objekt: schon die Form war des Studiums wert, da sie sich nicht weit von der eines Eies entfernte. Das halbe Dutzend Haare, die in einer einsamen Gruppe wuchsen, war von heldenhafter Unerschrockenheit. Die Falte, die das kahle Haupt wie ein Äquator teilte, war ein Wunder an Zeichnung. Der ganze Kopf war für Ulysses etwas Großartiges.

Nun waren Pastor Holly und die Gemeinde in ein frommes Wortgefecht über das Thema des »seligen Lebens« verstrickt. Erst las Pastor Holly einen Vers, und dann antwortete die Gemeinde mit einer einzigen mächtigen und doch milden Stimme.

»Da er aber das Volk sah«, sang Pastor Holly, »ging er auf einen Berg und setzte sich; und seine Jünger traten zu ihm.«

»Und er tat seinen Mund auf, lehrte sie und sprach«, antwortete die Gemeinde.

»Selig sind, die da geistlich arm sind; denn das Himmelreich ist ihrer.«

»Selig sind, die da Leid tragen; denn sie sollen getröstet werden.«

»Selig sind die Sanftmütigen; denn sie werden das Erdreich besitzen.«

»Selig sind, die da hungert und dürstet nach der Gerechtigkeit; denn sie sollen satt werden.«

»Selig sind, die reinen Herzens sind; denn sie werden Gott schauen.«

»Selig sind die Friedfertigen; denn sie werden Gottes Kinder heißen.«

»Seid fröhlich und getrost. Ihr seid das Salz der Erde. Ihr seid das Licht der Welt.«

»Also lasset euer Licht leuchten vor den Leuten, daß sie eure guten Werke sehen und euren Vater im Himmel preisen.«

Die Bibelvorlesung in Rede und Antwort begann, während Ulysses Macauley den Glatzkopf studierte. Plötzlich war dieser Gegenstand durch eine Fliege verziert, die den kahlen Schädel zu erforschen und den schläfrigen Geist des kleinen Jungen zu ermuntern begann. Ulysses sah der Fliege eine Weile zu, dann streckte er die Hand aus, um sie zu fangen. Aber Mrs. Macauley ergriff seine Hand sanft und hielt sie fest. Während Ulysses unbewegt den Glatzkopf mit der Fliege anstarrte, ohne dabei an etwas Besonderes zu denken, versank er in waches Träumen. Die glatte Haut des kahlen Schädels erschien ihm als eine Wüste. Die Querfalte war ein Fluß, die Gruppe der sieben Haare eine Palme und die Fliege ein Löwe. Dann erblickte er sich selbst, in seinem Sonntagsgewand am Ufer des Flusses stehend, während der Löwe am anderen Ufer stand. Ulysses schaute von seinem Ufer zu dem Löwen hinüber, der seinerseits genau vis-à-vis stehen blieb, um *ihn* zu beobachten. Die Bibelvorlesung ging weiter.

In der Ferne sah Ulysses einen Araber in fließendem Burnus, der schlafend im Sande lag. Neben dem Araber befanden sich eine Mandoline oder ein ähnliches Musikinstrument und ein Krug mit Wasser. Ulysses sah, wie der Löwe, friedlich und harmlos wie der schlafende Mann, sich dessen Kopf näherte und sich niederbeugte, um ihn zu beschnuppern, sicherlich nicht, um ihm etwas Böses zu tun.

Die Bibelvorlesung war zu Ende. Mächtig brauste die Orgel, und Chor und Gemeinde begannen zu singen: »Ein Fels im Meer.«

Die Wüstenvision verschwand aus dem Traum des kleinen Jungen. Statt dessen erschien ein Ozean. An einem Felsen, der meterhoch über die trostlose Meeresfläche emporragte, hing angeklammert Ulysses selbst. Nur Kopf und Hände waren über dem Wasser. Er sah sich nach Flucht oder Rettung um, aber er sah nichts als Wasser. Trotzdem war er geduldig und voll Zuversicht. Schließlich sah Ulysses in weiter Ferne den großen Mann, Big Chris, auf dem Wasser gehen. Big Chris kam auf Ulysses zu, langte wortlos nach ihm hinunter, ergriff ihn bei der Hand und hob ihn aus dem Wasser auf die Oberfläche. Einen Augenblick später fiel Ulysses jedoch wieder ins Wasser zurück, und wieder fischte ihn Big Chris heraus und stellte ihn auf die Füße. Und dann ging Big Chris, den Jungen an der Hand, mit ihm über das Wasser. In weiter Ferne wurden die Türme einer wunderschönen weißen Stadt sichtbar und rings um die Stadt Land und Bäume. Der Mann und der Junge wanderten auf diese Stadt zu.

Der Choral war zu Ende. Plötzlich wurde Ulysses von jemandem geschüttelt. Er erwachte mit einem Ruck. Es war Lionel, der ihn geschüttelt hatte. Lionel mit einem Sammelteller. Ulysses suchte seinen Nickel hervor, legte ihn auf den Teller und reichte diesen seiner Mutter weiter.

Lionel flüsterte Ulysses mit gottesfürchtiger Stimme und mit tief geheimnisvoller Miene zu: »Bist du erlöst, Ulysses?«

»Was?« fragte Ulysses.

»Lies das«, sagte Lionel und reichte seinem Freund eine religiöse Flugschrift.

Ulysses studierte die Drucksache, ohne jedoch die Riesenbuchstaben lesen zu können, die sich zu den Worten zusammensetzten: »Bist du erlöst? Es ist niemals zu spät.«

Jenseits des Mittelganges stellte Lionel die gleiche Frage an einen älteren Herrn: »Sind Sie erlöst?«

Der Herr sah den Jungen streng an und flüsterte ungeduldig: »Geh weiter, Junge!«

Bevor er jedoch weiterging, bot Lionel mit dem Ausdruck eines Märtyrers ein Exemplar seiner Flugschrift an. Der ältere Herr schlug die Broschüre dem Jungen ärgerlich aus der Hand, was diesen erschreckte und ihm das Gefühl gab, er sei einer der großen Märtyrer.

Die Frau des älteren Herrn fragte ihren Mann flüsternd: »Was gibt es, mein Lieber?«

»Der Junge fragte mich, ob ich erlöst sei«, sagte der ältere Herr. »Dann gab er mir das da.« Der Herr langte hinaus, hob die Druckschrift vom Boden auf und reichte sie seiner Frau. »Das da – diese Broschüre hat er mir gegeben!« Der ältere Herr las ärgerlich vor. »Bist du erlöst? Es ist niemals zu spät.«

Die Frau tätschelte die Hand des älteren Herrn und sagte: »Mach dir nichts draus. Wie kann denn der Junge wissen, daß du dreißig Jahre Missionar in China warst?«

Während des Einsammelns spielte die Orgel leise und lieblich, und ein Sopran sang dazu. Lionel, Auggie, Shag und eine Anzahl anderer Jungen von Ithaka standen im Hintergrund des Mittelganges, und jeder hielt einen Sammelteller in der Hand, bis die Musik zu Ende war. Dann trotteten die Jungen mit einem wunderlichen und komischen schweigenden Ernst den Mittelgang hinunter bis zu dem Tisch, der gerade unter der Kanzel stand, und stellten dort ihre Sammelteller hin, einen auf den anderen. Sodann nahmen sie wieder ihre Plätze neben ihren Eltern ein.

Das Lachen des Löwen

Nach der Kirche und dem sonntäglichen Mittagessen war August Gottlieb auf dem vorderen Hof seines Hauses damit beschäftigt, ein altes Tennisnetz zu flicken und, wie er hoffte, etwas Brauchbares daraus zu machen. Enoch Hopper, ein Junge in Auggies Alter, kam schnell herbei, blieb schnell stehen und sah schnell zu. Er war Besitzer eines alten Fußballs, der sein Leder verloren hatte; den schleuderte er kräftig gegen den Gehsteig, so daß er beim Aufprall hoch in die Luft flog. Dann fing er den Ball auf und wiederholte das Spiel unaufhörlich. Hopper war das aufgeschossenste Bürschchen von Ithaka, das lebendigste, das flinkste, das ungeduldigste und das geräuschvollste.

»Was machst du da, Auggie?« fragte er.

»Ein Netz«, antwortete Auggie.

»Wozu?« fragte Enoch. »Zum Fischen?«

»Nein«, sagte Auggie, »für Tiere.«

Enoch Hopper langweilte sich schon. »Komm«, sagte er, »machen wir ein Fußballmatch, oder gehen wir hinaus zum Wasserreservoir und klettern wir hinauf.«

»Ich muß das Netz in Ordnung bringen«, sagte Auggie.

»Ach, wozu mußt du das Netz in Ordnung bringen!« rief Enoch ungeduldig.

»Zum Tierefangen«, erwiderte Auggie.

»Wo siehst du hier weit und breit Tiere?« fragte das aufgeschossene Bürschchen. »Komm, gehen wir!« schrie er. »Gehen wir hinaus nach Malaga baden.«

»Ich werde mit diesem Netz tadellos Tiere fangen«, sagte Auggie.

»Nicht einmal einen Floh könnte ich mit diesem Netz fangen«, wandte Enoch Hopper ein. »Komm, spielen wir etwas. Schwindeln wir uns ins Kino und schauen wir uns den Tarzanfilm an.«

»Zuerst werde ich einen Hund fangen«, sagte Auggie, »bloß um das Netz auszuprobieren – bloß um zu sehen, ob es geht. Und dann, *wenn* es geht, dann warte!«

»Ach, das ist ein altes Tennisnetz«, erwiderte Enoch. »Damit wirst du gar nichts fangen. Gehen wir in den Gerichtspark, zum Stadtgefängnis, und reden wir mit den Häftlingen.«

»Ich muß mein Netz in Ordnung bringen«, antwortete Auggie. »Heute noch probier ich's aus, und wenn es geht – Junge, Junge! – dann morgen!«

»Dann morgen – was?« fragte Enoch. »Hier gibt's keine Tiere. Eine Kuh. Zwei Hunde. Sechs, sieben Kaninchen. Ein paar Hühner. Was wirst du fangen?«

»Das ist ein gutes Netz«, sagte Auggie, »groß genug, um einen Bären zu fangen.«

»Ach was, komm, gehen wir«, beharrte Enoch. »Was sollen diese Dummheiten mit einem alten Tennisnetz? Groß genug für einen Bären? Nicht einmal einen Teddybären kannst du damit fangen. Gehen wir hinunter in die Chinesenstadt, bummeln wir durch die Chinesengasse.«

August Gottlieb unterbrach seine Arbeit für einen Augenblick und dachte an die Chinesenstadt und die Chinesengasse. Dann sah er zu Enoch Hopper auf und fragte: »Fürchtest du dich vor den Chinesen?«

»Neee!« sagte Enoch wahrheitsgemäß. »Ich fürchte mich vor gar nichts. Auch wenn sie gefährlich wären – *mich* können sie nicht erwischen. Ich bin viel zu schnell. Viel zu schnell mit den Beinen.«

»Ich wette, ein Löwe könnte dich erwischen«, sagte Auggie.

»Nee!« wiederholte Enoch. »Ich bin viel zu schnell. Ein Löwe käme mir nicht einmal in die Nähe. Bären, Tiger, Chinesen – keiner! Für die bin ich viel zu schnell. Komm, gehen wir übers Eisenbahngeleise und spielen wir mit der Bande vom Spielplatz da drüben!«

»Ich wette, du wärest schwerer in einer Falle zu fangen als ein Löwe«, sagte Auggie.

»Keine Falle der Welt ist stark genug, um mich zu fangen«, sagte Enoch. »Gehen wir auf den Messeplatz und laufen wir eine Runde auf der Sechzehnhundert-Meter-Bahn. Ich gebe dir hundert Meter vor.«

»Ich möchte wetten, daß nicht einmal dein Vater dich fangen könnte«, sagte Auggie.

»Neee!« sagte Enoch wieder. »Käme mir nicht einmal in die Nähe. Ich würde ihn weit hinter mir lassen.«

Jetzt erschien Lionel. »Was machst du da, Auggie?« fragte er.

»Ein Netz«, sagte Auggie, »um Tiere zu fangen.«

»Nicht einmal einen Floh wird er mit diesem Netz fangen, Lionel«, sagte Enoch. »Komm, gehen wir auf den Bauplatz Ball spielen. Willst du?«

»*Ich??*« fragte Lionel.

»Natürlich, Lionel«, sagte Enoch. »Komm. Ich werde dir ihn ganz leicht werfen, und du wirst ihn mir sehr scharf werfen. Komm, komm – der halbe Nachmittag ist schon vorbei.«

»Gut, Enoch«, sagte Lionel, »aber vergiß nicht: wirf ihn leicht. Ich bin nicht so gut im Fangen. Manchmal verfehle ich den Ball, und er trifft mich ins Gesicht. Hat mir einmal in den Augen wehgetan und zweimal an der Nase.«

»Ich werde ihn leicht werfen, keine Angst«, sagte Enoch. »Komm, komm!«

Enoch Hopper und Lionel Cabot entfernten sich über die Straße zum Bauplatz, und Auggie ging wieder an die Arbeit. Bald hatte er die einzelnen Teile des alten Tennisnetzes zusammengenäht, so daß sie ein fast quadratisches Netzwerk ergaben. Er breitete es aus und befestigte es an den vier Ecken mit kleinen Pflöcken am Boden, um sein Werk zu betrachten. Nun kam Shag Manoogian über den Zaun des Hinterhofes zu Auggie. »Was ist das?« fragte er.

»Ein Netz«, antwortete Auggie, »zum Tierefangen. Willst du mir helfen, es auszuprobieren?«

»Gerne«, sagte Shag. »Wie wirst du es machen?«

»Also«, erklärte Auggie, »ich werde das Netz halten und mich hinter Aras Laden verstecken. Du rufst Enoch. Er ist dort drüben und spielt mit Lionel Ball. Enoch ist schneller als ein Löwe und schwerer zu fangen. Wenn das Netz Enoch festhalten kann, dann kann es alles festhalten. Schön. Ich verstecke mich. Ich bin fertig. Ruf Enoch. Sag ihm, du müßtest ihn etwas fragen.«

»Gut«, sagte Shag. Er schaute hinüber zu Enoch auf dem Bauplatz und rief dann mit lauter Stimme: »Enoch! Hallo, Enoch!«

Enoch Hopper wandte sich um und schrie zurück: »Was willst du, Shag?«

»Komm her, Enoch«, schrie Shag, »ich muß dich etwas fragen.«

»Was willst du mich fragen?« brüllte Enoch.

»Wenn du herkommst, sag ich's dir«, brüllte Shag.

»Gut«, brüllte Enoch und lief zu Shag herüber, während Lionel, nicht ganz sicher, ob er auch laufen oder nur gehen sollte, nachfolgte.

»Gut, gut, Shag«, flüsterte Auggie. »Duck dich hier nieder und versteck dich bei mir. Faß das Netz an diesem Ende an. Wenn er um die Ecke kommt, dann springen wir auf ihn und fangen ihn. Verstehst du?«

Mitten in schnellem Lauf schrie Enoch: »Gehen wir hinaus nach Malaga baden! Der halbe Nachmittag ist vorbei. Machen wir etwas. Worauf warten wir?«

Enoch kam um die Ecke von Mr. Aras Lebensmittelgeschäft gelaufen. Rasch sprangen Auggie und Shag hervor und warfen das Netz über ihn. Enoch Hopper schlug tatsächlich wie ein wildes, ungezähmtes Tier um sich, etwa wie ein Löwe. Die beiden Großwildjäger arbeiteten wütend, aber das Netz war nicht stark genug, und bald stand Enoch Hopper aufrecht, durchaus nicht gekränkt und sehr interessiert an dem Ergebnis des Experiments.

Er schleuderte den Ball gegen den Gehsteig und schrie: »Komm, Auggie, gehen wir! Mit diesem Netz kannst du nicht einmal einen Floh fangen! Komm! Worauf warten wir noch?«

»Gut«, sagte Auggie und warf das Netz in den Hof. »Gehen wir in den Gerichtspark und reden wir mit den Häftlingen.«

Auggie, Enoch, Shag und, in einigem Abstand, Lionel gingen die Straße entlang zum Gerichtspark. Bald war Enoch Hopper den übrigen um einen Häuserblock voraus und schrie zurück: »Kommt! Schneller! Warum kriecht ihr so langsam?« Er warf seinen Ball nach einem Vogel, der sich auf einem Baum niedergelassen hatte, verfehlte ihn aber.

Die Bäume
und die Weinstöcke

Thomas Spangler und Diana Steed machten an einem Sonntagnachmittag eine Spazierfahrt in die Gegend von Kingsburg. Ihr Wagen war ein alter Roadster, der den Kopf hängen ließ.

»Das da«, sagte Spangler, auf eine Baumreihe weisend, die einen Weingarten säumte, »das sind Feigenbäume. Die Reben dahinter sind Muskatellertrauben. Dort stehen ein paar Oliven. Dieser Baum hier ist ein Granatapfelbaum. Die Reben dort sind Malagatrauben. Das ist ein Obstgarten mit Pfirsichbäumen. Das hier sind Aprikosenbäume. Dieses Tal ist das schönste Tal der Erde. Dort steht ein Nußbaum. Da ist ein Baum, den man nicht häufig sieht: eine Dattelpalme. Alles Schöne wächst in diesem Tal.«

»Liebling«, sagte das Mädchen, »du liebst Bäume, nicht wahr?«

»Ich liebe alles«, erwiderte Spangler, um schnell hinzuzusetzen: »Jetzt frag mich nicht, ob ich *dich* liebe, denn ich liebe dich. Ich liebe dich, ich liebe die ganze Welt und alles, was es auf der Welt gibt.« Er erhob seine Stimme und sagte beinahe schreiend: »Und ich sah einen Strom des Lebens, klar wie Kristall. Am Ufer dieses Stromes stand der Baum des Lebens, der zwölf verschiedene Arten Früchte trug, und die Blätter des Baumes hatten Heilkraft für die Völker.« Spangler küßte die Augenwinkel des jungen Mädchens.

»Ach, Liebling«, sagte sie, »bist du glücklich?«

»Freilich, freilich«, sagte Spangler schnell. »Ich gebe nicht viel für dieses sogenannte Glück, aber was es auch sein mag, ich bin ziemlich überzeugt davon, daß es so etwas Ähnliches sein muß wie das da. Dort sind noch ein paar Oliven.«

Er legte seinen Arm um das junge Mädchen und sagte: »Weißt du, ich kann es nicht erwarten, zu erfahren, was es sein wird. Ich glaube, ich wünsche mir, daß es ein kleines Mädel sein soll. Ich wünsche mir, ein kleines Mädel zu haben, das dir gleichsieht. Ich wünsche mir, die Stimme eines solchen kleinen Mädchens zu hören.« Dann fuhr er zärtlich fort: »Ich dachte immer, du wärest ein Dummerchen.« Diesmal küßte er das Mädchen auf den Mund. »Aber wer so etwas kann, der ist kein Dummerchen. Und du kannst es.«

»Oh, ich tu es so gerne, Liebling«, sagte das Mädchen, »und ich habe nicht ein bißchen Angst. Nicht das allerkleinste bißchen.«

Das kleine Auto fuhr nun an den Picknickwiesen längs des Kings-River vorbei. An diesem Sonntagnachmittag waren fünf Picknicks mit Musik und Tanz im Gang: Italiener, Griechen, Kroaten und Serben, Armenier und Amerikaner. Jede Gruppe hatte ihre eigene Art Musik und Tanz. Bei jeder dieser Gesellschaften hielt Spangler den Wagen ein bis zwei Minuten an, um dem Gesang zuzuhören und dem Tanz zuzusehen. Über jede Gruppe hatte er etwas zu sagen. »Dort drüben, das sind Griechen. Ich erkenne es an der Musik. Ich habe eine griechische Familie gekannt. Siehst du, wie das Mädchen tanzt? So tanzt man in diesem alten Land.«

Das Auto fuhr ein Stückchen weiter und blieb wieder stehen. »Die Leute dort sind Armenier. Das sehe ich an den Geistlichen und an den Kindern. Woran sie glauben, das ist: Gott und Kinderreichtum. Sie ähneln ein wenig den Griechen. Sie ähneln überhaupt allen anderen. Siehst du, wie der Alte tanzt. Horch auf die Musik!« Der Wagen

160

fuhr weiter und blieb vor einer dritten Gruppe stehen. »Das sind, glaube ich, Kroaten und Serben«, sagte Spangler, »vielleicht auch noch ein paar andere aus der Gegend. Die sind alle gleich.«

Er legte den Arm um das junge Mädchen und sagte schnell: »Ich wünsche mir, es soll ein kleines serbisches Mädchen sein, aber vielleicht könnte es auch etwas Griechisches an sich haben. Oder eine kleine Armenierin oder Italienerin oder Polin oder vielleicht eine Russin. Ich wünsche mir, es soll auch etwas Deutsches und Spanisches und Französisches haben – ein wenig von allem.«

Wieder fuhr der Wagen weiter, und wieder hielt er an. »Weißt du, was für Leute das sind?« fragte Spangler das junge Mädchen. »Italiener. Wahrscheinlich ist Corbett mit Frau und Kindern auch dabei. Hörst du, wie sie singen? O sole mio!«

Nun gelangte das Auto zur letzten Picknickgesellschaft. Es war vielleicht die wunderbarste von allen. Jedenfalls war es die wildeste. Die Musik war Swing, Jive und Boogie-Woogie, und der Tanz war schauerlich. »Amerikaner!« sagte Spangler. »Schau sie dir an! Amerikaner – Griechen, Serben, Polen, Russen, Armenier, Deutsche, Spanier, Portugiesen, Italiener, Abessinier, Juden, Franzosen, Engländer, Schotten, Iren – schau sie dir an! Hör sie dir an!«

Sie schauten und hörten zu, und nach einer Weile fuhr das Auto weiter.

Ithaka, mein Ithaka!

Nachmittags hielt der Personenzug aus San Francisco in Ithaka, und neun Leute stiegen aus, darunter zwei junge Soldaten. Bevor sich aber der Zug wieder in Bewegung setzte, stieg ein dritter Soldat aus, der auf dem linken Bein lahmte, und entfernte sich mit sehr langsamen Schritten.

Der erste Soldat sah seinen Kameraden an und sagte:

»Also, das ist Ithaka, Bruder. Das ist die Heimat.«

»Junge, laß es mich anschauen!« sagte der zweite Soldat. »Laß es mich bloß anschauen!« Er begann sein Vergnügen durch ein Summen auszudrücken: »Mmmmmm – mein Städtlein, mein Ithaka! Ich weiß nicht, wie *du* es empfindest – ich empfinde es *so.*« Der Soldat kniete nieder und küßte die Fliesen des Bahnhofes. »Einen Kuß meinem

Ithaka«, sagte er, und dann küßte er den Fußboden noch einmal: »Noch einen.«

»Komm, Henry«, sagte der erste Soldat. »Steh auf. Die Leute schauen uns an. Willst du, daß sie uns für verrückt halten?«

»Nein«, sagte Henry, »aber ich kann mir nicht helfen. Junge – mein Ithaka!« Er erhob sich und faßte seinen Freund beim Arm. »Komm, Danny, gehn wir!« sagte er.

»Glaubst du, daß deine Leute überrascht sein werden, dich zu sehen?« fragte Danny. »Na, warte nur, bis mich die Meinen sehen! Die werden so paff sein, daß ihnen die Augen übergehen werden!«

Die beiden Burschen kamen miteinander in die Straße, wo Mr. Ara sein Lebensmittelgeschäft hatte. Plötzlich fingen sie zu laufen an; der eine rannte zur Tür eines Hauses und der andere zur Tür des nächsten. Alf Rife kam um die Ecke gelaufen und blieb neugierig auf dem Rasen zwischen den beiden Häusern stehen. Die Türen der beiden Häuser öffneten sich zur gleichen Zeit. Die Frauen, die die Türen geöffnet hatten, umarmten die Burschen zur gleichen Zeit. Und nun kamen Männer und Jungen und Mädel und Frauen zusammen und umarmten und küßten die Soldaten. Aber etwas schien nicht in Ordnung zu sein. Alf Rife entdeckte den Irrtum und begann aus allen Kräften zu schreien:

»Er ist der falsche! Der falsche! Es ist Danny Booth vom Nachbarn! Er ist nach Hause gekommen. Er wohnt nebenan. Ist an die verkehrte Tür geraten. Wir glaubten, es sei der unsere. Es ist der Junge von Mrs. Booth. Dort drüben, der Mrs. Booth küßt – *das* ist der unsere! Der falsche, Mama, der falsche!«

»Oh, hallo, Danny!« sagte Mrs. Rife zu Danny Booth. »Wir glaubten, du seist Henry.«

»Ach, das macht nichts, Mrs. Rife«, sagte Danny. »Ich geh hinüber und küsse auch Mama. Kommen Sie auch mit!«

An der Tür des Nebenhauses sagte Henry Rife: »Hallo, Mrs. Booth! Kommen Sie zu uns herüber, alle! Ich freue mich, Sie wiederzusehen. Mrs. Booth.« Er küßte sie nochmals. »Danny ist drüben bei meiner Tür und küßt meine Mutter.«

Nun füllten sich die Rasen vor beiden Häusern mit Menschen, die in freudiger Verwirrung kamen und gingen, während der kleine Alf Rife immer schrie: »Es ist der falsche! Er ist ans falsche Haus gekommen! Er wohnt nebenan! Hallo, Henry, hier ist Mama! Das ist Mrs. Booth! Das falsche Haus, Henry!«

Liebe ist unsterblich,
Haß stirbt jeden Augenblick

Homer Macauley, seine Schwester Bess, sein Bruder Ulysses und ihre Freundin Mary Arena kamen auf einem Spaziergang durch Ithaka am Sonntagnachmittag an der Menschenreihe vorbei, die vor dem Kino stand, und entdeckten in ihr Lionel. Homer blieb stehen.

»Hallo, Lionel!« rief er. »Gehst du ins Kino?«

»Ich hab kein Geld«, erwiderte Lionel.

»Weshalb stehst du dann Schlange?« fragte Homer.

»Ich ging mit Auggie, Shag und Enoch in den Gerichtspark, um mit den Häftlingen zu sprechen. Dann haben sie mich weggejagt. Ich wußte nicht, wohin ich gehen soll. Da hab ich die Menschen hier stehen sehen, na, und da hab ich mich dazugestellt.«

»Wie lange stehst du denn hier?« fragte Homer.

»Vielleicht eine Stunde«, sagte Lionel.

»Na, und willst du ins Kino gehen?« fragte Homer, wobei er etwas Geld aus der Tasche holte.

»Ich weiß nicht«, antwortete Lionel. »Ich wußte nicht, wohin ich gehen soll. Am Kino liegt mir nicht viel.«

»Dann komm mit uns«, sagte Homer. »Wir gehen nur ein bißchen spazieren und uns Schaufenster ansehen. Wir gehen ein wenig durch die Stadt und dann nach Hause. Komm mit uns, Lionel!« Er hob das Seil in die Höhe, und Lionel schlüpfte heraus.

»Danke«, sagte Lionel. »Das Stehen hier hat mich müde gemacht.«

Als sie weitergingen, blieb Ulysses plötzlich stehen und faßte Homer bei der Hand. Er zeigte hinunter auf den Gehsteig. Dort lag vor dem Kleinen eine Kupfermünze, mit dem Bild Lincolns nach oben.

»Ein Cent!« rief Homer aus. »Heb ihn auf, Ulysses, er bringt dir Glück. Heb ihn dir gut auf!«

Ulysses hob die Münze vom Boden auf und sah sich glückstrahlend um.

Sie kamen am Telegrafenamt vorbei, und Homer blieb stehen, sah nach dem kleinen Büro hinüber und sagte:

»Hier arbeite ich. Hier arbeite ich seit fast sechs Monaten.« Er hielt einen Augenblick inne und fuhr dann, gewissermaßen mit sich selbst sprechend, fort: »Es kommt mir vor wie hundert Jahre.« Er schaute in das Büro hinein. »Mir scheint, das ist Mr. Grogan. Ich wußte nicht, daß Mr. Grogan heute arbeitet.« Und dann zu den anderen: »Wollt ihr eine Minute hier warten? Ich bin gleich zurück.«

Er lief über die Straße und ins Telegrafenamt. Der Apparat von Mr. Grogan klapperte, aber der alte Telegrafist nahm das einlaufende Telegramm nicht auf. Homer lief zu ihm und rief: »Mr. Grogan! Mr. Grogan!« Aber der Alte erwachte nicht.

Der Junge lief aus dem Büro und über die Straße zu seinen Leuten. »Mr. Grogan fühlte sich nicht wohl«, sagte er. »Ich muß zurück und mich um ihn kümmern. Geht ohne mich nach Hause. Ich komme bald nach.«

»Gut, Homer«, sagte Bess.

»Was fehlt ihm?« fragte Lionel, ohne zu wissen, von wem die Rede war.

»Ich muß zurücklaufen«, sagte Homer. »Geh nur, Lionel. Er ist ein alter Mann, das ist alles.«

Homer lief ins Telegrafenamt zurück und schüttelte Mr. Grogan mehrmals. Dann lief er zum Wasserkrug hinüber, füllte einen Papierbecher mit Wasser und schüttete es dem Alten ins Gesicht. Mr. Grogan öffnete die Augen. »Ich bin's, Mr. Grogan!« sagte Homer. »Ich wußte nicht, daß Sie heute arbeiten, sonst wäre ich längst hergekommen, wie immer, wenn Sie sonntags Dienst machen. Ich bin zufällig vorbeigekommen. Jetzt hol ich Ihnen schnell den Kaffee!«

Der alte Telegrafist schüttelte den Kopf, streckte die Hand nach dem Taster aus und unterbrach den Telegrafisten am anderen Ende des Drahtes. Dann setzte er ein neues Blankett in die Schreibmaschine und begann zu schreiben.

Homer lief hinaus, zu Corbett an der Ecke und verlangte Kaffee.

»Er macht gerade frischen Kaffee, Homer«, sagte Pete, der Kellner. »Es dauert ein bis zwei Minuten.«

»Ist kein fertiger da?« fragte Homer.

»Eben aus«, sagte Pete. »Er kocht gerade einen neuen Topf.«

»Es ist sehr dringend«, sagte Homer. »Ich geh auf einen Sprung ins Büro zurück und komm dann wieder her. Vielleicht ist dann der Kaffee schon fertig.«

Als Homer zu Mr. Grogan zurückkam, sah er, daß dieser das Telegramm, das eben über den Draht einlief, nicht abtippte. Wieder schüttelte ihn Homer. »Mr. Grogan!« rief er. »Es kommt ein Telegramm! Sie nehmen es nicht auf! Unterbrechen Sie es, Mr. Grogan! Sagen Sie, man soll eine Minute warten. Bei Corbett wird frischer

Kaffee gemacht. In ein, zwei Minuten werde ich eine Tasse für Sie hier haben. Unterbrechen Sie, Mr. Grogan! Sie nehmen das Telegramm nicht auf.«

Homer machte kehrt und lief hinaus.

Der alte Telegrafist sah auf das Telegramm, das er eben zu tippen begonnen hatte. Er las, was er bisher geschrieben hatte:

MRS. KATE MACAULEY
2226 SANTA CLARA AVENUE
ITHAKA, KALIFORNIEN

DAS KRIEGSMINISTERIUM BEDAUERT, IHNEN MITTEILEN ZU MÜSSEN, DASS IHR SOHN MARCUS ...

Der alte Telegrafist versuchte, sich von seinem Stuhl zu erheben, aber da befiel ihn ein neuer Krampf, und er griff an sein Herz. Einen Augenblick später fiel er vornüber, mit dem Kopf auf die Schreibmaschine.

Homer kam ins Büro zurück, in der Hand eine klirrende Kaffeetasse. Er ging zu dem Alten hin und stellte die Tasse auf den Tisch. Jetzt verstummte der Telegraf, und es wurde sehr still im ganzen Raum.

»Mr. Grogan!« sagte Homer. »Was fehlt Ihnen?« Er hob den Kopf des Alten von der Schreibmaschine auf, um ihm ins Gesicht zu sehen, und dabei bemerkte er das unvollendete Telegramm. Ohne den Text zu lesen, wußte Homer, was darin stand, weigerte sich aber, es zu glauben. Er stand wie gelähmt, den Alten in den Armen haltend. »Mr. Grogan!« wiederholte er.

Felix, der Sonntagsbote, kam herein und sah auf den Alten und den Telegrafenboten. »Was gibt's, Homer?« fragte er. »Was fehlt dem Alten?«

»Er ist tot«, sagte Homer.

»Ach was, du bist verrückt«, sagte Felix.

»Nein«, erwiderte Homer. Seine Stimme klang fast wütend. »Er ist tot.«

»Ich werde Mr. Spangler anrufen«, sagte Felix. Er drehte die Telefonscheibe, wartete und hängte wieder ab. »Er ist nicht zu Hause«, sagte Felix. »Was machen wir nur?« Er trat zu Homer, um zu sehen, was dieser in der Schreibmaschine anstarrte. Nachdem er das Telegramm gelesen hatte, sagte er: »Es ist unvollständig, Homer. Vielleicht ist dein Bruder nur verwundet oder vermißt.«

Mit einem Blick auf Mr. Grogan sagte Homer: »Nein, *er* hat das übrige gehört. Er hat es nicht zu Ende geschrieben, aber er hat es *gehört.*«

»Vielleicht doch nicht«, sagte Felix. »Ich will nochmals Mr. Spangler anrufen. Vielleicht ist er schon zu Hause.«

Homer sah sich im Büro um. Plötzlich spuckte er wütend und verächtlich auf den Boden. Er setzte sich nieder und schaute gerade vor sich hin. In seinen Augen waren keine Tränen.

Nach dem Ausflug aufs Land fuhr Thomas Spangler beim Telegrafenamt vor. Er gab ein Hupsignal, und Felix kam zum Auto hinausgelaufen.

»Mr. Spangler«, sagte er, »ich habe versucht, Sie telefonisch zu erreichen. Es ist etwas geschehen! Mit Mr. Grogan! Homer sagt, er sei tot!«

»Geh nach Hause«, sagte Spangler zu Diana Steed. »Ich komme später – aber erwarte mich nicht zum Abendessen. Vielleicht ist es am besten, du gehst aus und verbringst den Abend mit deinen Leuten.« Er stieg aus dem Wagen und küßte das junge Mädchen.

»Gut, Liebling«, sagte sie.

Spangler ging rasch ins Telegrafenamt. Er sah Mr. Grogan und dann Homer an. Dann wandte er sich an den anderen Boten. »Felix, ruf Dr. Nelson an – 1133. Sag ihm, er möge sofort herkommen.«

Spangler hob den Alten aus seinem Stuhl und trug ihn auf das Sofa im Hintergrund des Büros. Dann kam er zurück und sah Homer Macauley an: »Kränke dich nicht, Homer. Mr. Grogan war ein alter Mann. So wünschte er sich, daß es kommen solle. Komm jetzt, nimm dir's nicht zu Herzen.«

Jetzt klapperte der Apparat, und Spangler ging hin, um den Anruf zu beantworten. Als er sich auf Mr. Grogans Stuhl setzte, sah er das unbeendete Telegramm. Er sah es lange an und schaute dann über den Tisch zu Homer hinüber. Dann rief er den Telegrafisten am anderen Ende des Drahtes an und verlangte Aufklärung über den Rest der Depesche. Man wiederholte ihm den vollen Wortlaut. Spangler telegrafierte zurück, man möge weitere Telegramme für eine Weile aufschieben. Dann erhob er sich, ging an seinen Schreibtisch, ließ sich nieder und schaute ins Leere. Seine Hand spielte gedankenlos mit dem harten Ei, das er als Talisman aufbewahrte. Ohne zu wissen, was er tat, klopfte er mit dem Ei auf den Tisch, bis die Schale zerbrach. Er entfernte langsam die ganze Schale und aß das Ei in einer Art ver-

zweifelter Geistesabwesenheit auf. Auf einmal entdeckte er die Eier-
schalen auf dem Tisch und fegte sie in den Papierkorb.

»Felix«, sagte er, »ruf Harry Burke, den Telegrafisten, an und sag
ihm, er soll sofort herkommen. Wenn der Doktor kommt, so sag ihm,
er soll alles veranlassen. Ich spreche dann später mit ihm.«

Homer Macauley stand auf, ging zur Schreibmaschine und zog das
unbeendete Telegramm heraus. Den Durchschlag legte er an die Stelle, wo er hingehörte, dann faltete er das Original zusammen und
steckte es in ein Kuvert. Das Kuvert steckte er in seine Rocktasche.
Spangler trat zu dem Jungen und legte den Arm um seine Schultern:
»Komm, Homer, gehen wir spazieren.«

Sie verließen das Telegrafenamt und gingen schweigend zwei Häuserblöcke weit. Schließlich begann Homer zu sprechen. »Was soll ein
Mensch tun?« fragte er mit leiser, fast sanfter Stimme. »Ich weiß
nicht, wen ich hassen soll. Ich versuche dauernd, herauszukriegen,
wer es ist, aber ich kann's nicht herauskriegen. Ich weiß es einfach
nicht. Was soll ein Mensch tun? Was kann ich tun? Wie lebt ein
Mensch weiter? Wen liebt er?«

Jetzt erblickten Homer und Spangler, die Straße entlang auf sie zu-
kommend, Auggie, Enoch, Shag und Nickie. Die Jungen begrüßten
Homer, und Homer grüßte sie wieder, jeden bei seinem Namen nen-
nend. Es war inzwischen beinahe Abend geworden. Die Sonne ging
unter, der Himmel war rot, und die Stadt verdunkelte sich.

»Wen kann man hassen?« fuhr Homer fort. »Ich weiß nicht, wen
ich hassen soll. Byfield warf mich zu Boden, als ich das Hürdenrennen
lief, aber ich kann nicht einmal ihn hassen. Es ist eben so. Ich weiß
nicht, woran es liegt. Ich weiß nicht, wessen Schuld es ist. Ich kann
nicht dahinterkommen. Das einzige, was ich wissen möchte, ist: Was
ist mit meinem Bruder? Das ist alles, was ich wissen will. Mir ist so etwas noch nie widerfahren. Als mein Vater starb, da war es ganz anders. Er hat ein gutes Leben gelebt. Er hat eine gute Familie aufgezo-
gen. Wir waren traurig, weil er tot war, aber wir waren nicht böse.
Jetzt bin ich böse und habe niemanden, dem ich böse sein könnte . . .
Wer ist der Feind? Wissen Sie es, Mr. Spangler?«

Es dauerte eine Weile, bis der Leiter des Telegrafenamts dem Telegrafenboten antworten konnte. »Ich weiß, daß der Feind nicht ein
Volk ist«, sagte er. »Wenn es so wäre, dann wäre ich mein eigener
Feind. Die Völker der Erde sind wie ein einziger Mensch. Wenn sie
einander hassen, so hassen sie sich selber. Ein Mensch kann einen an-

deren nicht hassen – es ist immer er selbst, den er haßt. Und wenn ein Mensch sich selber haßt, dann gibt es für ihn nur eines, und das ist: verschwinden – verschwinden aus seinem Körper, aus der Welt, aus den Völkern der Erde. Dein Bruder wollte nicht verschwinden, er wollte bleiben. Und er *wird* bleiben!«

»Wieso?« fragte Homer. »Wieso wird er bleiben?«

»Wie – das weiß ich nicht«, erwiderte Spangler, »aber es ist mein Glaube, daß er bleiben wird. Vielleicht in dir, vielleicht in deinem kleinen Bruder Ulysses. Vielleicht wird er in der Liebe bleiben, die ihr für ihn hegt.«

»Nein«, entgegnete Homer, »nein, das genügt nicht. Ich will ihn *sehen.* Ich kann mir nicht helfen, aber ich will ihn sehen, so wie Ulysses ihn sehen will. Ich will ihn stehen und gehen sehen. Ich will seinen Geruch spüren. Ich will mit ihm reden. Ich will seine Stimme hören. Ich will ihn lachen hören. Ich will sogar mit ihm raufen – wie wir es zu tun pflegten. Und jetzt – wo werde ich ihn finden? Wenn ich überall suche, ich werde ihn nicht finden. Die ganze Welt hat sich verändert. Ganz Ithaka ist anders geworden, weil meines Bruders Augen das alles nicht mehr sehen werden.«

Nun kamen sie durch den Gerichtspark hinter dem Stadtgefängnis und auf die Spielplätze.

»Ich werde keinen Versuch machen, dich zu trösten«, sagte Spangler. »Ich weiß, daß ich das nicht könnte. Aber ich will dich daran erinnern, daß ein guter Mensch nie sterben kann. Du wirst ihn oft wiedersehen. Du wirst ihn auf der Straße sehen. Du wirst ihn in den Häusern sehen, überall in der Stadt. In den Wein- und Obstgärten, in den Flüssen und Wolken, in all den Dingen, die uns die Erde wohnlich machen. Du wirst ihn in allem fühlen, was *aus* Liebe und *für* Liebe gemacht ist – in allem, das wächst und überquillt. Die Gestalt eines Menschen kann verschwinden oder uns genommen werden, aber das Beste an einem Menschen bleibt hier. Es bleibt ewig hier. Liebe ist unsterblich und macht alles unsterblich. Aber Haß stirbt jeden Augenblick. Verstehst du dich aufs Hufeisenspiel?«

»Nein«, sagte Homer, »nicht besonders.«

»Ich auch nicht«, sagte Spangler. »Möchtest du ein Spiel versuchen, ehe es zu dunkel wird?«

»Ja«, sagte Homer.

Das Ende und der Anfang

Der hinkende Soldat, der aus demselben Zug gestiegen war, mit dem Danny Booth und Henry Rife nach Ithaka heimgekommen waren, begann durch die Stadt zu wandern. Er ging langsam, sah alles an und sprach mit sich selbst:

»Das ist Ithaka! Da ist der Bahnhof, und hier ist der Himmel von Ithaka. Da ist das Kino, vor dem die prächtigen Leute von Ithaka Schlange stehen. Das ist die Bibliothek. Dort ist die Presbyterianerkirche. Das ist das Gymnasium von Ithaka, und das der Sportplatz. Das ist die Santa-Clara-Avenue und Aras Lebensmittelgeschäft, und hier ist das Haus! Hier ist mein Heim!«

Der Soldat stand lange in den Anblick des Hauses versunken. »Mama und Bess«, sagte er zu sich, »Homer und Ulysses. Mary im Nebenhaus mit ihrem Vater, Mr. Arena.« Es waren keine Gedanken, die er aussprach, sondern nur Herzblut. »Ithaka, o Ithaka!« Er ging weiter. »Da ist der Gerichtspark, hier ist das Gefängnis mit den Häftlingen an den Fenstern. Und das sind zwei Leute von Ithaka, die ein Spiel Hufeisen machen.« Langsam näherte sich der Soldat den beiden und lehnte sich gegen den Drahtzaun.

Homer Macauley und Thomas Spangler spielten schweigend ihr Spiel, wobei sie nicht einmal die Punkte zählten. Es war schon zu dunkel zum Spielen, aber sie fuhren gleichwohl fort. Als Homer den Soldaten, der sich an die Umfriedung lehnte, bemerkte, stutzte er. Er näherte sich dem jungen Mann und sah ihm ins Gesicht.

»Entschuldigen Sie, daß ich Sie so anschaue«, sagte er, »ich dachte, ich kenne Sie.«

»Das stimmt«, sagte der Soldat.

»Würden Sie gerne mitspielen?« fragte Homer. »Sie können meinen Platz haben. Es ist freilich schon ziemlich dunkel.«

»Nein, danke«, erwiderte der Soldat, »machen Sie nur weiter, ich möchte bloß zusehen.«

»Ich glaube nicht, daß ich Sie schon einmal gesehen habe«, sagte Homer. »Sind Sie in Ithaka zu Hause?«

»Ja«, antwortete der Soldat. »Ich bin zurückgekommen, um hier zu bleiben.«

»Meinen Sie, daß Sie nicht mehr ins Feld zu gehen brauchen?«

»Nein, man hat mich nach Hause geschickt – für immer. Vor zwei

Stunden bin ich aus dem Zug gestiegen. Ich wandere durch die Stadt und sehe mir alles nochmals an.«

»Nun, weshalb gehen Sie nicht nach Hause?« fragte Homer. »Wollen Sie denn nicht, daß Ihre Familie weiß, daß Sie wieder da sind?«

»Ich werde nach Hause gehen«, antwortete der Soldat. »Natürlich will ich, daß meine Familie weiß, daß ich da bin. Ich werde so allmählich nach Hause gehen. Erst will ich sehen, soviel mir möglich ist. Ich kann's gar nicht glauben, daß ich hier bin. Ich werde noch ein bißchen umhergehen und dann nach Hause.«

Der Soldat entfernte sich langsam, hinkend. Homer blickte ihm verwundert nach.

»Ich weiß nicht«, sagte er zu Spangler, »mir scheint, ich kenne den Burschen. Ich möchte nicht mehr weiterspielen, Mr. Spangler.« Und nach einer Weile: »Was soll ich tun? Was soll ich zu Hause sagen? Man erwartet mich, ich weiß es. Ich sagte, ich würde zum Abendessen nach Hause kommen. Wie soll ich ins Haus kommen und ihnen ins Gesicht sehen? Sie werden im selben Augenblick, wenn sie mich sehen, alles wissen. Ich will es ihnen ja nicht sagen, aber sie werden es bestimmt sofort wissen.«

Spangler legte den Arm um Homers Schultern: »Laß dir Zeit. Geh noch nicht nach Hause. Setz dich hier nieder. Warte ein bißchen. So etwas braucht Zeit.«

Sie saßen still auf einer Bank des Parkes. Sie sprachen kein Wort. Nach einer Weile begann Homer: »Worauf warte ich denn?«

»Nun«, sagte Spangler, »du wartest, bis das, was an ihm gestorben ist, auch in dir stirbt – das, was nur Fleisch ist – das, was kommt und geht. Daß dies gestorben ist, tut dir jetzt weh, aber warte bloß ein Weilchen. Wenn der Schmerz sich in den Tod verwandelt und dich verläßt, dann wird alles andere leichter und besser sein als je. Es braucht ein Weilchen, und solange du lebst, wird es immer ein Weilchen brauchen, immer wieder, aber jedesmal, wenn du fortgehst, wirst du dem Guten, das in allen Menschen ist, ein Stück näher sein. Laß dir Zeit, du wirst schließlich nach Hause gehen, ohne daß der Tod bei dir ist. Laß ihm Zeit, zu gehen. Ich bleibe hier bei dir sitzen, bis er fort ist.«

»Ja«, sagte Homer. Der Chef des Telegrafenamts und der Telegrafenjunge saßen im Park des Gerichtsgebäudes von Ithaka und warteten . . .

Die Saiten der Harfe im Hause der Macauleys stillten den Schmerz

170

in allen Dingen. Das Gesicht der Frau, die die Saiten zupfte, war ein leuchtendes, starkes, von Liebe erfülltes Gesicht. Das Mädchen, das am Klavier saß, hatte ein ernstes und unschuldiges Herz, und das Mädchen, welches sang, hatte eine edle und gütige Seele. Der kleine Junge horchte mit den Ohren alles Lebenden und schaute zu mit Augen voll Glauben an alle Dinge. Der junge Mann, der vor der Eingangstür auf den Stufen saß, der Soldat, der Bursche, der in eine Stadt heimgekehrt war, die er nie zuvor gesehen, zu einer Familie, die er nicht kannte: er war Jedermann. Und er *war* zu Hause. Ithaka *war* seine Heimat. Das Haus *war* das Haus, in dem er aufgewachsen war. Und die Familie im Haus *war* seine Familie.

Plötzlich stand Ulysses Macauley an der offenen Eingangstür und deutete hinaus. Seine Schwester Bess kam herzu, um zu sehen, was es gebe. Dann wandte sie sich zur Mutter: »Mama, es sitzt jemand auf den Stufen vor unserer Tür.«

»Nun«, sagte Mrs. Macauley, »geh zu ihm hinaus, Bess, und bitte ihn herein, gleichviel, wer es ist. Du brauchst dich nicht zu fürchten.«

Bess Macauley ging hinaus. »Wollen Sie nicht hereinkommen?« fragte sie den Soldaten. »Meine Mutter sähe es gerne, wenn Sie hereinkämen.«

Der Soldat drehte sich langsam um und sah zu dem Mädchen hinauf. »Bess«, sagte er, »setz dich neben mich! Setz dich neben mich, bis ich meine Ruhe finde und wieder auf den Beinen stehen kann. Meine Beine zittern, und wenn ich jetzt aufzustehen versuchte, würde ich fallen. Setz dich neben mich, Bess.«

Das Mädchen setzte sich neben dem jungen Mann auf die Stufen. »Woher wissen Sie meinen Namen?« fragte sie leise. »Wer sind Sie?«

»Ich weiß nicht, wer ich bin«, erwiderte der Soldat, »aber ich weiß, wer *du* bist, und wer deine Mutter ist, und wer deine Brüder sind. Setz dich näher zu mir, bis ich mich beruhigt habe.«

»Kennen Sie meinen Bruder Marcus?« fragte Bess.

»Ja«, sagte der Soldat. »Dein Bruder gab mir mein Leben – eine Heimat – eine Familie. Ja, ich kenne ihn, er ist auch *mein* Bruder.«

»Wo ist Marcus?« fragte Bess. »Weshalb ist er nicht mit Ihnen nach Hause gekommen?«

»Bess«, sagte der Soldat und überreichte dem Mädchen einen Ring, den Marcus Macauley ihm gegeben hatte, »dein Bruder Marcus schickt dir dies.«

171

Bess Macauley schwieg eine Weile; dann fragte sie: »Ist Marcus tot?« Ihre Stimme war gedämpft, nicht erregt.

»Nein«, sagte der Soldat. »Glaub mir, Bess.« Er küßte das Mädchen auf den Mund. »Er ist nicht tot.«

Homer Macauley kam zu Fuß die Straße enlang. Seine Schwester Bess lief ihm entgegen. »Homer!« rief sie. »Er kommt von Marcus. Sie waren Freunde. Er sitzt auf unserer Treppe.« Sie machte kehrt und eilte ins Haus.

Homer Macauley blieb stehen und sah Tobey George an. »Tobey?« sagte er. »Ich glaubte Sie zu kennen, als wir im Park miteinander sprachen.« Er zögerte einen Augenblick und sagte dann: »Das Telegramm ist heute nachmittag gekommen. Ich habe es in der Tasche. Was sollen wir tun?«

»Zerreiß es, Homer«, sagte der Soldat. »Wirf es fort. Es ist nicht wahr – zerreiß es.«

Homer holte das Telegramm aus der Tasche und zerriß es rasch in kleine Stücke, die er wieder in die Tasche steckte – um sie für immer zu bewahren.

»Bitte, hilf mir auf«, sagte der Soldat. »Wir wollen miteinander ins Haus gehen.« Homer Macauley beugte sich zu Tobey George nieder, zu dem Waisenkind, das endlich heimgefunden hatte; der Soldat hielt sich an den Schultern des Jungen fest und richtete sich langsam auf.

Nun erhob Homer seine Stimme. In seinen Worten und in der Art, wie er sie aussprach, war keine Trauer. »Mama!« rief er. »Bess! Mary! Macht ein bißchen Musik. Der Soldat ist nach Hause gekommen! Heißt ihn willkommen!«

Die Musik begann.

»Laß mich einen Augenblick hier stehen und zuhören«, sagte der Soldat.

Homer Macauley und Tobey George hörten der Musik zu, und beide lächelten – der Soldat mit einem zärtlichen Wehgefühl und der Telegrafenjunge mit einem Glücksempfinden, das er noch nicht verstehen konnte.

Nun begann Mary Arena zu singen, und dann kam Ulysses Macauley aus dem Haus und nahm den Soldaten bei der Hand. Als das Lied zu Ende war, kamen auch Mrs. Macauley, Bess und Mary an die offene Tür. Die Mutter sah die beiden Söhne, die ihr geblieben waren, zu beiden Seiten des Fremden stehen, des Soldaten, der ihren Sohn, der nun tot war, gekannt hatte; sie lächelte verstehend. Sie lä-

172

chelte dem Soldaten zu. Ihr Lächeln galt dem, der jetzt ihr Sohn war. Sie lächelte, als wäre es Marcus selbst, und der Soldat kam mit seinen beiden Brüdern auf die Türe zu, der Wärme und dem Licht des Elternhauses entgegen.

Henry James

Bildnis einer Dame

Roman

Ullstein Buch 30121

In seinem Meisterroman hat Henry James eine der klassischen Frauengestalten der Weltliteratur geschaffen. Er erzählt die Schicksals- und Charaktergeschichte einer jungen kapriziösen Amerikanerin, Isabel Archer, die, zum erstenmal nach Europa kommt und die finanzielle Unabhängigkeit, die sie einer unerwarteten Erbschaft verdankt, nutzen will, die »große Welt« zu erleben. In Florenz lernt sie Gilbert Osmond kennen, einen Amerikaner, der ihr all das zu verkörpern scheint, was ihre romantische Vorstellung von europäischer Kultur umschließt. Sie heiratet ihn und wird unglücklich mit ihm. Obwohl sie ihren Irrtum bald einsieht, bleibt sie bei ihrem Mann: Sie nimmt das Leid ihrer Ehe an und entsagt damit bewußt ihrem Traum von Selbstverwirklichung und Freiheit.

Frau in der Literatur

William Saroyan

Freunde und andere Leute

Ullstein Buch 20201

Saroyan, der meisterliche Erzähler, schenkt seinen Lesern mit diesem Bändchen bezaubernde Erinnerungen an Begegnungen mit Menschen, die seine Sympathie oder Antipathie erweckten. Da sind zum Beispiel der Pariser Schuster, der eine Eule als Haustier hält; ein Schulfreund aus Fresno, der ihn zu einem Tümpel mitnimmt, in dem ein Wels lebt; ein armenischer Ringer, der einen Lastwagen eine steilabfallende Straße drei Häuserblöcke weit mit knapp 100 Stundenkilometern rückwärts jagte; ein Pariser Spieler, ein Dichter und der Verleger der *Macaroni Review*. Saroyan ist der Meinung, daß sogenannte Zufallsbegegnungen häufig die denkwürdigsten sind und somit etwas von einem Kunstwerk an sich haben.

ein Ullstein Buch

William Saroyan
Menschliche Komödie

Tracys Tiger
Der waghalsige junge Mann
auf dem fliegenden Trapez
Ich heiße Aram

464 Seiten, Leinen, DM 24,–, sfr 21,–, öS 168,–

Die schönsten Romane und Erzählungen
von William Saroyan
in einem Band.

Europaverlag